IL CEPPO ENIGMA

NICK THACKER

FOREWORD

Questo libro è stato tradotto dall'inglese grazie a un servizio, per offrire ai lettori di tutto il mondo storie fantastiche. Ci auguriamo che vi piaccia e vi preghiamo di perdonare eventuali errori linguistici!

Per ringraziarvi, visitate nickthacker.com/italiano per scaricare gratuitamente un romanzo thriller!

PROLOGUE

Territorio del Nord-Ovest, Canada
1704

Il suono di un altro albero che esplode fece sobbalzare Nikolai Alexei.

Sentì gli uomini dietro di lui sghignazzare, ma non si curò di rivolgersi a loro. Non valeva la pena di perdere tempo e, inoltre, non era una buona guida riconoscere una simile meschinità. Suo padre gli aveva spiegato lo strano fenomeno durante una battuta di caccia al lupo quando era ragazzo: la linfa congelata all'interno dei tronchi dei pini si espandeva, facendo esplodere la corteccia e il legno. Spesso si era svegliato di notte, contando le esplosioni increspate mentre si facevano strada nella zona boschiva intorno alla loro capanna. Conosceva bene il suono, ma lo coglieva di sorpresa quando accadeva, anche adesso.

Brontolò tra sé e sé e proseguì nella marcia attraverso la neve alta fino alle ginocchia.

Gli piaceva questa terra. Gli ricordava casa, gli innumerevoli chilometri di foresta nera e profonda, piena degli stessi animali che cacciava, degli stessi alberi che scalava e dello stesso freddo pungente che desiderava con le coperte di neve fresca abbastanza spesse da fermare un cavallo. Ricordava anche gli odori: i sempreverdi maturi e il vuoto assoluto dell'aria. Si sentiva più a suo agio nei boschi di tutti i suoi uomini, con la possibile eccezione di Lev.

Eppure le loro risate lo frustravano. Non era un segno di insubordinazione, quanto piuttosto un segno della loro pigrizia. Per tre mesi avevano attraversato montagne e valli così alte e profonde che aveva pensato che non sarebbero arrivati dall'altra parte con l'intero equipaggio intatto. Avevano attraversato tundre, altopiani e zone umide, il tutto senza perdere un uomo. Le battute di caccia avevano sempre successo e la maggior parte delle notti si concludevano attorno a un grande falò con un cervo arrostito allo spiedo. La colazione era costituita da una zuppa calda e durante il giorno facevano uno spuntino a base di carne affumicata.

Nikolai dovette ammettere che finora era stata una delle spedizioni più riuscite e sapeva che Dio li stava sorridendo in questa nuova terra. Ma sapeva anche che questo li rendeva deboli, li rendeva molli. Erano diventati grassi e fiacchi, coprendo ogni giorno meno terreno del giorno precedente. L'energia e l'eccitazione erano state sostituite da un'inquietudine che aveva trasformato i loro racconti e le loro poesie intorno al fuoco in canti senza passione.

Senza voltarsi, Nikolai chiamò alle sue spalle. "Dottore?"

Un uomo basso e magro arrancava nella neve, ma Nikolai non rallentò il passo. "Ci fermeremo e ci accamperemo quando troveremo una radura. Il fiume è a nord e possiamo pescare lì per tutto il tempo che vogliamo".

"Dividete gli uomini in equipaggi di due e tre", disse Nikolai, "e li manderò in mattinata a tracciare la zona. Questi cosacchi troveranno piacere nel cambiare scenario, e io stesso mi godrò un'escursione di natura più solitaria".

Nikolai era un uomo di parola, un uomo integro. Aveva

promesso allo zar una mappa del terreno profondo del Nord America e intendeva consegnarla. La sua spedizione era diventata banale ed era giunto il momento di riportarla in vita.

"Quindi vagherà da solo per queste zone?", chiese il dottore.

Nikolai rise. "Farò attenzione a non perdermi nella nebbia, se è questo che mi chiedete. A volte un uomo deve vagare, amico mio", disse. "Ma stai tranquillo, ci riuniremo dopo tre giorni".

Il medico annuì e si mise in fila dietro al suo capo. Nikolai non era sicuro che questo suo piano sarebbe stato più utile di quanto avrebbe messo in pericolo tutti loro, ma era un rischio che era disposto a correre. Finora non avevano trovato nulla di utile; nulla che la madrepatria sarebbe stata propensa a tornare a reclamare. La cartografia era il loro scopo dichiarato, ma lui non si faceva illusioni. Muovendosi in piccoli gruppi, la spedizione avrebbe potuto coprire più territorio e più terreno che non muovendosi in un'unica linea.

Finora avevano tracciato il grande fiume a nord, partendo dal mare, ma sapevano che ogni fiume nasce da qualche parte. Non sapeva se si trattasse di un lago tra le cime delle montagne o di affluenti causati dallo scioglimento dei ghiacciai.

E non gli importava.

Nikolai Alexei era qui per una ragione e una sola. La sua patria cercava ricchezze, così come i suoi uomini. Tutti gli uomini cercavano più di ciò che Dio li aveva inizialmente benedetti. Era dovere di un uomo trovare ciò che gli era dovuto in questa vita, con tutte le benedizioni che gli sarebbero state concesse nell'aldilà.

Questa nuova terra non era nota per le sue ricchezze, ma solo un pazzo avrebbe pensato che gli spagnoli fossero stati in grado di domarla al loro arrivo. Questa terra era fatta per i russi. Solo loro la capivano. Questa grande incognita che aveva attratto Nikolai era un'opportunità che non si sarebbe lasciato sfuggire.

PROLOGUE

Territorio del Nord-Ovest, Canada
1704

Quando la prima stella apparve nel cielo sopra di loro, gli uomini si accamparono, gettando le pelli di petrolio sui pali delle tende in cerchio sulla riva del fiume.

Erano lenti, notò Nikolai. Dopo gli sforzi degli ultimi giorni, la cosa non lo sorprendeva, ma non lo soddisfaceva nemmeno. Ci volle più di un'ora per montare le dieci tende e accendere il fuoco, ma non più di dieci minuti perché gli uomini cominciassero a stringersi intorno ad esso.

Presto sorse la luna, quasi piena. Fu preparato un pasto, un cervo arrostito e una zuppa di erbe, e gli uomini iniziarono a cantare.

Ma Nikolai ne aveva abbastanza. Si staccò dall'accampamento e sollevò il cappuccio di pelle d'alce sopra la testa. Questo cappotto siberiano yupik era uno dei migliori scambi che aveva fatto. Il freddo pungente cercava di mordere la sua carne e il vento leggero minacciava di raffreddare il suo cuore, ma lui non ci fece caso. Si diresse verso una radura più piccola a sud, che aveva visto in precedenza, con una roccia affiorante su una rupe più alta. Il fiume che stavano seguendo aveva probabilmente tagliato la valle in cui si trovavano e, se era fortunato, aveva lasciato delle formazioni interessanti per lui.

Raggiunta la radura e spaventato un piccolo castoro che avrebbe fatto una bella pelliccia una volta adulto, uscì nell'area erbosa aperta per osservare bene l'affioramento. Sembrava che i massi fossero situati in modo precario attorno a un buco vicino al terreno, che lo invitava ad avvicinarsi. Avvicinandosi, riuscì a vedere, anche con la luce debole, che quella che aveva trovato era l'apertura di una piccola grotta.

Non aveva con sé la luce, ma si infilò comunque all'interno. Era inutile. Poteva esplorare poco con le sole mani e braccia.

Domani si sarebbe recato qui di prima mattina, portando con sé una torcia e qualche uomo in più. Questo era il tipo di grotta che avrebbe costituito un rifugio perfetto per una delle tribù indigene che avrebbero potuto chiamare questo posto casa. Finora non avevano incontrato nessuno di questi popoli, ma non aveva modo di sapere se le tribù indigene di cui aveva sentito parlare vivessero o meno lungo questi fiumi.

Una luce apparve alle sue spalle, tremolante e arancione. Poteva quasi sentire il calore della torcia che diventava sempre più intensa.

"Nikolai?" Una voce disse, dolcemente. "Sei tu?"

Era la voce del medico, un po' incerta.

"Sì, dottore", disse Nikolai. Sentiva crescere l'eccitazione dentro di sé. "Portate la luce! Mi piacerebbe molto dare un'occhiata a questo posto".

Il medico lo raggiunse e sollevò la torcia fiammeggiante davanti a loro.

Sulle pareti c'erano decine di dipinti che ritraevano uomini e donne danzanti intorno a fuochi, battute di caccia e morti.

Tante morti.

Un'immagine particolarmente macabra raffigurava un uomo e

una donna sdraiati di traverso l'uno accanto all'altra, con le braccia incrociate come in una rappresentazione di morte. Sotto di loro sono disegnati sei bambini in modo disordinato, come se fossero stati aggiunti in momenti diversi del passato.

Nikolai e il dottore osservarono i disegni, cercando di decifrarne il significato. Alcune parti dei dipinti erano state cancellate o ridipinte, come se l'autore originale avesse cambiato la storia a metà strada.

"Non capisco. E lei, signore?"

Nikolai non rispose. Prese la torcia dalla mano dell'altro uomo e continuò ad addentrarsi nella grotta. Pochi metri dopo la prima parete, il soffitto si fece più alto ed egli si sollevò in tutta la sua altezza. Altre pitture rupestri decoravano le pareti alla sua destra e alla sua sinistra e frecce erano disegnate vicino al pavimento. Più avanti, la piccola caverna si attorcigliava a sinistra e terminava in una camera rotonda.

Fece ruotare la torcia intorno alla stanza, cercando dapprima una continuazione del sentiero che stava percorrendo. Non trovandone, abbassò la torcia. Pile di ossa e teschi giacevano l'una sull'altra, di ogni forma e dimensione. Uomini, donne e bambini giacevano tutti vicini, anche se disposti in quelle che, secondo lui, dovevano essere famiglie.

Davanti a questi, trovò dei cestini fatti di pelli di animali sinuosi, con coperchi fatti di pelle e ossa. La lavorazione del cuoio era notevole e si abbassò per prenderne uno. Lo esaminò da vicino, porgendo la luce al dottore. Sui lati e sulla parte superiore del cesto erano impressi disegni e simboli che non riusciva a interpretare. Si muovevano vorticosamente intorno ai bordi, senza lasciare intatta alcuna sezione di cuoio.

"Bellissimo", sussurrò. Girò la parte superiore del cestino, trovando il coperchio ben fissato, per scelta o per anni di riposo. Diede al coperchio una rotazione più decisa e sentì uno schiocco.

La parte superiore del cestino si staccò, mandando polvere in aria. La scansò e lasciò cadere il coperchio a terra.

Vide cosa c'era dentro e solo allora si rese conto di quanto fosse pesante il cesto. Rovesciò il cesto, svuotandone il contenuto sul pavimento della caverna. Centinaia di monete d'argento rimbalzarono sulla terra e rotolarono.

"Per la gloria di..." disse il dottore, con la voce roca.

"Immagino che questo sia il genere di cose per cui siamo venuti qui", disse Nikolai. Raccolse una manciata di monete d'argento e le espose alla luce. "Le riconosce?"

"No. Non ho mai visto un disegno simile".

Sulla superficie di ogni moneta c'era un disegno straordinariamente intricato, scolpito o impresso a mano. Vi era raffigurato il busto di un nativo, di cui Nikolai riusciva a scorgere persino la sagoma di un volto corrucciato. Era circondato da quello che sembrava fuoco, ogni filo misurato e disegnato con cura.

"Dalla popolazione locale?", chiese il medico.

Nikolai scosse la testa. "No. La gente di qui usa i gusci delle vongole come moneta, e la maggior parte si limita a scambiare merci. Questo... deve provenire da tutt'altra parte".

La girò in mano. Il retro era un riflesso del fronte, con lo stesso indigeno che li guardava accigliato. Il fuoco, tuttavia, era nettamente assente da questo lato. Al suo posto c'erano vortici e linee che sembravano incorniciare l'uomo al centro.

"Il fuoco da una parte, il vento dall'altra", sussurrò Nikolai. "Una dicotomia. Cosa potrebbe rappresentare?".

"Cosa c'è nelle altre ceste?", chiese il dottore. Ne prese un altro, cercando dapprima di sollevarlo da terra. Il cesto scivolò di qualche centimetro verso di lui, ma rimase a terra. "Questo è molto più pesante, signore", disse.

Nikolai si abbassò e liberò il coperchio. Spinse il cestino con il piede destro e osservò come ne uscissero altre monete d'argento, identiche a quelle che aveva in mano.

"Dottore", disse, "porti gli uomini. E portate anche le borse. Conto almeno venti di queste ceste. E voi?"

Il medico scosse la testa eccitato. "Forse di più".

"Se ognuno di essi contiene anche solo una parte di quello che c'è in questi primi due, dovrebbe essere più che sufficiente per giustificare un ritorno a casa, non credi?".

Il medico sorrise.

Nikolai non era avido, ma sentiva crescere nel suo petto un fremito di eccitazione. Avrebbe condiviso questo tesoro con i suoi uomini senza alcun dubbio, ma doveva essere sicuro di ciò che aveva trovato. Si spostò in fondo alla caverna, trovandosi ora proprio di fronte al mucchio di scheletri. Si avvicinò e sollevò il coperchio di una delle ceste che erano state posizionate sul fondo.

Dal contenitore appena aperto si diffuse altra polvere, ed egli sbatté le palpebre e la scansò con la mano libera. Avvicinò la torcia alla parte superiore del cestino e sbirciò all'interno.

Era vuoto.

Strano. Raggiunse il cestino più vicino e sollevò anche il suo coperchio.

Vuoto, salvo qualche piccolo attrezzo.

Pensò di richiamare il medico, ma si fermò. *Perché li avrebbero seppelliti qui? Si chiese. Perché avrebbero dovuto mettere una cesta quasi vuota accanto a un tributo ai loro cari defunti?*

Qualcuno era venuto prima di lui? Qualcuno che aveva trovato i cesti e aveva svuotato quello che poteva? Non aveva senso. Chiunque avesse esplorato questa grotta prima di loro l'avrebbe certamente svuotata dei suoi tesori. Non avrebbero lasciato nulla di valore e non avrebbero rimesso i coperchi su ogni cesto. I ladri sono tutt'altro che ordinati.

Eppure questi due cesti erano vuoti? Guardò ancora, questa volta sollevando uno dei cesti all'altezza degli occhi e girandolo. Riuscì a vedere le sottili linee sinuose del fondo, intrecciate e cucite insieme. Sul fondo si muovevano alcuni attrezzi, che sembravano piccole pipe, una ciotola di argilla e altri piccoli bastoni e sassi.

Tossì e si rese conto per la prima volta di quanto fosse diventata densa la polvere nell'aria. Agitando le mani, si allontanò dal luogo della sepoltura. Tossì di nuovo e questa volta sentì i polmoni affaticarsi per lo sforzo.

Si allontanò dalla stanza e tornò a camminare verso l'alto, finché il soffitto della caverna non si chiuse su di lui. Uscì nella piccola radura. La notte era calata completamente e migliaia di stelle lo scrutavano. Cadde in ginocchio, cercando di riprendere fiato. Aspirò l'aria, costringendo i polmoni a riaprirsi. Avanzò a fatica e poi rotolò sulla schiena nella neve.

Nikolai si sforzò di calmare i suoi pensieri e chiuse gli occhi.

Respirare. Si impose di respirare, inspirando ed espirando, fino a quando non sentì la polvere liberarsi dal suo organismo. Il suo respiro divenne normale e controllato.

In quel momento, sentì i passi dei suoi uomini che correvano verso la radura. Si alzò e si tolse la neve dalla schiena. Alzò la testa e si diresse verso il limitare del bosco. "Avete recuperato le borse?".

"L'abbiamo fatto, signore. Dov'è la grotta?". La voce era quella di Lev, l'enorme orso di un uomo che era uscito per primo dal bosco. Aveva gli occhi spalancati e il respiro pesante che gli usciva dalla bocca e dal naso a grandi fiotti. Con le cicatrici sul viso e sul corpo di una vita passata a servire la sua patria come soldato e boscaiolo, Nikolai apprezzava la compagnia di quell'uomo e si fidava della sua abilità di naturalista devoto e preparato quanto lui.

Nikolai fece un gesto verso l'ingresso. Il gruppo, quindici uomini in tutto, passò al trotto e presto emerse tre alla volta con le loro borse pesanti. L'impresa durò solo trenta minuti e, una volta terminata, raggiunsero Nikolai nella radura. Solo quattro delle ceste erano vuote, comprese le due che Nikolai aveva trovato.

Se prima gli uomini erano gioviali, ora erano quasi in estasi. Sapevano che il loro capo era un uomo giusto e onesto e che ognuno di loro avrebbe ottenuto una buona parte della scoperta. Il principale cartografo tra loro, Roruk, iniziò a scrivere alcuni appunti su un piccolo taccuino che aveva estratto dalla tasca. Misurò i bordi della radura, contando ogni passo e riportandolo sul quaderno.

Una volta terminato, fece un cenno a Nikolai e tornarono all'accampamento principale.

"Partiamo domani", disse Nikolai mentre gli altri uomini si riunivano. "Abbiamo aggiunto troppo peso per continuare la spedizione per ora, e sarà già un peso con l'acqua e il cibo che dobbiamo portare con noi".

Intorno al fuoco scoppiarono degli applausi e gli uomini si misero a cantare. Nikolai si chiese come gli uomini potessero essere così allegri senza l'aiuto di alcolici e bevande, ma non soffocò l'atmosfera.

Si allontanò silenziosamente dal medico e da Lev ed entrò nella sua tenda. In quanto capo della spedizione, non la condivideva con nessun altro uomo e si godeva questo privilegio. Si tolse il cappotto e si accoccolò sulla branda.

Il rumore intorno al fuoco cresceva, ma Nikolai riusciva a malapena a sentirlo. Si sentiva come se la sua mente fosse in fiamme, come se la sua testa fosse tenuta sopra una pentola di acqua bollente. Cominciò a sudare e le mani e le braccia cominciarono a prudere. Nikolai si sforzò di soffocare la sensazione di bruciore e pensò di chiamare l'aiuto del medico. Prima di poterlo fare, però, cadde in un sonno profondo e gradito.

PROLOGUE

SPEDIZIONE ALEXEI

Territorio del Nord-Ovest, Canada

1704

La mattina dopo Nikolai si svegliò con uno strano suono.

Silenzio.

Puro, incontaminato silenzio invernale. Il silenzio che non sentiva da prima che lasciassero la Russia. La quiete della sua giovinezza. Intenso e intimidatorio. Normalmente Nikolai l'avrebbe accolta con un'annusata acuta e un respiro profondo e soddisfacente, ma questa mattina non avrebbe dovuto essere così tranquilla. Una spedizione con un gruppo di quasi trenta uomini garantiva che ogni momento sarebbe stato riempito da qualche baccano.

Gettò via le coperte e si mise in piedi. La sua testa sfiorò il palo superiore della tenda mentre apriva i lembi. Il fuoco era diminuito da tempo, anche se ciuffi di cenere fredda si alzavano con la leggera brezza, dando l'impressione del fumo. Il gruppo di tende era disposto in cerchio intorno al fuoco, come i raggi di una ruota di carro. La sua tenda era quella più a nord, separata dalle altre su ogni lato da alcune file di alberi. Le tende erano tradizionali, due pali verticali e uno orizzontale appoggiato sopra, con la tela tesa sopra e picchettata nel terreno agli angoli. Ogni tenda era posizionata in modo immacolato, perfettamente distanziata e allestita in modo da sembrare esattamente uguale. I suoi uomini erano bravi, Nikolai lo sapeva, e tenevano molto a questi piccoli dettagli. Ma dov'erano? Perché non si stavano preparando per il lungo viaggio di ritorno?

"Dottore? Lev?" Chiamò. Entrò nella stanza più vicina e trovò i due uomini ancora addormentati sotto cumuli di coperte e pellicce. Scalciò il lettino del dottore con uno stivale slacciato e chiese di nuovo.

Non sentendo nulla in cambio, Nikolai tirò le coperte dalla testa dell'uomo. La coperta più esterna, un tessuto spesso, si impigliò in qualcosa ed egli si sforzò di tirarla giù. Dopo uno strattone più energico, la coperta cadde per rivelare la carne del viso del dottore divorata da un'eruzione cutanea, con pustole rosse che coprivano la superficie della pelle.

Nikolai indietreggiò disgustato. Una parte della pelle della fronte del poveretto era rimasta attaccata alla coperta, incollata da tessuti secchi e sangue. Gli occhi del dottore erano aperti, ma erano vitrei per la morte.

Istintivamente, Nikolai si portò una mano alla bocca, lottando per trattenere il vomito che sentiva salire in gola. Tirò via completamente la coperta e trovò ogni centimetro di pelle esposta sul corpo del dottore ricoperto da bolle simili. Si girò verso il lettino di Lev e fece lo stesso esame sommario.

Più eruzioni cutanee. Più bolle. Più morte.

Anche Lev era passato durante la notte. Entrambi gli uomini giacevano nelle loro coperte e guardavano il tetto della tenda con occhi vuoti. Nikolai si allontanò. Chiuse il lembo dietro di sé. Si guardò le mani e le braccia e notò che la stessa eruzione cutanea si era diffusa e ispessita su gran parte della pelle.

Non aveva più prurito, ma sentiva il calore irradiato dalla sua pelle nei punti del corpo che erano stati infettati. L'altra sera si trattava solo delle mani e delle braccia. Ora lo sentiva sulle spalle, sul collo e sulla parte superiore della schiena.

Controllò altre due tende e in ognuna trovò gli stessi volti orribili che lo fissavano. Tutti i suoi uomini - tutti e ventisette - erano morti.

Era l'unico superstite di una spedizione che si trovava ormai a migliaia di chilometri di distanza da casa, in uno dei luoghi più remoti conosciuti dall'uomo.

Un altro albero si spezzò in lontananza, e capì che l'inverno stava per arrivare definitivamente.

CHAPTER 1

PARCO NAZIONALE DI YELLOWSTONE

WYOMING

Giorno attuale

Harvey "Ben" Bennett fece passare l'estremità del suo fucile attraverso il piccolo spazio tra i due cespugli. Riaggiustò il ginocchio sinistro, spostando una roccia a lato del cespuglio che aveva schiacciato sotto i jeans. Tenne il fucile fermo, usando un ramo vagante come piattaforma. Osservò la scena attraverso l'estremità del cannocchiale.

Il grizzly era impegnato a rovistare tra il cibo di una borsa termica rovesciata nella radura. La femmina, piccola per la sua età ma non per questo meno pericolosa, grugniva di gioia quando scopriva pezzi di pancetta e frittelle della colazione del mattino.

I campeggiatori erano già fuggiti da tempo, chiamando la linea principale del parco e lamentando la presenza di un orso molesto nella zona. Temevano che l'orso potesse entrare nel loro campo e spaventare i bambini, o peggio.

Ben pensava *che l'orso avrebbe fatto ciò per cui era stato progettato.*

Questi tipi di campeggiatori erano i peggiori. Lasciavano disordine, si lamentavano continuamente e rovinavano la sacralità dell'ecosistema in cui si erano imbattuti.

La gente di città trattava il campeggio come una vacanza di lusso in un resort all-inclusive. Come se la natura fosse stata progettata appositamente per soddisfare loro. Ben li odiava, quasi quanto odiava questa parte del suo lavoro.

Gli animali fastidiosi, dai procioni ai grizzly, erano un grosso ostacolo per i visitatori e i turisti, e quindi un problema. Le persone non avevano idea di come gestire gli animali in cerca di un pasto facile e tendevano a spaventarsi e a pensare di essere attaccati, invece di abbandonare con calma la scena e trovare un ranger.

Ben infilò un colpo nella camera di scoppio e prese la mira. Chiuse ogni occhio a turno, controllando la distanza e cercando di capire dove si sarebbe mosso l'orso. L'occhio sinistro gli permetteva di vedere il manometro collegato mentre scrutava il mirino, consentendogli di regolare la pressione senza perdere di vista il bersaglio. La canna in alluminio e il calcio in noce americano gli sembravano caldi nelle mani, vivi. Era un'arma confortevole e Ben era soddisfatto dell'acquisto di questi strumenti di trasferimento da parte del dipartimento.

Guardò i muscoli spessi del collo dell'orsa pulsare mentre strappava un pezzo di cartone dal mucchio di rifiuti puzzolenti che aveva scoperto.

Questa era l'altra cosa che Ben odiava di queste persone. Non avevano intenzione di imparare nulla: come cucinare, cosa mangiare nei boschi, come trovare il cibo; volevano solo le comodità di casa in una temporanea escursione dalla realtà.

L'orso raddrizzò leggermente il collo e Ben intravide improvvisamente il suo occhio sinistro.

Brillava per l'età, con una lucentezza grigia che scintillava in un angolo.

Mo.

Ben riconobbe la grizzly dalle altre volte che l'aveva incontrata quaggiù. Aveva aiutato alcuni equipaggi a spostarla solo mesi fa, l'estate scorsa, e di nuovo due anni prima.

Ben sospirò e si concentrò sull'aria che usciva dai suoi polmoni. Aspirò un piccolo e veloce respiro e lo trattenne. Contò fino a cinque e premette il grilletto.

Il suono morbido e schioccante lo colse di sorpresa, come sempre. L'accostamento della macchina artificiale che aveva appena sparato era decisamente fuori luogo in quello che doveva essere un ambiente incontaminato. Eppure, ecco che si aggiungeva al disordine ed era subito in preda al rimorso.

L'orsa si irrigidì e si mise a sedere più dritta, con la schiena ancora rivolta a Ben. Si girò lentamente, con la testa che ondeggiava mentre il tranquillante cominciava a fare effetto. Mo non lo avrebbe attaccato. Il solo dardo proiettile non avrebbe allarmato l'orsa più di quanto avrebbe fatto un piccolo ramo caduto su di lei, ma Ben sapeva che i due milligrammi di composto di etorfina e acepromazina maleato che il dardo aveva appena iniettato nel fianco dell'orsa sarebbero stati più che sufficienti per farla cadere.

Ben aspettò, non volendo allarmare l'orso. Far arrabbiare o eccitare un animale poco prima che si addormentasse avrebbe causato uno stress eccessivo e avrebbe potuto persino metterlo in pericolo. Dopo qualche altro secondo, l'orsa emise un basso gemito e si alzò sulle zampe posteriori. Si girò in un cerchio instabile, poi ricadde a terra. Il grizzly si sdraiò sulle foglie umide e la sua testa cadde sul pavimento della foresta.

Ben attese un minuto intero prima di uscire dal suo nascondiglio. Si spinse tra i cespugli, senza preoccuparsi di dividerli, attraversò la radura e si posò sull'animale.

"Mi dispiace, Mo", disse dolcemente. "Ti riportiamo di nuovo al nord". Tolse la piccola cartuccia di CO_2 da sotto la canna del fucile e la mise in tasca. Si accovacciò e trovò il dardo con la punta di piuma rossa che sporgeva dal fianco sinistro dell'orso.

Il dardo era costoso e riutilizzabile, e il dipartimento proibiva ai ranger di lasciarlo nei parchi, anche se danneggiato o distrutto.

Ben sganciò il walkie-talkie dalla cintura e ruotò la manopola in alto.

"Qui Bennett", disse nel dispositivo. "Ho fatto scendere qui Mo; richiedo assistenza per farla sgomberare".

La radio crepitò, poi si animò.

"Ok, etichettate il luogo e tenetevi pronti per la verifica della posizione. Stiamo inviando una squadra".

Ben mise via la radio e tirò fuori il telefono. Toccò un'applicazione sulla schermata iniziale e cliccò un paio di volte, impostando la sua posizione attuale nella memoria del dispositivo, poi accese il segnalatore GPS.

In pochi minuti, una squadra di quattro uomini e due donne è arrivata al campeggio e ha iniziato a legare il grizzly su una tavola.

I ranger avrebbero spostato Mo in un'altra zona del parco con meno traffico umano. Alla fine, Mo si sarebbe nuovamente aggirata, attratta dall'allettante opportunità che i campeggiatori ignoranti le avevano lasciato.

Questo era il terzo riposizionamento di Mo e Ben temeva che sarebbe stato l'ultimo.

Non tornare quaggiù, Mo, disse Ben al gigante addormentato. Non potrò *più aiutarti.*

CHAPTER 2

LA CHEVROLET HA SINGHIOZZATO su una buca invisibile della strada e le vecchie sospensioni hanno compensato con un ticchettio e un gemito.

Ben tirò il camion a sinistra, riportandolo al centro della stretta strada sterrata prima di alzare il volume della radio. La canzone country che già risuonava negli altoparlanti affaticati dell'abitacolo non aveva bisogno di una spinta, ma la ottenne comunque.

"Non ti piace proprio parlare, vero?". urlò il passeggero di Ben. Il giovane seduto alla destra di Ben gli lanciò un'occhiata.

Ben mantenne l'attenzione sulla strada dissestata che si stendeva davanti a loro.

Con la coda dell'occhio, Ben notò che Carlos Rivera si era voltato a guardare fuori dal finestrino laterale. Nell'ultima ora, Ben aveva detto forse dieci parole, e quelle che aveva detto erano state principalmente istruttive, dicendo a Rivera di "chiamare la base" o di "controllare Mo" nel cassone del camion. A suo merito, Rivera aveva fatto doverosamente quello che gli era stato detto, ma Bennett non si era ancora affezionato a lui.

Proseguirono per altri quindici minuti, muovendosi lentamente su dossi e cunette, finché alla fine Ben uscì dalla strada e iniziò a guidare il camion su una piccola pianura verso il limitare della foresta. Dietro di esso, una piccola montagna si sollevava dal terreno pianeggiante, ombreggiata dall'Antler Peak a nord. Mentre guidavano, Ben osservò l'ambiente circostante: era bellissimo, incontaminato. Fece un respiro profondo e riabbassò il volume della radio.

"No, non mi interessa molto parlare", disse. Rivera lanciò un'occhiata. "Sei un ragazzo abbastanza rispettabile, credo. Grazie per averci aiutato oggi".

Rivera rise. "Ragazzino? Che c'è, non hai tipo venticinque anni anche tu?".

Ben tenne gli occhi dritti, guardando la strada. "Trentadue".

Rivera annuì, con un'espressione sorpresa, mentre si avvicinavano alla fitta vegetazione. Il tratto di bosco davanti a loro si estendeva intorno alla base della montagna, terminando a circa metà strada e trasformandosi in una macchia di alberelli e cespugli. Ben manovrò il camion all'indietro in uno spazio tra due alberi e saltò fuori. Sganciò i tiranti sul lato del suo camion e aspettò che Rivera facesse lo stesso sul suo lato.

Ben si spostò sul retro del camion e iniziò a tirare giù il portellone posteriore.

"L'hai sentito?"

Ben alzò lo sguardo verso il suo compagno. Dal nulla, una pesante nota di basso scosse il terreno ai loro piedi e Ben sentì una pressione sonora vibrare nella sua testa. Il rombo profondo crebbe fino a diventare un tremito assordante, poi si spense rapidamente, riverberando tra gli alberi.

"Ma che..." Rivera si allontanò dal camion, guardando verso est e strizzando gli occhi attraverso un filare di alberi. I suoi occhi si spalancarono. "Ben. Guarda."

Ben seguì lo sguardo del più giovane. Una massa fumante si è sviluppata dall'orizzonte verso l'alto. La nube si espandeva, crescendo in modo esponenziale.

Nessuno dei due uomini parlò. Si limitarono a guardare, incollati al posto.

All'improvviso un terremoto squarciò gli alberi, strappando radici e ceppi dal terreno, sollevando il camion in aria e scaraventando entrambi gli uomini a trenta metri di distanza. Ben colpì il suolo così forte che sentì le sue viscere agitarsi.

Si costrinse a mettersi a sedere, cercando di orientarsi, ma il temporale non accennava a fermarsi. Il camion giaceva su un fianco, ma lui non poteva raggiungerlo anche se non lo era.

Il terreno si era aperto. Un'apertura sempre più ampia nella terra disegnava una linea frastagliata nel terreno secco e screpolato e minacciava di inghiottire l'intero veicolo. Ben inciampò quando cercò di alzarsi.

Dobbiamo andarcene da qui. Ben si girò di scatto. *Dov'è Rivera?*

Non era al camion. La gabbia dell'orso era caduta dal retro e ora giaceva a testa in giù. Ben si mise a correre e saltò oltre il crepaccio che si allargava.

Lavorando freneticamente al recinto degli animali, sbloccò il lucchetto della porta e aprì i due recinti. Spalancò la porta ed entrò.

Proprio mentre lo faceva, gli strappò il braccio all'indietro.

Di tutte le cose di cui ci si poteva preoccupare, l'unica cosa che gli premeva era aiutare quell'orso a sopravvivere.

Un bel modo per perdere una mano, pensò. Guardò nella gabbia e trovò il grizzly immobile, ma che respirava. La grande bestia era ancora incosciente.

La terra cominciò a stabilizzarsi per tornare alla normalità.

Con la stessa rapidità con cui era accaduto, era finito. In soli trenta secondi il terreno si era sollevato, era stato spinto insieme con una forza cataclismatica ed era ricaduto di nuovo a terra. Gli alberi si erano rovesciati l'uno sull'altro, i tronchi erano stati frantumati e spezzati a metà. I massi che avevano riposato al loro posto per millenni ora sedevano disturbati, alcuni incrinati e rotti.

E ora, la tranquillità...

"Ben! Aiuto!"

La voce di Rivera proveniva da qualche parte dall'altro lato del camion. Corse verso di esso, sbandando fino a fermarsi vicino al bordo della nuova fenditura nel terreno. Ben poté vedere che la terra era effettivamente inclinata verso il basso per circa sei metri prima di precipitare in un abisso.

Rivera era a penzoloni sul bordo, con le dita strette a guanto intorno a una radice d'albero.

"Non riesco a resistere", ha detto Rivera.

Ben si abbassò a pancia in giù e afferrò la mano libera dell'altro uomo. Strinse i denti, richiamando tutta la sua forza, e tirò.

Il bordo della fenditura non era di roccia solida e, mentre Ben tirava Rivera verso l'alto, i lati della scogliera si erodevano e cadevano. Ben lottò con l'angolo per mezzo minuto, poi si fermò.

"Cambia mano. Dammi l'altro braccio", gridò Ben a Rivera.

Gli occhi del giovane bruciavano di paura mentre cercava di eseguire le istruzioni.

Le sue braccia tremavano mentre Ben si sforzava di trascinare il collega fuori dalla buca.

E poi, una scossa di assestamento, che ha fatto tremare il bosco.

La terra tremò di nuovo.

Ben perse la presa.

Rivera si lasciò cadere di nuovo a terra, dondolandosi dalla radice con l'altra mano intrisa di sudore.

Ben si slanciò oltre il bordo per afferrarlo, il suo dito sfiorò il colletto di Rivera ma lo mancò di pochi centimetri. La sua mano sbatté di nuovo contro la parete della scogliera.

Poi la radice dell'albero si staccò e si staccò dalla terra.

Rivera alzò lo sguardo su Ben e capì in quell'istante cosa stava accadendo.

La radice dell'albero cadde e Rivera con essa.

In pochi secondi era sparito.

Ben lo chiamò in basso.

Non ci fu risposta.

CHAPTER 3

"COSA INTENDI PER *CRACK*?".

Ben alzò lo sguardo dal divano. "Crepa. Fissura. Un buco nella terra".

"Come una voragine?"

"Sì, più o meno".

"Allora perché non hai detto semplicemente voragine?".

"Non ci avevo pensato", disse Ben. "E *non era* una voragine, tecnicamente. È stata causata da una qualche... esplosione".

"E Carlos Rivera ci è caduto dentro?".

Ben annuì, con un'espressione vuota. L'agente sospirò e si rivolse al suo collega. Il secondo agente si fece avanti, riprendendo la linea dell'interrogatorio. "E lei ha detto che stavate spostando, trasferendo un orso fastidioso?".

Un uomo entrò nella stanza. La sua struttura grande e rotonda era inconfondibile. Il capo di Ben, George Randolph, si intromise nella discussione. "Un orso fastidioso è un orso che non ha causato danni o ne ha causati di considerevoli e deve solo essere trasferito in un'area più remota...".

L'ufficiale non è rimasto impressionato. "Questo è il Wyoming. Sappiamo cos'è un orso fastidioso".

"Senti, Mo, il grizzly, ha già tre colpi contro di lei. Stavamo cercando di allontanarla abbastanza da farla stare ferma".

Gli agenti annotarono tutto, mentre gli altri borbottavano tra loro. Ben si sedette immobile sul divano del salotto, l'unico posto lontanamente confortevole dell'intera stanza. Le luci che sovrastavano gli agenti locali, i guardaparco e il personale riunito bruciavano su di lui come l'illuminazione sterile di un reparto ospedaliero. Ben si sentiva in trappola, fuori posto e ansioso.

L'ultima volta che sono stato in ospedale...

Ben scosse via la sensazione. Sapeva che non avrebbe giovato ai suoi livelli di ansia rimuginare sui ricordi del passato.

Tutto il personale in servizio durante l'esplosione era stato convocato in questo edificio per un "debriefing", come lo chiamava la polizia locale. Una squadra di pompieri e soccorritori era in arrivo da un momento all'altro. Ben vide anche alcuni uomini e donne che si aggiravano tra loro e che non riconobbe, parlando tranquillamente con i singoli membri della squadra di Yellowstone degli eventi della mattina.

Governo, pensò. Una delle donne si diresse verso di lui. Esile, in forma e con un vestito attillato che si intonava al suo atteggiamento, come il tipo di persona che si prende troppo sul serio.

Quando la donna non deviò dalla sua rotta, Ben quasi disse qualcosa che non avrebbe dovuto dire.

Le parole le uscirono di bocca prima ancora che smettesse di muoversi. "Posso farle qualche domanda?".

Ben non rispose. La guardò rapidamente da cima a fondo e puntò gli occhi sull'unica finestra su questo lato dell'edificio.

"Il signor Bennett, giusto? Harvey Bennett?", chiese.

Anche in questo caso, non rispose.

"Di solito però la gente ti chiama Ben, giusto?".

Con riluttanza, annuì.

"Signor Bennett, lei è un ranger qui a Yellowstone? Lavora qui da tredici anni, giusto? Prima come una specie di stagista, poi passando al suo ruolo attuale".

Non erano domande. Stava verificando le informazioni che le erano state fornite da un subordinato.

"La procedura standard suggerirebbe di presentarsi per primi", disse Ben.

La donna non si lasciò distrarre e continuò. "Avevi diciannove anni, hai trasferito la tua vita qui e ora vivi in una roulotte appena fuori dal perimetro del parco. Posso chiederle da cosa stava scappando?".

Ben strinse la mascella e riprese a fissare la finestra.

Non stavo scappando, pensò. *Avevo solo bisogno di spazio.*

"Più tardi, allora. E Rivera? Il signor Carlos Rivera, venticinque anni, di Albuquerque, Nuovo Messico. Da quanto tempo lavorava con lui?". L'enfasi della donna sulla parola "aveva" non sfuggì a Ben.

"Hai intenzione di fare domande di cui non conosci già la risposta?", ribatté lui.

La donna esitò, prima di annuire. "Mi sembra giusto. Signor Bennett, può parlare di ciò che ha visto stamattina lassù? L'esplosione?".

Ben pensò per un momento. "Sembrava una bomba. Una nuvola di funghi e tutto il resto".

"Giusto. E che reazione avete avuto lei e il signor Rivera quando l'avete notato?".

"Non abbiamo avuto il tempo di reagire: c'è stato un terremoto e poi...". Non finì il pensiero. Lei indossava una targhetta identificativa che non riconobbe... "Con chi sei?" chiese.

"I Centri per il controllo delle malattie, divisione BTR, locale di Billings, Montana".

Ben si alzò dal divano e si mise davanti a lei. "Senta, CDC, BTR o quello che è, signora", disse passandole accanto. "Ho risposto alle domande per quasi un'ora. Se vuole maggiori informazioni, legga i rapporti". Attraversò il gruppo di persone e si diresse verso la porta. La aprì e scese nel patio, senza voltarsi.

Sentì la zanzariera esterna chiudersi alle sue spalle e poi riaprirsi cigolando. Dei passi scesero rapidamente i gradini. In pochi secondi la donna era accanto a lui. Non rallentò.

"Mi dispiace, signor Bennett, so che ha avuto una mattinata difficile, ma...".

"*Mattinata difficile?* "Ben si fermò e si girò verso di lei. "Una mattinata difficile è quella che sta vivendo la famiglia di Rivera. Una mattinata difficile è quella che stanno vivendo le famiglie delle circa cento persone rimaste uccise nell'esplosione. Io sto solo cercando di avere *una* mattinata *tranquilla*, ma a quanto pare non sarà possibile".

"Lo so, signor Bennett, è solo che...".

"Smettila di chiamarmi così".

"Ok, ho bisogno di sapere esattamente cosa è successo".

"*Sai* cosa è successo. Tu e tutti gli altri. È esplosa una bomba e sono morte molte persone. C'è stato un terremoto, il terreno si è aperto e Rivera ci è caduta dentro. Cos'altro vuoi da me? Ho cercato di salvarlo, ok? Avevo il suo braccio e lui è caduto. Che c'è? Pensi che io sia sospettato di omicidio o qualcosa del genere?".

Abbassò la voce. "No, non lo so, Ben. Ma il mio capo non è il tipo di uomo che lascia correre. Mi farà delle domande, alcune molto specifiche, e devo essere in grado di rispondere in modo soddisfacente. Voglio solo tornare in Montana, a casa".

Ben scalciò una pietra ai suoi piedi, poi incontrò di nuovo gli occhi della donna. "Dov'è esattamente la casa?".

"Fuori Billings, una piccola città chiamata Lockwood".

Pensò per un attimo. "Mi faresti un favore? Come ti chiami?".

"Julie. Juliette Richardson".

"Giusto. Mi fai un favore, Julie?".

Ha aspettato.

"Se può fare in modo che non debba parlare con nessun altro di questo pasticcio? Le dirò quello che so; è tutto quello che posso fare. Ma non voglio fare il furbo con gli altri tipi di governo, come lei o chiunque altro. D'accordo?"

L'angolo della sua bocca si sollevò verso l'alto, quasi in un sorriso. "Credo di poterlo risolvere".

CHAPTER 4

LA MAZZA HA COLPITO la palla direttamente nello sweet spot. Josh Hohn la guardò navigare lungo il fairway, rompendo a sinistra prima di atterrare e seguendo il contorno del lungo par 5, come se la palla fosse stata guidata a distanza. Josh sorrise, sapendo esattamente cosa avrebbe detto il suo capo, Francis Valère.

Sentì l'uomo più anziano dietro di lui borbottare una parolaccia francese sottovoce e poi, in inglese, "deve essere quel bel pezzo che stai usando".

Josh sapeva che le sue innumerevoli ore di pratica e le migliaia di drive di allenamento, oltre al suo impegno nel fitness, erano i veri motivi per cui era in grado di mandare la palla praticamente ovunque volesse. Ma il driver TaylorMade SLDR era un regalo di Valère, che cercò in tutti i modi di far sentire Josh in colpa.

"Beh, l'hai scelto tu, capo". Josh gli fece l'occhiolino.

Francis Valère prese un driver dalla sacca da golf fissata sul retro del carrello e si avvicinò a un tee rosa acceso. Posizionando con cura la pallina, fece qualche tiro di prova prima di lanciarla lungo il fairway. La guardò alzarsi e venire catturata da una folata di vento che la spinse verso destra. La palla atterrò vicino a una trappola di sabbia, rimbalzò un paio di volte e si fermò nell'erba alta appena prima della linea degli alberi.

Josh rise. Valère lo fulminò con lo sguardo.

"Avresti dovuto comprarne uno per te, credo". Josh scrollò le spalle.

"Disse l'uomo che mi sta ancora dietro di tre". Valère tornò al carrello e mise via la mazza. Si mise al posto di guida. "Andiamo, quello sarà difficile da trovare".

Josh era già seduto nel carrello e controllava il cellulare. "Mi stai prendendo in giro...". Alzò lo sguardo. "Non ci crederai mai. Sembra che sia esplosa una bomba a Yellowstone. "

"Terroristi?"

Josh scorreva un articolo sul suo smartphone, sfogliando la notizia che aveva preso dal suo feed reader. "Non lo so. Dice che ci sono stati danni minimi, alcune vittime..." fece una pausa. "Cazzo, non voglio essere morboso, ma se devi bombardare un posto, non ne sceglieresti uno un po' più... popolato?".

"Suppongo di sì". Valère continuò a guidare, mantenendo il carrello sul sentiero che si estendeva lungo il lato destro della buca 13. "Incredibile."

"Lo so, vero?"

"Sto parlando della palla. Non la vedo da nessuna parte". Fece fermare il golf cart e scese. "Vuoi aiutarmi a trovarla?".

Josh rimise il telefono in tasca e uscì dal veicolo. "Cosa speravano di ottenere?"

Valère frugò con il piede, cercando di individuare il punto in cui era atterrato il pallone Nike bianco. L'erba era perfettamente tagliata, lasciata un po' lunga per differenziarla dai fili tagliati corti vicini. "Su cosa pensi che stiano lavorando?".

Josh pensò per un attimo, la domanda e il cambio di argomento lo colsero di sorpresa. "Chi lo sa? Forse si stanno davvero prendendo una vacanza, come gli hai ordinato". Josh sapeva che il suo capo stava parlando dei due assistenti di laboratorio che lavoravano anche loro per Frontier Pharmaceuticals Canada. Valère aveva fondato la Frontier Pharmaceuticals Canada solo pochi anni prima, con un massiccio investimento personale e alcuni finanziamenti di rischio da parte di un paio di suoi amici. Aveva assunto Joshua Hohn come suo braccio destro e socio, e Josh aveva a sua volta assunto i due studenti universitari part-time per aiutarlo con i dati e l'organizzazione.

"Li conosci bene quanto me, Hohn: probabilmente sono al lavoro per curare il cancro o per creare il prossimo *superfood*". Sottolineò la parola "super" con il suo marcato accento francese. Josh sapeva che intendeva scherzare, perché spesso avevano preso in giro l'ossessione cieca degli americani per la frutta e la verdura "super". Adorava creare in laboratorio funghi vegetali ibridi che includevano una dose extra di una o due vitamine, e poi cercare di convincere Valère a commercializzarli come "next big thing". Era un gioco divertente che Josh faceva mentre lavorava all'altro progetto.

E l'altro loro progetto *era* davvero la prossima grande cosa.

Negli ultimi tre anni si era avvicinato alla messa a punto di un "super" farmaco molto concreto: un guscio organico in grado di crescere intorno alle pareti cellulari di organismi microscopici. Il guscio agiva come una sorta di "armatura" flessibile e semipermeabile.

Per Josh era affascinante concepire una molecola di legame chimico creata in laboratorio che si fondeva effettivamente con la parete esterna di una cellula e aggiungeva un ulteriore strato di protezione, pur consentendo alle funzioni interne della cellula di interfacciarsi con il mondo esterno. Avrebbe rivoluzionato il mondo farmaceutico. Il mondo delle nanotecnologie era quasi alle porte e Josh sapeva che la sua carriera si sarebbe consolidata se avessero avuto successo.

Finora è stato così. La loro più grande scoperta è avvenuta la settimana scorsa, al termine di un lungo periodo di oltre venti ore nel "Dungeon", il soprannome che aveva dato al loro spazio di lavoro buio e disordinato. Josh aveva chiamato Valère in modo frenetico, quasi inciampando nelle parole mentre i risultati dei test arrivavano.

Il nano-rivestimento che aveva applicato aveva finalmente fatto quello che doveva fare: si era attaccato.

Valère trovò finalmente la sua palla vicino a un ceppo d'albero perfettamente allineato tra lui e la buca. Imprecò di nuovo e prese un pitching wedge dalla borsa.

"Andare su e giù?" Chiese Josh, chiaramente sorpreso.

"Non ho la forza di sprecare tre colpi e lasciarti recuperare". Fece qualche tiro di prova e iniziò il suo rituale di swing.

Il colpo fu bellissimo: un arco perfetto che portò la palla oltre il ceppo e dritta al centro del fairway, a pochi centimetri dal primo colpo di Josh.

"Beh, sono contento di non aver scommesso che non ce l'avresti fatta", disse Josh.

"Non sono uno che scommette", ha detto Valère.

"No, non lo sei, ma dovresti esserlo. Con questo tuo prodotto, avresti potuto essere sistemato".

Valère si rivolse a Josh. "Stia tranquillo, amico mio, la mia esposizione in questa società è superiore a quella che scommetterei qui fuori con voi. E non dimenticare che anche tu hai una bella quota di partecipazione".

Josh annuì. Aveva firmato per uno stipendio di mezzo milione di dollari, in dollari canadesi, e aveva accettato anche un contratto di opzioni in vista dell'inevitabile IPO. Inoltre, aveva una piccola percentuale di partecipazione ai futuri profitti dell'azienda.

In pratica, entrambi gli uomini stavano per diventare ricchi al di là dei loro sogni più sfrenati.

"Quando tornerò in ufficio la prossima settimana, avrò una telefonata con gli altri due investitori e con l'avvocato specializzato in brevetti, e da lì prenderò una decisione sui tempi", ha dichiarato Valère.

"Su cosa vuoi che lavori, allora?". Chiese Josh. Erano arrivati a metà della buca e camminavano verso il punto in cui le loro palle giacevano nell'erba. "Immagino che dovremo organizzare qualche incontro con i rappresentanti più grandi e iniziare a occuparci del marketing".

"No, aspetteremo la commercializzazione. Devo consegnare il campione agli investitori e loro avvieranno la produzione".

"Produzione di cosa?" Chiese Josh.

"Ti ricordi il viaggio nel Territorio del Nord-Ovest che ho fatto un anno fa?". Chiese Valère.

Josh scosse la testa. Era un cambio di argomento interessante e improvviso.

"Ho visitato il sito di una tribù di nativi che è scomparsa da tempo. Lì abbiamo trovato anche i resti di un accampamento e di quella che abbiamo ipotizzato essere una spedizione russa".

"Noi? Pensavo che fossi andato da solo".

"Ho incontrato i miei investitori - come sapete, siamo partner commerciali da molto tempo".

"Quindi si trattava di un viaggio di lavoro?". Chiese Josh. Era sempre più confuso.

"In un certo senso, sì. Comunque, abbiamo scoperto la causa della morte di questi poveri esploratori. Una pianta che è in grado di rilasciare una piccola quantità del suo meccanismo di difesa naturale nell'aria circostante quando viene disturbata. Nella sua forma in polvere, credo, veniva usata da questa tribù di nativi come una sorta di allucinogeno. Tuttavia, col tempo, quello stesso meccanismo di difesa si è trasformato in una sostanza piuttosto letale".

"Stai parlando del campione che hai nel congelatore, vero? Quelle scatole che sono state spedite indietro con te?".

Valère annuì. "Volevamo usare questa sostanza *anche* come meccanismo di difesa, proprio come faceva la pianta. Tuttavia, avevo bisogno di rafforzarla, di migliorarne la potenza...".

"Hai creato un virus?"

"Ne ho *scoperto* uno. Allo stato naturale, la sua potenza è appena sufficiente a danneggiare un piccolo mammifero, a meno che non venga ingerita in grandi quantità. Ma con alcune modifiche e miglioramenti...".

"Di cosa stai parlando?" Josh era inorridito. "Non è un'applicazione medica, Francis-".

"Non vi interessa quale sia la domanda", ha detto Francis.

Josh si avvicinò alla sua palla e sbatté la mazza con uno swing sconsiderato. La palla volò via da terra, lasciando una sporca striscia marrone nell'erba. Guardò, con la rabbia che gli saliva, la palla che si dirigeva a destra e superava la fila di alberi. Senza voltarsi, iniziò a camminare verso gli alberi per trovarla.

Come ha potuto farlo? Si è chiesto. Josh lavorava con Valère da oltre tre anni e pensava di conoscerlo. Entrambi erano interessati a *preservare la* vita attraverso il loro lavoro e la scienza.

Sembrava l'esatto contrario.

Attraversò i folti cespugli che segnavano la fine del campo da golf e l'inizio di un terreno non edificato e continuò a camminare verso un boschetto di pini verso cui aveva visto volare l'ultima volta la sua palla. Avvicinandosi agli alberi, sentì il rumore dell'acqua che scorreva.

Gli alberi si ergevano come sentinelle di fronte a una ripida collina, a guardia del precipizio. La collina cadeva a picco su un fiume, dove si poteva vedere l'acqua che rotolava sulle rocce e formava piccole rapide mentre si snodava attraverso il canyon.

Quello che non vide, però, fu la sua palla.

"Credo che sia atterrato più in alto", disse la voce del suo capo alle sue spalle. Valère aveva guidato il loro carrello fino al bordo del campo e si era avvicinato a Josh.

"Non puoi farlo, Valère. Non puoi svenderci così. E poi chi ci compra?".

"Non è una questione di soldi...".

"Stronzate!" Josh abbaiò. "*Certo che* lo è! Perché altrimenti me lo avresti tenuto nascosto?".

"Te l'ho detto, non è una cosa di cui dovresti preoccuparti. Questo piano è precedente al nostro accordo, Josh".

Josh guardò il suo capo mentre estraeva dalla borsa il driver di Josh. Lo ispezionò, esaminando la struttura leggera in grafite. "È una vita che lavoriamo a questo progetto e non lo abbandonerò prima di averlo finito".

Josh fece un passo indietro verso la collina, con un'espressione sofferta sul volto. "Sembra che *tu sia* un terrorista. È tutto qui. Stupido genocida compiaciuto".

"Voi avete i vostri nomi per quello che faccio, io ho il mio. Sto lavorando a qualcosa di *molto* più grande di qualsiasi cosa possiate immaginare", ha detto Valère. "Qualcosa di molto più significativo".

"Non riuscirai a farla franca", disse Josh. "Non potrai scappare quando avrai finito".

"Non ho intenzione di scappare, Josh. Sono qui e resterò qui. E se sarò rimosso, ci sarà un altro a prendere il mio posto. E un altro ancora".

Josh vide il suo amico e socio d'affari osservarlo, come se stesse esaminando un esemplare. "È davvero un peccato, Joshua".

"Cosa?" Gli occhi di Josh si allargarono quando notò Francis che alzava in aria la mazza da golf.

Valère si scagliò con la mazza e colpì Josh alla testa. Si sentì un rumore nauseante e Josh cadde immediatamente a terra.

Il sangue gli colava negli occhi e sopra gli occhi. Rivestendo la sua vista di una tonalità di rosso. Passò un altro secondo e non riuscì più a vedere. Il dolore era lancinante. Il suo cervello sembrava una poltiglia. Non riusciva a pensare, non riusciva a parlare...

"È davvero un peccato perdere una mente come la tua, amico

mio. Ma vi sbagliate. La farò franca. L'America non è abbastanza unita per salvarsi".

Josh cercò di alzare il braccio, di fare qualcosa per respingere l'attacco che sapeva sarebbe arrivato...

Ma non ci riuscì.

Poteva solo guardare con occhi spenti mentre Valère abbatteva l'autista e glielo spaccava sul cranio.

CHAPTER 5

BEN E JULIE erano seduti in un angolo della mensa del personale, dove la vernice scrostata delle pareti era passata inosservata per anni. Il leggero odore di friggitrici e di cibo vecchio, mescolato a quello dei prodotti per la pulizia, era sgradevole e allo stesso tempo familiare. Sgradevole se eri un nuovo arrivato, stranamente confortante se non lo eri.

Ben sorseggiò il suo caffè, nero, quasi troppo caldo per essere bevuto, mentre aspettava la prossima domanda di Julie.

"Conosceva bene Rivera?"

"No".

"Tutto qui? È tutto quello che hai per me?".

"Se non l'hai notato, non faccio amicizia troppo in fretta".

"Allora, qual era il problema di quest'orso?".

"Mo."

"Mi scusi?"

"Il nome del grizzly", disse Ben. "Si chiama Mo".

"Hai dato un nome all'orso?".

"Sì, diamo dei nomi ad alcuni dei nostri frequent flyer. Mo ha tre strike ora, ma l'abbiamo fatta trasferire lassù. Speriamo che stia bene dopo l'incidente".

Julie scarabocchiò alcuni appunti su un blocchetto in miniatura che aveva preso dalla tasca posteriore. Ben sorseggiò il suo caffè, aspettando che lei finisse. Ascoltò il leggero trambusto che proveniva dalla sala d'ingresso, con frammenti di conversazione che fluttuavano tra i ranger e il personale del parco.

"... Probabilmente era nucleare, giusto?".

"Assolutamente no, troppo piccolo - voglio dire, potrebbe essere stato un test o qualcosa andato storto...".

"... Il governo probabilmente cercherà di insabbiare la faccenda...".

Julie alzò lo sguardo e incrociò quello di Ben. "Non è stato un incidente, ma di certo non è stato un test governativo o altro. Entro un'ora saranno dappertutto qui. Entro stasera, Yellowstone pullulerà di agenti dell'FBI, della CIA, del Dipartimento della Difesa, di tutte le sigle che ti vengono in mente".

Ben rabbrividì. "E il BTR?"

Julie abbassò brevemente lo sguardo sul proprio cartellino, come se lo vedesse per la prima volta. "Oh, BTR", disse, "divisione di ricerca sulle minacce biologiche del CDC. Non è esattamente top-secret, ma è un nuovo programma per il quale il CDC sta cercando di ottenere finanziamenti. Stiamo mantenendo il riserbo finché non avremo ottenuto qualche vittoria".

"Come cercare di capire chi ha bombardato Yellowstone?".

Lei sbuffò. "Beh, più che altro sto cercando di analizzare gli effetti ambientali negativi a lungo termine di eventuali radiazioni nella zona di ricaduta".

"Non proprio degno di un tabloid".

"No, è roba poco entusiasmante, ed è per questo che per ora è solo un'idea. Ma se io-noi riusciamo a scrivere qualcosa di valido, potrebbero farne un dipartimento formale".

Ben annuì. "E il vostro ufficio è a Billings. Sembra una città piuttosto piccola per un ufficio del CDC".

"Lo è, e questo faceva parte dell'attrazione. Al momento è un equipaggio ridotto all'osso, solo io e la mia squadra di cinque persone...".

Un forte grido riecheggiò nel corridoio dall'altra stanza, seguito da una crescente agitazione e da altre voci.

"Portatelo dentro, su quel divano!", gridò una voce.

"Chi è?" Ben sentì.

Le voci si fecero frenetiche, Ben sentì la voce profonda del suo capo, George Randolph, che cercava di far sentire i suoi ordini sopra il frastuono. "Mettetelo giù e prendete dell'acqua. Toglietegli la camicia e date un'occhiata a quel rash...".

Julie era in piedi. Ben la seguiva a ruota.

"Quanto è coperto? Mani, braccia?".

"E la sua testa... guardate il suo collo!".

Julie spinse la porta a battente del corridoio e impedì a Ben di andare oltre. "Aspettate. Non sappiamo cosa sia, ma non farà bene a nessuno se entriamo lì dentro, ed è contagioso. Tanto c'è già abbastanza gente lì dentro".

"Ma..."

Il suo cellulare iniziò a squillare. "Richardson", disse portando il telefono all'orecchio.

Dopo un minuto, sbatté il telefono sul tavolo.

"Un po' troppo unilaterale per essere una discussione", osservò Ben.

"Il mio capo. Andiamo", disse. Non aspettò che Ben la seguisse mentre scivolava fuori dall'uscita posteriore della mensa, attraverso il retro della cucina commerciale.

All'esterno, li attende un sole splendente di mezzogiorno e una foschia rossa dovuta all'esplosione del mattino.

CHAPTER 6

TERRITORIO DEL NORD-OVEST, CANADA

SCAVO **archeologico dell'Università di Manitoba**
Un anno fa

Il resto del pomeriggio si è trasformato rapidamente in sera, ma fortunatamente anche gli scavi si sono svolti a ritmo sostenuto. Prima del tramonto, la squadra di sei persone - cinque studenti e il professore - aveva portato alla luce i resti di un accampamento.

Gli scavi hanno rivelato che l'accampamento era disposto a semicerchio intorno a un'apertura centrale, nella quale uno studente ha trovato i resti di un falò. Un altro studente ha trovato un lembo quasi completo di tenda di tela, con legacci e un grande paletto. Accanto ad essa, un piccolo sacchetto contenente cinque monete d'argento: un ritrovamento miracoloso, soprattutto se si considera che i nativi americani che avevano vissuto da queste parti non avevano mai stampato monete.

Hanno condiviso le informazioni sulla profondità, sulla densità del suolo e sulla procedura da seguire e, all'imbrunire, il team ha trovato altre tre tende, tutte collassate su se stesse e conservate ragionevolmente bene sotto gli strati di terreno freddo.

Insieme hanno segnato, documentato e mappato l'intera area,

creando infine un modello computerizzato del paesaggio e delle coordinate.

Ma non sono state le tende, né i manufatti, né le monete a suscitare il maggior clamore.

Era ciò che la squadra aveva trovato *sotto* quelle tende.

Mentre due studenti rimuovevano con cura la tela dal terreno sotto l'occhio vigile del dottor Fischer, è diventato visibile ciò che giaceva indisturbato sotto di essa per tre secoli.

I cadaveri di una spedizione perduta.

Alcuni corpi erano conservati meglio di altri, ma dagli abiti, dalle strutture craniche e da alcuni manufatti aggiuntivi trovati nelle vicinanze, era chiaro che si trattava della leggendaria spedizione russa di Alexei dell'inizio del XVIII secolo.

Il dottor Fischer era estasiato; questa era una scoperta che, per lui, superava qualsiasi cosa avesse mai ottenuto nella sua carriera professionale prima di allora. Avrebbe scritto un libro, forse un volume di libri, su questa spedizione, su ciò che aveva cercato di realizzare, su dove era stata e su ciò che aveva portato alla morte di questi poveri uomini.

Naturalmente, c'erano domande a cui rispondere prima che questi segreti si rivelassero.

Avevano trovato pezzi di mappe, diari e brandelli di vestiti, ma avrebbero avuto bisogno di altro per ricostruire la storia. Ma ora che il dottor Fischer si era impegnato a esplorare le grotte vicine domani, avevano ancora meno tempo da dedicare a questo sito.

Si spostò verso un'altra apertura rettangolare nella terra; una nuova buca che avevano scavato per continuare la loro esplorazione. Furono scoperte altre tre tende e altri sei resti scheletrici. In uno di essi, uno studente aveva estratto una pipa da fumo in osso intagliato e un piccolo diario rilegato in pelle. Lo studente ha consegnato la pipa direttamente a un altro studente, che si è messo al lavoro per registrare gli oggetti nel database del computer e mappare il luogo esatto in cui sono stati trovati. Il diario è stato consegnato al dottor Fischer.

"Ho pensato che questo potesse essere interessante per te", ha detto lo studente.

Il dottor Fischer indossò un paio di guanti di lattice freschi e impugnò delicatamente il diario. Ne tastò la superficie in pelle lavorata, notando la finezza della lavorazione e l'attenzione ai dettagli. Dopo tanti anni, era davvero notevole.

La cosa più notevole, tuttavia, era il fatto che parte della carta all'interno del diario era ancora intatta. Sporca, macchiata e difficile da leggere, ma comunque intatta.

Tenne il diario aperto, a malapena per sbirciare all'interno, perché non voleva danneggiare il dorso usurato, ma spostò il libro per far entrare abbastanza luce da vedere cosa c'era sulla pagina di destra.

"Qualcuno sa leggere il russo?", chiamò. "E ha gli occhi buoni? Questo è troppo piccolo per me per vedere".

"Stai già perdendo la vista, vecchio?", urlò uno degli studenti.

Il dottor Fischer ha riso.

Gareth, lo studente che lavorava al computer, si alzò e si stiracchiò. "Ho capito", disse. "Comunque ho bisogno di una pausa. Qualcuno vuole sostituirmi?".

Un altro studente laureato si è messo dietro lo schermo del computer e ha continuato a documentare il sito di scavo.

"Lei legge il russo?" Chiese il dottor Fischer.

"Sì, era un corso di laurea minore. Una cosa che mi interessava".

"Perché?"

"Una ragazza che ho conosciuto prima di quel semestre. Speravo di fare colpo su di lei quando l'avrei rivista l'anno successivo. Si è scoperto che era tedesca, ma ho continuato a seguire i corsi per divertimento".

Il dottor Fischer scosse la testa. Consegnò il piccolo libro al suo studente e aspettò.

"Ok, sì, ci penso io. Una bella calligrafia, a dire il vero. Vediamo... *Un'altra giornata senza eventi. Ieri sera c'è stata la luna piena e uno degli uomini ha catturato un coniglio.* '" Gareth alzò lo sguardo. "Roba piuttosto eccitante, dottore". Alcuni degli altri studenti che si erano riuniti intorno ridacchiarono.

"Continua a leggere", ha detto il dottor Fischer.

"*In un altro luogo della mia vita ho trovato conforto come questo...*". Non riesco a leggere quella parola; credo sia una città o qualcosa del genere. *Il vento sussurra tra le nostre file, la neve scricchiola sotto i nostri piedi e si direbbe che sia il rumore più forte della foresta*". Sfogliò delicatamente qualche altra pagina. "Molte di queste cose sono sempre le stesse", disse.

Ormai gli altri quattro studenti erano riuniti intorno a Gareth e al dottor Fischer, ognuno appoggiato a una pala o seduto a terra.

"Salta alla fine", ha detto il dottor Fischer.

Gareth sfogliò il retro della piccola rivista in pelle. "Ecco qui. Ultima annotazione: *'Ci ha fatto ammalare'. I cesti pieni di quella strana polvere. Nessun tesoro vale questo. Ci ha consumati tutti. Ora mi è chiaro che morirò qui da solo...*". La voce di Gareth si interruppe proprio come le parole del diario. I suoi occhi erano spalancati, la sorpresa sul suo volto. "Wow. Piuttosto intenso".

"Dannazione", sussurrò un altro studente.

Il dottor Fischer rielaborò le parole nella sua mente, cercando di memorizzarle. Avevano trovato dei cestini da qualche parte. Da qualche parte vicino a dove si trovavano ora. Qualsiasi cosa contenessero, oltre alle monete, era letale. Alzò bruscamente lo sguardo, trovando tra la folla il volto di una giovane donna. "Steph: qualcuno di voi ha trovato uno di questi cesti? O altre monete?".

Scosse la testa. "No, ancora niente del genere..." la sua voce tremò. "Dovremmo preoccuparci? Sa che ogni tanto si sente parlare di ritrovamenti di *Yersinia pestis* viva nei siti".

"No, no, non credo che si tratti di peste", ha detto il dottor

Fischer. "Inoltre, le monete erano all'aperto, quindi dovrebbero stare bene. Ma dobbiamo cambiare un po' i nostri piani. Non sono sicuro che scavare ancora in quest'area domani sia una grande idea".

Gli studenti annuirono solennemente. In qualche modo, la sola conoscenza di queste informazioni aveva cambiato la loro percezione del sito. Sapere che non erano stati la fame o un attacco a uccidere quegli uomini, ma qualcosa di sinistro e nascosto, li aveva profondamente innervositi.

CHAPTER 7

"DAVID LIVINGSTON", disse Julie a Ben mentre attraversavano il parcheggio, "è esattamente ciò che si pensa quando si pensa alla 'burocrazia secondo le regole'. Preferisce fallire facendo le cose nel modo giusto piuttosto che avere successo non seguendo le regole". Julie girò a sinistra e si avviò lungo una fila di auto parcheggiate, con Ben al seguito: berline, piccole station wagon.

"Non è nemmeno la persona più facile con cui lavorare", ha continuato l'attrice. "In realtà, non si lavora affatto *con* Livingston. Si lavora *per* lui. Nel suo mondo, ciò significa che tutti lavorano contro di lui e che spetta a lui rimediare a tutti i nostri errori".

"Sembra proprio un divertimento", disse Ben mentre passavano davanti all'ennesima Subaru Outback. "Qual è la tua?"

Julie cliccò il pulsante del suo portachiavi e un segnale acustico provenne dalla fila. Ben si fermò di colpo. Davanti a noi c'era un mostruoso Ford F-450, cabina estesa Lariat. Grigio scuro. Si stagliava sulle minuscole Subaru che la circondavano.

Julie gli lanciò le chiavi. "Guida tu", gli disse.

Ben si chiese se fosse Natale. "Davvero?" Cercò di non sembrare impressionato.

Raggiunse la portiera posteriore dal lato del guidatore e la aprì, prendendo la custodia del portatile e la borsa. "Ho del lavoro da fare. Pensi di poterla gestire?".

Ben si mise al posto di guida e si allacciò la cintura. Accese il motore e lo ascoltò fare le fusa mentre aspettava che Julie salisse dal suo lato. Una volta seduto, ingranò la marcia.

"Comunque, Livingston ci fa fare questi rapporti". Aprì il portatile. "Ha l'idea che se scriviamo tutto e glielo mandiamo via e-mail, lui sarà in grado di 'risolvere il caso', o di scoprire qualsiasi cosa dovremmo scoprire. È piuttosto fastidioso, per non dire altro.

"Quindi quella telefonata di poco fa?". Julie ha continuato. "Vuole un rapporto di *persona* ogni 48 ore. Riesci a crederci? Ha detto che se non riusciamo a trovarci faccia a faccia, dobbiamo chiamare, ma 'non farà una bella figura'. Io sono già alle prese con elaborazioni, rapporti e moduli governativi, per non parlare del mio lavoro. E lui pensa che se sono troppo occupato per andare in ufficio ho abbastanza tempo per aggiornarlo al telefono?".

Ben la ascoltò mentre si sfogava, guidando il furgone fuori dal parcheggio e lungo il sentiero curvo che portava alla struttura del personale. Quando svoltò sulla strada principale del parco, si rivolse a Julie. "Dove stiamo andando esattamente?"

Lei si voltò a guardarlo. "Oh, credo che dovrei chiederlo prima a te".

Ben ha aspettato.

"Hai dei programmi? Mi farebbe comodo il tuo aiuto in ufficio".

Ben non riuscì a nascondere la sua sorpresa. "Di nuovo a Billings? È a due ore di distanza".

Lei scrollò le spalle. "Poco più di due anni e mezzo, in realtà. Ho pensato che non avessi niente da fare, visto che il parco doveva rimanere chiuso per un po'".

"*Ho* una vita al di fuori del parco".

"Davvero?"

Ben non riusciva a capire se fosse seria o meno. "In teoria", disse.

"Ho altre domande da farle", disse. "Ma non posso aspettare fino al mio ritorno. Livingston vorrà saperlo il prima possibile".

Guidò in silenzio per qualche minuto. "Devo passare da casa mia a prendere dei vestiti".

"A Billings c'è un Target, compratene un po' quando arriviamo". La testa di Julie non si alzò nemmeno dallo schermo del computer.

"Comprali tu, se vuoi il mio aiuto".

"Affare fatto".

Non se lo aspettava. "Senti", disse. "Ti aiuterò per un paio di giorni al massimo. Ma il fatto che non abbia altro da fare non significa che voglia farti da autista per sempre".

"Lo prometto. Solo fino all'ufficio e poi ti comprerò un biglietto aereo per tornare a casa: posso preparare il mio rapporto e spedirlo durante il viaggio, e se dovesse succedere qualcosa posso semplicemente chiedere".

"Va bene allora", rispose lui, a disagio. "Ma tieni il biglietto aereo. Noleggerò un'auto".

Julie non gli fece domande. Guidarono in silenzio per altri venti minuti, arrivando infine a una stazione di servizio. "Un'altra cosa", disse Ben.

"Che cos'è?"

"Questo è il vostro camion. La benzina la paghi tu".

CHAPTER 8

DAVID LIVINGSTON si sedette sulla sua poltrona da ufficio in pelle e si scrocchiò le nocche, una vecchia abitudine. Si passò le mani tra i folti capelli neri oliati e si spostò sulla sedia. Il suo computer emise il suono di una e-mail in arrivo, ma lui la ignorò.

Cliccando sul sito di notizie, lesse il dossier su Juliette Alexandra Richardson, nativa del Montana. A parte un breve periodo in California durante e dopo il college, aveva vissuto nel Montana per tutta la vita. Aveva chiesto al suo responsabile dei dati, Randall Brown, di inviarne una copia al suo ufficio, dove l'aveva scannerizzata e distrutta: un albero sprecato e senza dubbio una perdita di tempo produttivo. Dopo cinque anni al CDC, non aveva ancora idea del perché fosse così dannatamente difficile inviare tutto per e-mail. Il responsabile dei dati aveva provato a spiegarglielo più volte, parlando di sicurezza e di informazioni sensibili, ma non era mai servito.

Giunto alla fine del dossier, non trovò nulla di insolito o fuori posto. Non avrebbe dovuto sorprendersi: era la terza volta che lo leggeva. Era simile a quello che aveva il suo cinque anni prima. Pulito, semplice e senza un segno nero.

Era arrivato a questo punto della sua carriera grazie alla determinazione, al duro lavoro e alla sfortuna. All'inizio aveva fatto domanda al CDC come investigatore, sperando di ottenere un lavoro che gli permettesse di viaggiare, studiare e ricercare il tipo di cose terrificanti che il resto del mondo pagava per tenere nascoste. Aveva iniziato a seguire un gruppo di scienziati e biologi sulle Ande, ma non era riuscito a inserire il suo nome nell'articolo che poi era stato scritto. Dopo essersi laureato e aver terminato il tirocinio, era stato scavalcato tre volte prima di ottenere un lavoro d'ufficio presso il campus di Atlanta, sede del Centro per lo Sviluppo Economico. Ha lavorato lì per quattro anni, firmando le note spese del suo capo e preparando gli ordini del giorno delle riunioni.

Poi il suo capo morì. Un uomo di sessantuno anni, colpito da un improvviso attacco di cuore, lasciò il reparto senza un responsabile. Invece di sostituirlo, Livingston si ritrovò esternalizzato insieme a tutti gli altri e il reparto fu quasi chiuso. Spostandosi di qua e di là, ottenne una breve posizione come "specialista della ricerca", in pratica un drogato di notizie e media che speculava su quale epidemia o disastro naturale avrebbe portato alla prossima malattia della mucca pazza o all'influenza aviaria.

Durante il suo mandato, non ce n'è stata nessuna.

Finalmente la fortuna ha girato, o almeno così pensava. Quella che sembrava essere un'opportunità per dirigere una sezione del CDC nuova di zecca e appena ideata, si trasformò nel noioso lavoro di middle management in cui si trovava al momento. Era stato relegato nelle retrovie del CDC, nel Montana meridionale, e gli era stato chiesto di "fornire indicazioni sulle minacce ambientali e biologiche alla nazione".

In altre parole, lui e la sua squadra erano dei gloriosi cacciatori di tempeste.

Per Livingston era il posto peggiore del mondo.

Juliette, invece, era arrivata da lui come giovane impiegata del CDC tre anni fa, ancora con la solita mentalità di "cambiare il mondo". Non l'avrebbe scelta lui stesso, ma era stata altamente raccomandata da persone al di sopra del suo livello.

Inoltre, il suo aspetto non aveva certo danneggiato le sue possibilità. Di altezza media, magra e con le curve nei punti giusti, era certamente quella che lui avrebbe definito "un'avvenente".

Livingston si allontanò dalla scrivania e si alzò in piedi, stiracchiando la schiena e facendo scattare il collo. Premette un pulsante sul piccolo interfono accanto al computer e attese un attimo.

"Per favore, prendete Stephens e ditegli di venire qui".

Una voce di donna rispose attraverso la porta chiusa. "Sì, signor Livingston".

Livingston sapeva che l'uso dell'interfono era un atto di arroganza, ma non gli importava. Il citofono era un altoparlante che era stato montato sulla parete fuori dalla sua porta, puntato verso le scrivanie del resto del personale. Il loro ufficio era così piccolo che le uniche stanze chiuse all'interno erano la sua e quella di Julie Richardson, che al momento non era occupata. Alla segretaria amministrativa, tecnicamente incaricata di servire l'intero staff di sette persone, Livingston aveva dato la targhetta "Amministratore Esecutivo", per aiutare a specificare a tutti i presenti per chi esattamente lavorasse lei e tutti gli altri.

Quando bussarono alla porta, aspettò un po', si sedette di nuovo e si schiarì la voce. "Entra pure, Stephens".

Benjamin Stephens aprì la porta e si fermò sulla soglia. Aveva un'aria seccata. "Cosa posso fare per lei, Livingston?".

Livingston si irritò: non amava che la gente lo chiamasse solo per cognome. Lasciò correre, ma lo registrò nel suo archivio mentale di lamentele personali. "Grazie per essere venuto così in fretta".

"David, la scrivania della segretaria è letteralmente accanto alla mia, a un metro e mezzo dalla tua porta. Se non ti avessi sentito attraverso il suo citofono, ti avrei comunque sentito chiedere di me attraverso la porta".

Livingston ignorò la risposta e fece cenno a Stephens di sedersi.

"Ho bisogno che tu mi faccia un favore, Stephens", disse. "Richardson è fuori per un incarico e lei era vicino al parco di Yellowstone". Fece una pausa. "È a conoscenza di ciò che è successo al parco di Yellowstone?".

Stephens annuì.

"Bene. Beh, comunque, è là fuori che si aggira per cercare di capire come l'ambiente regionale sarà influenzato dalle radiazioni".

"Pensavo che stesse cercando di studiare alcune trappole da pesca e l'impatto che hanno sugli insetti a valle?".

"Lo è o lo era. È un piccolo progetto secondario che le è venuto in mente quando ha saputo dell'esplosione. Sapete come può essere: eccessivamente zelante e tutto il resto".

Stephens annuì di nuovo. "È una gran lavoratrice".

"Voglio che tu la controlli, come al solito. Sei il suo secondo in comando in questa squadra e ho bisogno che tu ti faccia avanti. Non è il tipo di persona che si entusiasma a fare rapporto, ma so che capisci perché lo facciamo".

"Sì, signore".

"Bene. Mettetevi in contatto con lei e restate in contatto con lei. Attenetevi ai canali tradizionali: inviate tutto attraverso SecuNet. Chiaro?"

Stephens ha esitato.

"Cosa c'è?"

"Beh, no, signore, voglio dire che è fantastico, ma non capisco come questo sia diverso da come gestisco le cose di solito".

"Non è così, Stephens. Te *lo sto* solo *ricordando*, visto che la tua caposquadra sembra pensare di poter inventare le regole. Non voglio che tu dimentichi come funzionano le cose qui, ok? Chiama Julie al numero verde e tienimi aggiornato su quello che fa".

"Giusto".

"Randy di Data è pronto a partire e, se non l'ha già fatto, vi farà configurare su SecuNet. Tutte le telefonate, le e-mail, persino i telegrammi, non mi interessa, passano attraverso Data".

Livingston osservò attentamente il suo dipendente, cercando di leggere l'espressione del più giovane. Sapeva che *Stephens* sapeva che Randall Brown era in vacanza, ma voleva vedere come avrebbe reagito Stephens. Avrebbe fatto un'altra domanda? Avrebbe fatto finta che Brown non fosse via? Qualcosa di completamente diverso?

Era uno dei tanti "giochi di potere" che Livingston si divertiva a fare con i suoi sottoposti, guardandoli contorcersi mentre cercavano di capire come rispondere al meglio.

Stephens si alzò mentre Livingston stava finendo. "Ricevuto, signore".

Nel caso di Stephens, Livingston era solitamente deluso: Stephens aveva una fantastica faccia da poker.

"Ottimo". Livingston abbassò lo sguardo sul computer e finse di controllare la posta elettronica. Aspettò che Stephens uscisse dall'ufficio e si diresse verso un piccolo armadietto sulla parete in fondo alla stanza.

Tirò fuori un decanter e si versò uno scotch. Si era assicurato di specificare nel manuale dei dipendenti che non era consentito bere in ufficio, ma riteneva anche che fosse un suo diritto esecutivo potersi concedere alcune delle cose più belle della vita. Avrebbe acceso anche un sigaro, se non li avesse fatti uscire tutti dal piccolo spazio.

CHAPTER 9

BEN STAVA GUIDANDO da quasi due ore.

Julie si era addormentata sul sedile accanto a lui. I suoi capelli erano scompigliati e spuntavano dalla parte posteriore dove la sua stretta coda di cavallo marrone era entrata in contatto con il poggiatesta del sedile. Aveva spinto il ginocchio destro contro il finestrino, cercando di rannicchiarsi in una posizione più favorevole al sonno, con il corpo schiacciato in uno spazio molto più piccolo di quello che Ben avrebbe immaginato possibile. Si era già tolta le scarpe da tempo. Per fortuna i suoi piedi non puzzavano.

Ben cambiò canale e passò alla musica country. Una vecchia canzone di George Strait risuonò nella cabina.

Julie si agita e si pulisce la bocca.

"Non volevo svegliarti", disse.

Aprì gli occhi e sbatté le palpebre. "Oh, mio Dio. Credo di essermi addormentata", disse con sorpresa. Si mise a sedere, spostando la gamba verso il basso e raddrizzando la camicetta sgualcita. Si avvicinò ai capelli. "Oh, cavolo, che confusione. Credo di essere stata più stanca di quanto pensassi. Mi dispiace".

"Non preoccuparti", disse Ben. Stava per dire qualcos'altro, ma si fermò.

"Cosa?"

"Eh? Oh, niente. Solo... non preoccuparti. Torna a dormire, è evidente che ne hai bisogno".

"No, credo di essere a posto". Ha notato la musica. "Country? Ottima scelta per questa strada".

Ben pensò per un attimo. "Ehi, all'edificio del personale. Quel tizio che hanno portato qui? Secondo te cos'era?".

Julie all'inizio non rispose. Ben si chiese se stesse raccogliendo i suoi pensieri o se fosse ancora stanca. "Sì, ci ho pensato anch'io. Da come l'hanno descritta, almeno da quello che ho sentito, sembrava un'eruzione cutanea. Forse virale". Sospirò. "Avrei dovuto dare un'occhiata prima di partire".

"Virale? Questo è un salto. Pensavo a un'edera velenosa o qualcosa del genere".

"Stai scherzando? Il modo in cui ne parlavano? Quei ragazzi erano quasi tutti guardaparco, giusto? Sapreste riconoscere un semplice sfogo da edera velenosa, no?".

Ben alzò le spalle. "Certo."

"Inoltre, si stava diffondendo. Hanno detto che era sulle mani e sulle braccia, ma pochi secondi dopo hanno detto che pensavano di averla vista anche sul collo".

"Cosa si diffonde così?" Chiese Ben.

"Beh, credo che se è solo un'eruzione cutanea, potrebbe essere qualsiasi cosa. Candidiasi, febbre reumatica, mononucleosi, varicella".

"Varicella? Davvero?" Ben sembrava scettico.

"Certo, il virus varicella-zoster, se non lo si prende da bambini, può essere molto pericoloso da adulti, soprattutto se si è immunodepressi. Ma senza poterlo vedere, è impossibile dirlo. Sarò curioso di vedere cosa dirà il team medico".

Ben attese un attimo prima di porre la domanda successiva. "Solo che tu non pensi affatto che sia varicella, vero?".

Julie non ha risposto.

"Non si tratta di una semplice eruzione cutanea, vero?".

Julie non lo guardò negli occhi. Infine, si rivolse a lui. "Credo che si tratti di qualcos'altro, qualcosa di più grande. Prima l'esplosione, poi questo? E se fossero entrambi collegati?".

Ben alzò le spalle. "Dipende se qualcun altro ha questo sfogo, no? Potrebbe essere solo un caso isolato. Una coincidenza".

"Sì, è solo che sembra strano".

Continuarono a guidare in silenzio ancora per un po'. Secondo i notiziari, novantatré persone erano morte a causa dell'esplosione a Yellowstone e innumerevoli altre erano state evacuate dal parco. Le prime notizie confermavano i loro sospetti: c'era una specie di agente patogeno che sembrava infettare alcune persone.

"Quando si avranno i risultati per sapere se si tratta di una finta varicella?".

"Non abbiamo ancora un laboratorio mobile, quindi i campioni verranno trasportati ad Atlanta in aereo domattina. Dovremmo avere i risultati in un paio di giorni. Perché?"

"Pensi che possiamo mettere le mani su un campione?". Chiese Ben.

Julie sembrava circospetta. "Forse. Non sarà facile, ma credo che potrei farlo. Perché?"

"Se si tratta di *una* malattia più grande di quanto si pensi, e stiamo parlando di una malattia che si diffonde rapidamente, perché stiamo evacuando il parco e lasciando che tutti tornino a casa quando potrebbero essere infettati?".

"Perché non abbiamo motivo di trattenerli".

"Senti", disse Ben. "Forse conosco qualcuno nelle vicinanze che può aiutarci. Se riusciamo a tenere fuori il tuo capo...".

Ben la guardò riflettere.

"In quanto tempo il tuo amico ci riporterebbe i risultati?".

"Un'ora. Due al massimo".

"Dovrò inviare *qualcosa* a Livingston, quindi vedrò di farmi mandare un campione dal parco, e ne invierò una parte al laboratorio e il resto al vostro contatto, se vi fidate di lui".

"Lei e io", ha detto Ben. "Non lavora sotto una sorta di struttura tradizionale, quindi dovrebbe essere abbastanza veloce. Forse ti darà un vantaggio".

"Ma certo. Chi è questa persona?", chiese.

"Come ho detto", ha risposto Ben, "solo qualcuno che potrebbe essere in grado di aiutare".

CHAPTER 10

IL COMPUTER di fronte a lei cinguettò, segnalando una nuova e-mail. Tra pile di libri, documenti non archiviati e altri detriti di settimane di ricerca, il computer da tavolo era quasi nascosto alla vista. La dottoressa Diana Torres trovò il mouse nascosto sotto un mucchio di fogli e scosse lo schermo dal salvaschermo preinstallato, un nastro di colori infinito.

Navigò attraverso il desktop e fece clic sull'icona, l'unica applicazione costantemente in esecuzione su questa macchina. Non essendo mai stata un'amante dei computer, la dottoressa Torres si rivolgeva spesso al suo assistente di ricerca per ultimare e preparare i suoi rapporti in formato elettronico. Lui la rimproverava per l'ironia della cosa: una donna la cui carriera era stata dedicata alla creazione di modelli computerizzati di molecole e organismi microscopici aveva paura dei computer. Ma lei non se ne preoccupò mai: era tutto un divertimento. Ma a prescindere dai suoi metodi, poco ortodossi o meno, la società di ricerca sapeva che era una delle migliori nel suo campo.

La sua posizione era stata definita solo di recente, dopo mesi di contratto con la società di ricerca. Il lavoro le piaceva, soprattutto perché non doveva sopportare la burocrazia o le solite sciocchezze aziendali che l'avevano allontanata dai lavori precedenti. L'azienda era stata fondata più di quarant'anni fa ed era sempre stata in una fase di crescita. Tuttavia, la dottoressa Torres era stata una "assunzione chiave" e ci si aspettava che portasse l'azienda a nuovi livelli nella ricerca biologica molecolare.

La dottoressa Torres fece doppio clic sull'e-mail, senza oggetto, e iniziò a leggere il corpo del testo. L'e-mail era breve e concisa: una richiesta di aiuto per un progetto particolare. La dottoressa scansò un vecchio involucro di hamburger di Wendy's e una Diet Coke mezza vuota che giacevano davanti alla sua tastiera. Avvicinò la sedia alla scrivania e cliccò sul pulsante "Rispondi". Mentre le sue dita battevano sui tasti per digitare una risposta standardizzata alla richiesta, intravide l'indirizzo e-mail del mittente.

Fece una doppia riflessione e lesse di nuovo l'indirizzo e-mail. Sollevò le mani dalla tastiera per riflettere sulla risposta. Si avvicinò alla Diet Coke e la portò alle labbra. Bevve un lungo e lento sorso della bibita completamente sgasata e lesse ancora una volta l'e-mail.

> *Ho bisogno del vostro aiuto per questo. Invierò presto un campione. Proveniente dall'esplosione di Yellowstone. Vi prego di affrettarvi, vi chiamerò presto.*

> *Ben*

Ben? Non aveva notizie di Ben da oltre dieci anni. Sapeva che era diventato un ranger del parco e che per la maggior parte del tempo non aveva accesso al mondo esterno. Tuttavia, era sbalordita.

Tirò fuori il cellulare - una reliquia di telefono a fogli mobili che aveva usato per anni - e scorse i contatti. Quando arrivò al nome di lui, esitò sul tasto di composizione. Non aveva mai usato questo numero. Fissò il telefono per qualche secondo e poi lo chiuse.

Non ora, pensò. *Non ancora.*

I pensieri si rincorrevano nella sua mente. *Dove si trovava? Cosa stava facendo? Perché aveva bisogno del suo aiuto, tra tutti?*

Rimase seduta sulla sedia per qualche minuto, rimuginando. Non si mosse finché non entrò la sua assistente.

"Dottoressa Torres?" La voce del giovane la riportò alla realtà. Cercò di cancellare l'espressione sorpresa dai suoi occhi, ma non ci riuscì.

"Dottoressa Torres, sta bene?".

"Sto bene", rispose lei. "Ho solo ricevuto un'altra richiesta. Qualcosa... che non mi aspettavo, ma ci metteremo all'opera molto presto".

"Mi sembra una buona idea. Posso preparare l'attrezzatura e comunicare a Vanessa l'arrivo di alcuni campioni. Avete una data?".

All'inizio la dottoressa Torres non sapeva come rispondere. Si alzò dalla sedia e si diresse verso il giovane all'ingresso. "Non sono sicura, Charlie. Prepariamo tutto ora, per essere pronti. Questa volta saremo solo io e te, capito?".

Charlie Furmann annuì senza esitazione. La maggior parte dei progetti dell'azienda era finanziata dal governo, ma gli scienziati impiegati erano liberi - e persino incoraggiati - di perseguire interessi personali e progetti di ricerca quando il tempo lo permetteva. Alcuni di questi progetti, Charlie lo sapeva, non erano esattamente di dominio pubblico.

"Preparerò tutto nel pomeriggio. Dirò a Vanessa di portare personalmente il pacco all'arrivo e di lasciarlo fuori dal mio ufficio. Il laboratorio è aperto domani sera dalle 20.30 circa fino al mattino successivo: devo prenotarlo?".

"Sì, grazie. Grazie. Finisco qui e vado a casa. Non si preoccupi di ripulire nulla; tornerò di buon'ora".

Charlie non disse altro. Uscì dalla stanza, chiudendosi la porta alle spalle. La dottoressa Torres tornò al computer e si sedette sulla sedia. Il salvaschermo era già ripartito e lei mosse il mouse per risvegliarlo.

Fissò lo schermo per un altro minuto, leggendo e rileggendo l'e-mail.

CHAPTER 11

TERRITORIO DEL NORD-OVEST, CANADA

SCAVO **archeologico dell'Università di Manitoba**
Un anno fa

Sarà da un momento all'altro, pensò Gareth Winslow. Aveva chiamato, come gli era stato ordinato, più di tre ore fa, subito dopo aver finito di leggere ad alta voce il piccolo diario che avevano trovato. Il dottor Fischer era estasiato, soprattutto perché le loro scoperte avrebbero confermato e supportato il suo incarico.

Lui stesso non riusciva a crederci, davvero. Una strana sostanza polverosa che uccideva le persone? Era piuttosto eccitante. Ma che cos'era? Spore, forse? Era l'ultima domanda, ma il dottor Fischer non avrebbe permesso a nessuno di loro di avvicinarsi alla grotta e al resto dei cestini non aperti. Era troppo rischioso e, inoltre, non avevano l'attrezzatura per avviare un'analisi sul campo di ciò che poteva esserci all'interno.

Tuttavia, Gareth sapeva che tutti erano curiosi. Anzi, più che curiosi. La cena era costituita da pacchetti di carta stagnola cotti al fuoco e ripieni di verdure, e la conversazione intorno al falò al centro del campo verteva su due argomenti: Che cos'era questa sostanza e chi l'aveva messa lì?

Le teorie andavano dai resti essiccati di qualche misteriosa pianta che le tribù native della zona ritenevano sacra, o almeno consideravano medicinale, a una stravagante cospirazione per assassinare un traditore dell'epoca dei Romanov. Persino il Dr. Fischer, chiaramente giocando, ha inserito una storia inverosimile di invasori alieni che usano un elemento cosmico per iniziare la loro conquista della razza umana.

Gareth ascoltava con attenzione, curioso come tutti gli altri, ma non contribuiva all'esuberanza costruttiva dei teorici della cospirazione. Non era sicuro di cosa ci fosse nei cestini, ma sapeva che non aveva importanza.

È solo questione di tempo, si disse ancora. *Dovrebbero essere già qui.*

Come se fosse un segnale, le sue orecchie captarono il debole battito dei rotori di un elicottero. Era un suono basso e vibrava delicatamente, sembrando provenire dall'interno del suo corpo piuttosto che da una macchina che arrivava da chilometri di distanza. Man mano che il volume aumentava, alcuni altri studenti lo percepivano.

"Ehi, state zitti un attimo... avete sentito?", chiese uno degli studenti. Tutti tacquero e si sentì solo il crepitio del fuoco davanti a loro.

Passarono altri secondi e un altro studente sentì il rumore. "È un elicottero? Qui fuori?"

Gareth guardò il dottor Fischer che si sforzava di ascoltare: *probabilmente non poteva ancora sentirlo*, pensò Gareth, ma *lo sentirà*.

All'improvviso, gli occhi del dottor Fischer si spalancarono e Gareth si alzò in piedi, recitando il suo ruolo. "È proprio così. Strano; mi chiedo dove siano diretti".

Gareth si allontanò dal gruppo e si diresse verso uno dei camion della loro carovana di tre auto. Aprì lo sportello del lato passeggero, si avvicinò al sedile, infilando il braccio nella fessura tra il pavimento del camion e il fondo della sedia, e tastò in giro.

Aveva trovato il suo premio. Lentamente ritirò la mano, mentre le luci della cupola del camion illuminavano il piccolo dispositivo.

Era nero e argento, di plastica con alcuni componenti metallici. Una piccola antenna di gomma si estendeva da un lato della scatola rettangolare, proprio sopra un piccolo pulsante. Spinse il pulsante, lo tenne premuto e attese che una debole luce LED lampeggiasse una volta in rosso.

Fatto.

Era incredibile quello che la tecnologia poteva fare. Il piccolo dispositivo di localizzazione GPS era stato attivato e l'elicottero in arrivo avrebbe smesso di seguire la posizione *prevista della* squadra di archeologi all'interno di una griglia di coordinate longitudinali e avrebbe iniziato a seguire la loro posizione *reale*. Le loro coordinate generali erano state pubblicate sulle bacheche interne dell'università mesi prima, ma persino il dottor Fischer non era sicuro di dove li avrebbe portati esattamente la caccia alla squadra russa.

Per questo motivo, la Compagnia aveva bisogno di qualcuno sul posto.

Gareth Winslow è stato inserito nel team per fornire supporto informatico e amministrativo, una parte dell'archeologia che non esisteva fino a pochi anni fa, quando molti dei dati raccolti venivano spediti e documentati altrove. Grazie al suo interesse per l'archeologia e alla sua laurea in Informatica e Sistemi tecnologici, ha contribuito alla costruzione di una suite di strumenti software utili ad archeologi, geologi e geografi.

E poiché era stato lui a scrivere il programma, era il laureato perfetto per farlo funzionare. Il colloquio di reclutamento con la dottoressa Fischer fu breve e dolce: si strinsero la mano, la dottoressa Fischer chiese se era interessato a dare una mano, e Gareth era dentro.

È stato solo dopo aver iniziato a pianificare il viaggio che Gareth è stato avvicinato dalla Compagnia. Un giorno un tipo losco in abito nero si presentò a casa sua, bussò alla porta e gli consegnò un assegno.

Era la busta paga più grande su cui Gareth avesse mai visto il suo nome, e non aveva fatto nulla per guadagnarsela.

"Ce n'è un altro uguale dopo il vostro viaggio", aveva detto l'uomo.

"Per cosa?" Gareth sapeva che ognuno aveva il suo prezzo, ma non aveva intenzione di uccidere qualcuno.

"Non si preoccupi", aveva detto l'uomo, percependo il suo disagio. "Non c'è nulla di illegale. La Compagnia si occupa di informazioni e abbiamo stretto accordi simili con molti altri scavi e progetti di ricerca in tutto il mondo".

"E di quale azienda si tratta?". Gareth aveva chiesto.

"*La* Compagnia", aveva risposto l'uomo.

Gareth si ricorda di aver annuito una volta, ancora consumato dall'ammontare del denaro sull'assegno.

"Ok, va bene. Posso vivere con un misterioso benefattore. Ma perché non andare semplicemente all'università? O dal capo della spedizione, il dottor Fischer?".

"Non possiamo fare una battaglia legale se viene trovato qualcosa di valore. Lei lo capisce. Inoltre, abbiamo bisogno che la spedizione si svolga nel modo più fluido possibile, senza intoppi lungo il percorso. Mi segui?"

"Lo faccio. Non vorrai che qualcuno sia invidioso del fatto che io stia facendo tutti questi soldi con uno scavo di basso profilo".

L'uomo aveva ricambiato con un cenno del capo. "Bene. Capisce. Come ho già detto, la Compagnia è disposta a staccare un altro assegno di questo importo, se lei riferisce con successo le scoperte fatte durante la sua escursione". Si assicurò che Gareth lo guardasse mentre terminava. "Avete qualche giorno prima di partire. Le consiglio di incassare prima l'assegno, così saprà che non stiamo scherzando, e poi le verranno date le istruzioni".

La mano di Gareth aveva tremato per tutta la conversazione, ma quando l'uomo finì di parlare, trovò improvvisamente un'iniezione di fiducia. "Ci siamo. Ci sto".

Era più di una settimana fa, e Gareth stava ancora cavalcando l'euforia di sapere cosa ci sarebbe stato sul suo conto in banca da lì a una settimana. Tanti soldi che avrebbero cancellato i suoi prestiti studenteschi e a lui sarebbe rimasto ancora abbastanza per vivere. Ripensò all'elenco di istruzioni che gli erano state date dopo aver incassato l'assegno, per essere sicuro di non sbagliare nulla.

L'elenco era breve:

1. Partecipare alla spedizione senza fare nulla che possa destare sospetti.

2. Se vengono trovati oggetti redditizi o apparentemente vistosi, inviate i dettagli via e-mail all'indirizzo sottostante.

Il resto della lettera era un semplice esonero di responsabilità, *"che con l'accettazione e il deposito dell'assegno la Società è stata sollevata da qualsiasi responsabilità...".*

Aveva inviato l'e-mail dopo aver letto il diario del dottor Fischer, utilizzando il suo portatile e la connessione satellitare. Gareth accennava brevemente al fatto che avevano trovato "una specie di sostanza polverosa che si suppone abbia portato alla scomparsa dell'intera spedizione russa..." e "crediamo che ci sia altra sostanza disponibile in una grotta vicina...". L'ha inviata e quasi subito c'è stata una risposta. Era semplice:

"Stiamo convergendo verso la vostra posizione generale. Poiché la batteria in dotazione non ha molta energia, utilizzate il dispositivo solo quando ritenete che siamo vicini per aiutarci a trovare la vostra posizione esatta."

Wow, pensò Gareth. *Questi ragazzi sono in gamba.*

Ora, mentre il rumore del rotore dell'elicottero aumentava, sapeva che sarebbero stati su di loro in pochi minuti. *Devo fare qualcosa per prepararmi?*

Ripose il dispositivo di localizzazione sotto il sedile del camion e sbatté la porta. Tornando verso il falò, notò gli studenti e il dottor Fischer in piedi a guardare il cielo, cercando di capire da dove provenisse l'elicottero.

"Eccolo!" urlò il coreano. Gareth non si era preoccupato di imparare nessuno dei loro nomi: sapeva che sarebbero tornati a casa a mani vuote, quindi non c'era motivo di entrare a far parte della squadra.

Tutti guardarono dove stava indicando. A sud-ovest, sospeso a bassa quota sopra la linea degli alberi. Se non fosse stato per la collina che si stava lentamente ritirando, non sarebbero riusciti a vedere l'uccello.

Gareth esaminò la forma in crescita nel cielo crepuscolare. Sembrava scura, quasi nera, ma ciò poteva essere dovuto alla mancanza di luce a quell'ora del giorno. Sembrava anche slanciato, non come gli elicotteri commerciali che aveva visto volare intorno alle città. Era più piatto, più militare.

Più furtivo.

L'elicottero finalmente si avvicinò. Scivolò dolcemente sugli alberi, rallentando fino alla loro posizione, e iniziò a scendere. *Dove diavolo atterrerà?* pensò Gareth. Si guardò intorno nella piccola radura. I camion, le tende e i fuochi da campo erano sparsi quasi uniformemente nell'area e non riusciva a vedere dove potesse stare un elicottero di quelle dimensioni.

Ma il pilota aveva un'impressione diversa della radura. Gareth osservò il pilota guidare magistralmente la macchina fino a un punto a meno di venti metri dal falò e poi scendere direttamente sulla piattaforma erbosa. Osservò i pattini atterrare con grazia sui fili d'erba, fermandosi infine senza il minimo urto o salto.

Prima ancora che l'elicottero toccasse terra, però, tre uomini sono saltati fuori dal suo interno. Vestiti con un'armatura nera e argento e con l'equipaggiamento di volo, hanno iniziato subito a camminare verso il gruppo di studenti mentre il pilota completava l'atterraggio.

Era difficile sentire il rumore del rotore, ma il primo uomo urlò lo stesso. "Gareth Winslow!", fece una pausa e guardò ogni studente e il professore, in attesa di una risposta.

"R- proprio qui", urlò Gareth.

I tre uomini si voltarono verso di lui e lo incontrarono a metà strada tra i camion e il falò.

"Gareth Winslow?", disse ancora l'uomo. Gareth annuì. "Bene. Portami sul luogo della scoperta".

"Che cos'è questo?" Urlò il dottor Fischer. "Cosa sta succedendo qui?"

"Non vi riguarda", disse uno degli uomini. "Gareth, portaci sul posto".

Gareth scattò sull'attenti, ricordando il suo accordo. "Bene. Ok, andiamo. Siamo a circa un quarto di miglio di distanza, tra questi alberi".

Egli fece strada, mentre i tre uomini e il resto del gruppo lo seguivano. Quando si avvicinarono alla grotta, uno degli uomini alzò una mano e afferrò la spalla di Gareth. "Aspetta", disse.

Gareth lo guardò entrare nella piccola grotta e tornare un minuto dopo. Fece un cenno agli altri due uomini dell'elicottero e iniziò a camminare verso di loro. Si rivolse all'intero gruppo di studenti confusi e al professore. "Chi guida questa spedizione?".

Il dottor Fischer alzò una mano. "Sono io. E le dispiace dirmi cosa sta succedendo?".

L'uomo guardò il dottor Fischer. "Capisco. E lei ha un'idea di cosa potrebbe esserci all'interno di quella grotta?".

"Credo. L'abbiamo trovata oggi, per caso. Credo che qualsiasi cosa ci fosse lì dentro abbia ucciso la spedizione russa che eravamo venuti a cercare".

"Questo lo capisco, dottor Fischer. Ma le chiedo se ha idea di cosa li abbia uccisi *esattamente*".

Il dottor Fischer pensò un attimo, poi rispose. "Ho alcune idee, ma non sono ancora del tutto convinto".

"Capisco". L'uomo tornò a marciare attraverso il gruppo e gli altri due uomini lo seguirono. Impartì gli ordini senza voltarsi. "Segnate la posizione. Fatemi avere le coordinate salvate e pronte a partire". I due uomini annuirono e si staccarono dal gruppo, tornando verso la grotta.

Gareth si trovava ora in fondo alla fila e guardava l'uomo di punta che entrava di nuovo nell'elicottero. Lo sentì rivolgersi al professore dall'interno del veicolo. "Dottor Fischer, vuole unirsi a noi? Vorrei discutere della sua conoscenza ed esperienza con gli oggetti trovati nella grotta".

"Non sono sicuro di sentirmi a mio agio...".

L'uomo lo interruppe estraendo una pistola dalla fondina e puntandola dritta sul volto del dottor Fischer. "Mi permetta di riformulare la domanda, professore, in modo che non sembri così... *facoltativa*".

Il dottor Fischer deglutì, poi iniziò a salire sull'elicottero. "E gli altri? Gli studenti?", chiese.

I due uomini riapparvero, apparentemente dopo aver segnato le coordinate, e saltarono sull'elicottero. Gareth guardò gli studenti spaventati e un'ondata crescente di nausea lo colse.

Che cosa ho fatto? pensò. L'elicottero, con il pilota, i tre uomini e il loro professore, si sollevò di qualche metro dal suolo. Gli studenti, con gli occhi spalancati e confusi, cominciarono a urlare.

"Non puoi farlo!"

Uno degli uomini si affacciò alla porta aperta dell'elicottero e guardò negli occhi Gareth, proprio mentre sollevava qualcosa dal pavimento. L'oggetto ruotò, sostenuto da un meccanismo di supporto, e si fermò appena fuori dall'elicottero.

Gareth sentì il sangue gelarsi.

Era una pistola. Una pistola *enorme*. Gareth riconobbe i giganteschi proiettili, legati insieme in una catena di morte d'oro lucido. Fece un passo indietro barcollando, cercando di formulare delle parole. *Dobbiamo andarcene"*, cercò di dire.

Le parole non gli sfuggirono di bocca. Si sentì invece sollevare da terra e gettare all'indietro, con forza, proprio mentre sentiva un nuovo rumore. Un suono del tipo *"chug, chug, chug"*, ma veloce. Vide la punta infuocata della pistola bruciare mentre ogni colpo lasciava la canna e volava verso uno degli studenti. Voleva chiudere gli occhi, ma non ne aveva bisogno.

Tutto è diventato nero.

CHAPTER 12

PASSANDO DAVANTI all'edicola appena dentro la porta della stazione di servizio, Ben notò il piccolo televisore in bianco e nero seduto sulla mensola sopra di essa. Era impostato su un canale di notizie che non riconobbe, probabilmente trasmesso solo nella piccola regione del Montana meridionale in cui si trovavano.

Si erano fermati poco dopo Red Lodge, su un tratto di autostrada che sembrava abbandonato da un secolo. Quando arrivarono alla stazione di servizio, Julie aveva scelto di rimanere nel camion mentre Ben era entrato a prendere qualche snack e a usare la toilette.

Chiese all'addetto di alzare il volume. L'anziano signore lo accontentò e Ben ascoltò il reporter della stazione fuori dai cancelli di Yellowstone. Le informazioni non erano nuove.

L'esplosione era stata effettivamente una bomba, in base alle analisi dei campioni d'aria effettuate sul posto e in un raggio intorno al parco. Si trattava di un tipo di bomba termobarica, che combinava calore e pressione in un'esplosione di 5 chilotoni. Le stime iniziali ipotizzavano che la detonazione di Yellowstone fosse contenuta per lo più nel sottosuolo, a causa della grande quantità di crosta emersa intorno al sito e dell'esplosione relativamente lieve. Ma non erano solo gli effetti immediati dell'esplosione della bomba a preoccupare il CDC e questa stazione di notizie: il sottile strato di crosta sotto Yellowstone era stato scosso, causando le crepe e gli effetti sismici che Ben aveva sperimentato.

Ben posò sul bancone una barretta di cioccolato e un sacchetto di patatine. Pagò in contanti e tornò al furgone.

"Ti ho portato delle patatine", disse attraverso il finestrino aperto di Julie. "Vuoi guidare?"

"No", disse lei. "Mi piace essere un passeggero per un po'". Sorrise.

"Sono sicuro", disse Ben. "Fare tutto quel lavoro, recuperare le letture...".

"Sali e basta. Dobbiamo andare nel mio ufficio prima di stasera. Hai già saputo qualcosa dal tuo capo? Come si chiamava?", chiese.

"Randolph. Mi ha appena mandato un messaggio. Lo richiamo subito". Ben salì sul camion sollevato e accese il motore. Tirò fuori il telefono dal portabicchieri della console centrale.

Il telefono squillò tre volte prima che Randolph rispondesse. L'uomo sembrava esausto; respirava pesantemente e la sua voce era rauca. *"Ben... sei tu?".*

"Tutto bene?"

"No. No, non lo è, Ben. C'è... beh, c'è stato...". Randolph prese un respiro affannoso. *"È Fuller. È... è morto".*

Ben sussurrò la notizia a Julie. I suoi occhi si allargarono. "Mi dispiace", disse Ben al telefono. "Era un brav'uomo".

"Qualunque cosa lo abbia colpito, si sta diffondendo".

"Cosa vuoi dire?"

"Intendo esattamente quello che ho detto. Si sta diffondendo. Saltando, quasi. Non riusciamo a capirlo. È veloce. Molto più velocemente di quanto avremmo pensato. Quelli di noi che hanno aiutato Fuller sono coperti dall'eruzione cutanea e la pelle comincia a bruciare: io, Matheson, Frank, Clemens, tutti quelli che erano in quella stanza.

Siamo stati colpiti. Siamo in quarantena nell'edificio principale. Matheson è svenuto non molto tempo fa, ma... questo è grave".

Ben non sapeva cosa dire. "Ascolta, Randolph, starai bene. Devi solo..."

"Ben, ascolta. Non ho mandato un messaggio solo per tenerti al corrente. Siamo nei guai fino al collo. Due dei miei ragazzi stanno già iniziando a iperventilare e c'è un medico che sta controllando tutti. Mi ha preso da parte un'ora fa e mi ha detto che si tratta di una specie di infezione virale, secondo lui, e che non c'è niente che possa fare per noi senza strutture di quarantena e forniture migliori.

"Volevo vedere come stavi. Non so dove fossi quando abbiamo portato Fuller, ma forse sei al sicuro. Sei uscito dal parco?".

"L'abbiamo fatto".

"Noi?"

"Sono con Julie. Juliette Richardson, del CDC".

"Oh". Randolph fece una pausa, prendendo un respiro profondo e rauco. *"Ok, bene. Beh, stai lontano dal parco, Ben. Non sono sicuro di cosa ne verrà fuori, ma se riusciamo a tenere il contagio isolato abbastanza a lungo, potremmo essere in grado di prendere il sopravvento e capire cos'è prima di chiunque altro...".*

"Giusto. Sto andando nel suo ufficio. Siamo fuori Red Lodge, nel Montana". Ben si fermò un attimo, riprendendosi. "Randolph-George. Mi... mi dispiace".

"Basta. Non preoccuparti. Rimani con quella ragazza del CDC e aiutala a fare il possibile per fermarlo. Oh, e c'è un'altra cosa".

"Che cos'è?"

"Fuller era al lago quando la bomba è esplosa. Ha detto che era abbastanza vicino da sentire il calore e che l'esplosione di pressione lo ha fatto cadere a terra. Ma non è stato ferito gravemente e ha iniziato a camminare verso la sua capanna quando ha sentito il prurito.

"Comincio a pensare che possa aver disperso qualcosa nell'aria".

"Come può una bomba fare questo?".

"Non lo so. Ma era la persona più vicina a quell'esplosione con cui abbiamo parlato, ed è la prima persona morta a causa di questo virus - qualunque cosa sia - di cui siamo a conoscenza. Capito?"

"Lo so, George", disse Ben. Pensò di scusarsi di nuovo, ma ci pensò su. *A che scopo?* Erano già morti.

Riagganciò il telefono e schiacciò il pedale dell'acceleratore, puntando il camion sulla lunga autostrada.

CHAPTER 13

FRANCIS VALÈRE SBIRCIAVA il cibo che aveva davanti. Era uno dei migliori ristoranti del Quebec e non riusciva a mangiare.

L'uccisione di Josh lo ha davvero colpito così tanto?

Certo, ma era necessario farlo.

Si chiese se avesse bisogno di vomitare di nuovo. L'ansia era aumentata subito dopo il loro incontro sul campo da golf. Valère allontanò con forza il ricordo e guardò il piatto davanti a sé.

L'aragosta, il filet mignon e la mousse al cioccolato dall'aspetto più decadente che avesse mai visto lo fissavano. Non era stato dato un solo morso a nessuno di loro. Usò la forchetta per frugare nel piatto, spingendo la carne da una parte. Con un altro utensile ammucchiò l'aragosta sulla bistecca, formando un muro. Era un castello, un santuario ora. Se solo fosse stato abbastanza piccolo da entrarci...

"Stai bene, Valère?".

La voce riportò Valère al mondo reale.

"Valère? Stai bene?" Chiese una seconda voce.

Stava bene, ma aveva bisogno che pensassero che stesse lottando contro la sua decisione precedente. Doveva nascondere il... *nervosismo*. L'ansia che lo affliggeva da quando era giovane.

Sì, sto bene, ma ricoprirò il ruolo fino a quando sarà necessario.

Alzò lo sguardo verso i commensali seduti di fronte a lui. Roland ed Emilio. Aveva convocato la riunione mentre tornava dal campo da golf privato, suggerendo questo luogo per la sua cucina americana di fama mondiale e per le sue sale semi-private. Uno dei suoi soci, Emilio Vasquez, l'uomo ora seduto di fronte a lui alla sua destra, aveva chiamato in anticipo e prenotato la sala banchetti.

Nonostante ciò, avevano scelto il tavolo nell'angolo in fondo alla sala. La cameriera, una giovane donna bionda sulla trentina, aveva ricevuto l'ordine di entrare nella sala solo una volta ogni quindici minuti. Finora si era comportata bene, senza mai interrompere gli uomini mentre discutevano degli eventi della giornata.

L'uomo alla sinistra di Valère non attese la sua risposta. "È tutto sistemato?"

Valère annuì e finalmente parlò. "*Oui*, tutto è stato portato a termine. Vi chiedo scusa, signori, mi sembra di aver perso l'appetito".

Emilio sorrise. "Non è niente, Francesco. Ricordo la prima volta che, beh, ho dovuto togliere un *pezzo* dalla scacchiera. Non è mai un compito facile".

Valère annuì una volta, accettando il gesto dell'amico. "Tuttavia, è ora di passare alla fase successiva del nostro piano. Dobbiamo informare i canali mediatici della nostra intenzione e della posta in gioco".

Il primo uomo, Roland, deglutì rumorosamente, cercando di contendersi la loro attenzione. Mentre Valère non aveva toccato il suo pasto, Roland era al secondo piatto di dessert. Rotondo, con le guance rosee e le guance che pendevano quasi fino al petto, l'uomo era rumoroso, invadente, maleducato e piaceva ai suoi simili per una cosa, e una sola: i suoi soldi.

Guardarono verso di lui. "Aspetteremo".

Valère aspettò che gli spiegasse. Non essendo uno che si nega l'opportunità di aumentare la drammaticità, Roland diede un morso a un rotolo di pane che in qualche modo era sfuggito alla distruzione precedente. Lo masticò non meno di cinque volte prima di parlare di nuovo. "Aspetteremo a dirlo ai media. Dobbiamo lasciare che l'incidente di Yellowstone sia al centro della scena ancora per un po'. I telegiornali laggiù, anzi, anche qui, lo stanno divorando e non se ne libereranno presto". Il suo accento del sud si rafforzò, senza dubbio stimolato dai tre bicchieri di vino che aveva già consumato, e continuò. "Più pressione si crea intorno a questa storia negli Stati Uniti, meglio sarà per noi".

"Perderemo la nostra opportunità", disse Emilio. Valère annuì.

"No", continuò Roland, con le briciole che gli cadevano dagli angoli della bocca. "Noi trarremo vantaggio da questa linea temporale. Non hanno idea di cosa sia successo lì, e non saranno in grado di ottenere nulla dal sito senza perdere chiunque inviino. Abbiamo il vantaggio del tempo e dobbiamo mantenerlo".

Valère si accigliò. "Non era questo il piano. Perché stiamo aspettando? E cosa dobbiamo fare nel frattempo?".

L'uomo grasso rispose immediatamente, con la bocca ormai piena di budino alla vaniglia. "Ci sono ancora questioni in sospeso da risolvere. Il nostro contatto al CDC mi ha informato di qualcosa. C'è una donna che sta scavando in giro. Niente di che, ma è intelligente. E soprattutto è insistente. Dobbiamo fare un passo avanti e assicurarci che non parli".

L'uomo alla destra di Valère sembrava turbato. "No, non possiamo. È troppo rischioso. Inoltre, il numero dei cadaveri sta aumentando, e per cosa? E le monete? Ho sentito dire che gli studenti e quel professore ne hanno scoperte alcune".

Valère si intromise. "Le monete non sono importanti e non è rimasto nulla del gruppo che le ha trovate. Non c'è modo di ricondurle a noi. Per quanto riguarda la conta dei cadaveri, capisco la sua preoccupazione. Mi creda, la capisco. Ma pensi al risultato finale: è lo stesso".

"Allora perché queste morti inutili? Non ce ne saranno abbastanza?".

"Sì, amico mio", disse Valère. "Ma considera l'alternativa: non possiamo lasciare che qualcosa trapeli prima di essere pronti. Ricordate le regole: controlliamo i mezzi, controlliamo il fine. Niente di meno, niente di più".

Valère e Roland annuirono all'unisono. Emilio scosse la testa. "Sono d'accordo con voi, ma non sono d'accordo. Rischiamo di più cercando di risolvere queste questioni in sospeso che lasciando che facciano il loro corso. Non possiamo lasciar perdere questo particolare?".

"No. Non è una questione di rischio, è una questione di principio", ha detto Roland. "Non mi lascerò sfuggire nulla di simile. Non è nella mia natura lasciare che le cose sfuggano al mio controllo".

Sapevano tutti che era vero, ma l'altro uomo era ancora insistente. "Se succede qualcosa e questo trapela prima che siamo pronti...".

"Votiamo". Roland parlò più forte, cercando ovviamente di controllare la conversazione. "Era questo l'accordo, no?".

"Qual è la proposta?" Chiese Valère.

"Prendiamo le misure necessarie per evitare che queste *esternalità* diventino troppo note. Rimandiamo il coinvolgimento dei media a un altro giorno e usiamo questo tempo per provare ancora una volta la nostra strategia. Il tempo in più ci aiuterà a sistemarci e aiuterà la nostra contingenza a fare il possibile per eliminare queste piccole discrepanze".

"Quindi", disse Valère, "lei suggerisce di utilizzare parte dell'assegnazione che ci è stata data per il contenimento e l'eradicazione?".

Roland sorrise. "È vero. A cosa serve un drago, allora, senza il suo fuoco?".

Gli altri due uomini ci pensarono. Sarebbe bastato che un altro di loro fosse d'accordo con la decisione dell'uomo perché il piano venisse attuato. Valère guardò i due uomini, valutando l'aggiunta al loro piano rispetto alle alternative.

Spinse ancora una volta la bistecca sul piatto, rovesciando il castello e distruggendo il suo santuario.

"Sono d'accordo. Questa è l'opzione migliore per noi in questo momento". Alzò lo sguardo verso Roland. "Avverti i tuoi uomini scelti e consegna il loro obiettivo".

Erano passati esattamente quindici minuti e la cameriera entrò. Tutti e tre gli uomini sfoderarono i loro sorrisi più discreti mentre la cameriera si soffermava su di loro, riempiendo i loro bicchieri d'acqua.

CHAPTER 14

IL CAMION si fermò all'imbocco di un vicolo e Julie disse a Ben di girare a sinistra lungo la stretta strada. Appartamenti fatiscenti ed edifici logori fiancheggiavano il percorso su ogni lato, mentre il furgone passava sopra le buche e le pozzanghere marroni.

"Sembra un posto piuttosto elegante", disse Ben.

L'autocarro sbandò su una buca profonda e rimbalzò selvaggiamente mentre le sospensioni cercavano di compensare. Ben sapeva che qualsiasi altro veicolo avrebbe subito danni, ma il massiccio camion sollevato affrontò ogni urto e ogni avvallamento con disinvoltura. Il vicolo curvò a sinistra e il camion e i suoi due passeggeri si trovarono di fronte a un ampio e tozzo magazzino. Realizzato con un rivestimento metallico e coperto da un tetto d'acciaio poco profondo, il magazzino si adattava bene alla penombra che lo circondava. Ben rallentò il veicolo e lo fece scivolare verso l'edificio, puntando al piccolo parcheggio antistante.

"No", disse Julie. "Vai sul retro. Parcheggia in strada". Ben non fece obiezioni, mentre premeva il pedale dell'acceleratore e il furgone si muoveva in avanti. "La maggior parte delle persone pensa che questo posto sia abbandonato", disse Julie. "A noi va bene così, quindi ci piace parcheggiare sulla strada di fronte al centro sanitario".

Trovarono un parcheggio parallelo sulla strada sul retro del magazzino e Ben tirò il camion nello spazio senza problemi.

"Wow", ha detto Julie. "Mi ci sono volute circa tre settimane per riuscire a farlo".

"Non male", disse. "Sono sorpreso che si riesca a vedere oltre il cruscotto". Salì sul marciapiede e aspettò Julie.

Lo condusse dietro il lato del magazzino e su per una breve rampa di scale. Le sue dita sfiorarono la tastiera. Digitò sei numeri.

123456.

Un piccolo LED sulla porta lampeggiava di verde e il meccanismo di chiusura scattava.

"123456. Davvero?" Chiese Ben.

"Beh, non siamo la CIA", ha detto.

"Speriamo di no".

Spinse la maniglia verso il basso e la porta si aprì. Ben sentì un'ondata di calore proveniente dall'interno dell'edificio che li investì mentre entravano.

"Lasciatemi prima parlare con Livingston", disse. "Se non le dispiace aspettare davanti alla porta d'ingresso".

Ben alzò le spalle. "Fai con calma".

Non si assentò a lungo. Quando tornò, gli fece cenno di raggiungerla in fondo al corridoio.

"Sarà fuori a giocare a golf", disse. "Vediamo se Stephens è in casa. È il mio assistente, ma al momento sta lavorando a un altro caso. Almeno apprezzerà il fatto che sto controllando".

Questa volta si diresse verso destra e, mentre Ben la seguiva, si rese conto di quanto fosse piccolo il complesso di uffici. Il corridoio si incrociava con un altro che correva perpendicolare, ma poi si apriva in un unico grande spazio di lavoro. Una mezza dozzina di cubicoli erano disposti al centro, con due uffici a porte chiuse intorno all'esterno. L'illuminazione a fluorescenza era debole o qualcuno aveva trascurato di sostituire molte lampadine.

Julie lo condusse in uno dei cubicoli e si fermò davanti a un uomo magro che dava le spalle.

"Ehi, straniero", disse lei. L'uomo si girò sulla sedia. "Ehi, capo. È un piacere vederla. Com'è andato il viaggio? Trappole da pesca e insetti, se ricordo bene?".

"È successa un'altra cosa, come sicuramente saprete. Questo è Ben", disse. "Ben, ti presento Benjamin Stephens".

Stephens si alzò e allungò la mano. "Bel nome. Piacere di conoscerla".

Alto, robusto e con occhiali neri con montatura di corno in tinta con i capelli spettinati, il ragazzo sembrava avere forse sedici anni e stava andando a una convention di fumetti.

"E lei cosa fa, signor Bennett?".

Julie interviene. "Lavora a Yellowstone. Ci sono novità?"

"Non molto", ha detto Stephens. "Ma ora è su tutto il web". Si spostò di lato, rivelando un monitor a tripla larghezza pieno di schede aperte e finestre del browser. Quasi tutte quelle che Ben poteva vedere erano piene di notizie sull'incidente e sull'esplosione di Yellowstone.

CNN, Fox news, Yahoo! e *Wall Street Journal.*

"La sto seguendo da quando è scoppiata, circa quattro ore fa", ha detto. "State bene?"

"Stiamo bene", disse Julie. "Avremmo bisogno di un caffè. Dov'è Livingston?"

Stephens si avvicinò alla parete dove sedeva un'antica caffettiera vuota. Vi inserì un filtro e aggiunse acqua mentre parlava. "È giovedì", disse, come se questo spiegasse tutto. "Sta giocando a golf. Ascoltate, non c'è solo l'incidente di Yellowstone".

Julie non capì: "Cosa vuoi dire?".

"Circa un'ora fa, un'emittente locale nella parte settentrionale del

Minnesota ha rilasciato un comunicato su una sorta di virus debilitante che ha già ucciso due persone. Marito e moglie, vicino al confine. Secondo alcuni vicini, lui era fuori a caccia e lei lo stava aspettando a casa. Poi, quando i vicini sono andati a controllare, erano entrambi morti".

Ben ascoltò in silenzio.

"Cosa ti fa pensare che sia collegato?", chiese. "Potrebbe essere solo una specie di febbre stagionale. È la stagione dell'influenza".

"I corpi sono stati trovati con un'eruzione cutanea di colore rosso intenso che ricopriva la pelle, oltre a bolle e piaghe su gran parte del corpo. L'uomo era fuori nella neve, a faccia in giù. La moglie era sul pavimento del bagno. Non sembra un'influenza di cui abbia mai sentito parlare".

"È terribile". Julie lanciò una breve occhiata a Ben. "Sembra che stesse cercando di combattere la febbre. Con il freddo".

"Sembra proprio quello che sta succedendo al parco", disse Ben.

"Eruzioni cutanee, bolle e febbre da calore?". Chiese Stephen. Il ragazzo era ovviamente ansioso di confermare i dettagli per i suoi file, probabilmente sperando che il virus si trasformasse in qualcosa di significativo che potesse portare a una promozione.

"Sì".

"Mi dispiace sentirlo".

"Non c'è niente che possiamo fare ora, se non capire cosa diavolo sia questa cosa". Disse Ben.

"Facciamolo", disse Julie. "Stephens, conosci la procedura. Tutto ciò che trovate passa attraverso il sistema di Randy, anche se è in vacanza. Mandami quello che hai curato e pronto finora. Non c'è bisogno di contenuti duplicati".

"Bene", ha detto. "Ho già iniziato a compilarlo e lo invierò attraverso SecuNet nel tardo pomeriggio. Ehi, pensi che diventerà una cosa grossa?".

"È già grande". Disse Julie. "Speriamo solo che non diventi ancora più grande. Un'esplosione, ovviamente causata dall'uomo, seguita da *due* casi di qualsiasi cosa sia questo virus nello stesso momento? Anche se non si tratta di un'epidemia, potrebbe benissimo provocarne una".

"Che cosa facciamo?"

"Quello che siamo addestrati a fare", disse Julie, come se fosse un genitore preoccupato che cerca di consolare l'immaginazione iperattiva di suo figlio. "Troviamo la fonte e stabilizziamo le potenti proprietà, poi le portiamo ai piani alti per l'elaborazione e la propagazione. Cose standard. Lo sai".

La macchina del caffè dietro Stephens iniziò a gorgogliare acqua calda attraverso il filtro. Quasi immediatamente, l'odore del caffè riempì l'aria dell'ufficio.

Ben si leccò le labbra, rendendosi conto solo ora di aver percorso la maggior parte del viaggio da Yellowstone senza aver bevuto nemmeno un sorso di quella roba. "Hai intenzione di versarlo? Mi servirebbe una tazza".

"Oh, giusto", rispose Stephens, accondiscendente. "Dove siete diretti adesso?".

"Prima torniamo a casa mia", disse Julie, "poi troviamo un albergo a questo tizio", indicando Ben. "Livingston non interromperà la sua partita di golf per qualcosa di inferiore a un attacco nucleare, ma si aspetterà che tutti noi lavoriamo tutta la notte se questa cosa esplode". Si accorse di aver scelto male le parole, ma continuò. "Come ho detto, datemi quello che avete ogni volta che potete e continuate a farlo. Finché avrà informazioni in arrivo, starà zitto".

Stephens sprofondò nella sua sedia. "Sarebbe sicuramente più facile se fossi tu a gestire questo posto", disse quasi sottovoce.

"Fossi in te, terrei un profilo basso", disse Julie. "Conoscendo Livingston, non mi stupirei se avesse messo delle cimici in questo posto".

"Giusto", ha detto Stephens, sorridendo. "Ma ho visto il budget per questa operazione: credo che ce la caveremo".

Julie si voltò e sollevò le sopracciglia, chiedendo silenziosamente a Ben se ci fosse altro da dire. Lui alzò le spalle. All'uscita presero i loro caffè.

CHAPTER 15

IL CIELO della sera divenne una foschia bluastra grazie a un leggero scroscio di pioggia e alla luna quasi piena. Livingston fece scattare il portachiavi sul suo portachiavi.

La Mercedes-Benz era il suo orgoglio e la sua gioia. Aveva acceso una seconda ipoteca sul suo condominio per poter circolare con questo stile e non se ne era mai pentito. In quanto impiegato statale, capiva l'ironia e la contrapposizione di vedere un uomo del suo status andare in giro con un veicolo del genere, ma questo era un motivo in più per amarla.

È sempre stato appassionato di denaro. La sua prima parola, infatti, è stata "denaro", una storia che amava condividere alle feste e in ufficio.

Livingston si diresse verso il magazzino abusivo che fungeva da ufficio temporaneo. Gli piaceva considerarlo così: *temporaneo.* Tutto in questa vita era temporaneo, lo sapeva, ma soprattutto i lavori senza prospettive come questo. Avrebbe raggiunto i dieci anni, avrebbe incassato il premio di ruolo e sarebbe passato a un lavoro di middle management in una grande banca o società di investimento. Aziende come quella erano sempre alla ricerca di dirigenti che non spingessero per ottenere di più e che portassero alla pazzia tutti quelli che li circondavano. Si sarebbe inserito bene in un'azienda che aveva bisogno di un uomo d'ascia o di un normale scribacchino.

Si sarebbe trovato bene anche in un posto che si concedeva lo stesso tipo di indulgenze.

Julie, Benjamin, Charles, la sua assistente esecutiva, Laura: queste persone non lo capivano. Non gliene poteva fregare di meno se lo capissero o meno, ma almeno si aspettava più rispetto di quello che riceveva.

Non bastava un'auto di lusso da 400.000 dollari per fare colpo?

Batté il suo codice d'ingresso a sei cifre sulla tastiera, aprì la porta e respirò l'aria ammuffita. *Dio, odio questo posto.* All'incrocio a T del corridoio, si fermò per controllare il suo aspetto nella lunga finestra della stanza del laboratorio.

Alto, moro e leggermente appesantito, non era un uomo di cattivo aspetto. Anni di lavoro sedentario gli avevano tolto la spavalderia dell'università e l'avevano trasformata in un'andatura strascicata, ma aveva ancora una testa piena di capelli biondo-brunastri e una mascella fiera. All'università aveva giocato a hockey, ma da tempo aveva perso l'arzillità giovanile e anche un paio di denti.

Si è collegato direttamente al suo ufficio in fondo al corridoio.

Lasciò cadere la valigetta sulla sedia accanto alla porta e appese il soprabito. Si versò un doppio bicchierino di scotch e aprì la miniatura del freezer per trovare un cubetto di ghiaccio e...

Perfetto. Laura non riusciva nemmeno a ricordarsi di farlo bene.

Sbatté la porta e si sedette alla scrivania. Come la sua auto, la scrivania era un lusso per il quale nemmeno il governo degli Stati Uniti avrebbe sprecato denaro. Aveva speso tutti i 2.000 dollari della voce di bilancio relativa alla decorazione dell'ufficio e altri 1.500 dollari di tasca sua per acquistare questa antica scrivania in mogano, completa di sportello nascosto sotto il cassetto superiore.

Aprì il portatile di fronte a sé e fece clic per trovare la cartella di cui aveva bisogno. Un messaggio gli suggerì la password. Inserì la stringa di caratteri, la cartella si aprì e Livingston sfogliò l'elenco delle immagini, sorseggiando lo scotch caldo.

Facendo doppio clic su un'immagine in particolare, Livingston si alzò a sedere sulla sedia. Era una foto di Julie Richardson, sorridente in costume da bagno a due pezzi al picnic aziendale della filiale locale. Teneva una palla da pallavolo sotto un braccio e parlava con qualcuno fuori campo.

Fece clic su un'altra. Questa volta Julie era a metà del servizio, con la palla da pallavolo a pochi centimetri dalla mano destra e il corpo teso al massimo della sua lunghezza.

Livingston non sapeva chi avesse scattato le foto, ma quando Laura aveva dato a tutti i membri dell'ufficio l'accesso a Dropbox, si era assicurato di salvarle localmente sul suo disco rigido.

Si aprì un'altra immagine: Julie e Benjamin Stephens seduti a un tavolo da picnic uno di fronte all'altro. Julie dava le spalle alla macchina fotografica e Livingston cliccò sulla lente d'ingrandimento per ingrandirla leggermente...

Il telefono squilla.

Controllò l'ID del chiamante. Era sua figlia. Lasciò che squillasse una seconda e una terza volta e aspettò che partisse la segreteria telefonica. Non parlava con Rebecca da quasi un anno e sapeva che si sarebbe pentito di non aver risposto più tardi.

Risponde la segreteria telefonica. Gemette quando il suono della sua voce interruppe i suoi pensieri. *"Questa è la casella vocale di David Livingston, Direttore..."*.

Al bip, la voce di sua figlia penetrò nel suo ufficio attraverso l'altoparlante del telefono di bassa qualità. *"Papà? Ehi, sono io... Volevo solo salutarti. Ho pensato che avresti lavorato fino a tardi, ma non ne ero sicura"*. La voce si fermò per un attimo. *"Senti, richiamami qualche volta. È passato un po' di tempo"*.

Un'altra pausa, poi il suono di un telefono che riaggancia. Livingston fece roteare un sorso di scotch in bocca e fissò il telefono della conferenza sulla sua scrivania. Fece un altro giro, deglutì e bevve un altro sorso profondo.

Strinse forte gli occhi, tenendoli per un attimo mentre il bruciore dello scotch di bassa qualità gli colava nell'esofago. "Anche tu mi manchi, tesoro", disse a nessuno.

Bevve un altro bicchiere. Nove anni da quando sua madre se n'era andata. Nove anni da quando era andata a letto con quel bastardo della squadra di softball...

Aprì gli occhi di scatto. Era ancora solo qui dentro? *Sì, è così. Bene.*

Annusò, cercando di scrollarsi di dosso la sensazione di delirio causata dal whisky. *Datti una regolata, Livingston. Sei meglio di così.* Sbatte il resto del whisky e posa il bicchiere nell'angolo più lontano della scrivania.

Aveva bisogno di un modo per tenere d'occhio Julie senza che il centro dati ne venisse a conoscenza. Rifletté per un attimo, poi si rimise a sedere e fece clic lontano dall'immagine.

L'immagine di Julie sulla panchina del parco è scomparsa, sostituita da una finestra del browser che visualizzava la homepage di SecuNet, un server intranet con un'interfaccia utente per le comunicazioni sicure e l'archiviazione dei file dell'azienda.

Quasi rideva di gusto. Sebbene SecuNet fosse abbastanza sicuro per gli standard del CDC, sapeva fin troppo bene quanto fosse *insicuro* quel browser di merda. Un perfetto esempio di "abbastanza buono per il lavoro governativo", il browser era stato accuratamente dimostrato come non sicuro da quasi tutti i blog di sviluppo web e di tecnologia in rete, ma era il browser obbligatorio installato su ogni computer governativo, ed era una gran rottura di scatole aggirarlo.

La pagina presentava alcune opzioni e lui ha fatto clic su quella in basso nella prima colonna. Il sito lo ha reindirizzato a una pagina sicura; ha digitato il nome utente e la password nelle rispettive caselle e si è trovato di fronte a una nuova finestra di dialogo:

"Reindirizzamento e-mail: Scegliere l'originatore"

Essere considerato "dirigente" in un'organizzazione governativa aveva i suoi vantaggi, anche se non era ben pagato. Livingston inserì l'indirizzo e-mail di Julie, poi aggiunse un secondo indirizzo e-mail di origine per Benjamin Stephens. Nella casella "Inserisci indirizzo di inoltro" inserì il proprio account e-mail e premette "Invia".

La finestra di dialogo è scomparsa e Livingston ha chiuso la finestra del browser. Il reindirizzamento sarebbe stato "silenzioso", cioè sarebbe stato eseguito in modo invisibile in background - nessuno dei suoi dipendenti avrebbe saputo di essere tracciato via e-mail - e sarebbe stato relativamente irrintracciabile. Solo un veterano dell'IT che cercasse specificamente il reindirizzamento sarebbe stato in grado di trovarlo.

Si alzò, riempì il suo scotch e tornò a sedersi al computer. Sorrise della propria ingegnosità e tornò alla cartella con le foto del picnic aziendale.

CHAPTER 16

LA DOTTORESSA DIANA TORRES scrutò attraverso il microscopio composto, certa che qualsiasi cosa fosse, non l'aveva mai vista prima. La struttura era diversa. Non si trattava di un virus normale. Innanzitutto, sembrava avere un sistema tegumentale che proteggeva il resto del corpo microscopico dagli elementi esterni e dalle malattie. Quello che pensava fosse il capside era costellato di strane protuberanze e graffi, come se il virus *stesso* fosse infetto. In secondo luogo, pur riconoscendo le strutture lipidiche e proteiche che costituivano la maggior parte del corpo, non riusciva a collocarne la configurazione.

Infine, l'intera cavità interna di ogni singolo corpo virale era costituita dai tradizionali nucleocapside e capsomeri, ma anche da altri corpi che non riconobbe e che sembravano essere stipati all'interno. Sebbene la struttura complessiva fosse standard per un tipo di herpesvirus, non corrispondeva a nessuno degli otto ceppi che la scienza moderna conosceva.

Prende un'altra misura e controlla i suoi appunti.

"Ceppo Varicella Zoster; assunzione di una forma più piccola. Involucro nucleocapside e lipidico standard; la strana formazione proteica differisce dai ceppi tradizionali".

"La maggior parte dei virioni sferici ha un diametro di 80-90 nm; il più grande osservato è di 93 nm, il più piccolo di 73 nm".

I risultati erano accurati; le sue misure non erano sbagliate. Il suo assistente, Charlie Furmann, aveva prenotato il laboratorio alle 17.30 di quella sera e lei era rimasta dentro fino a quel momento. Controllò l'orologio.

19:30.

L'atto di controllare l'orologio fece improvvisamente scattare nel suo corpo l'annuncio della stanchezza. Sbadigliò e si stirò le braccia. In piedi, chiuse la luce del microscopio sul lungo tavolo da laboratorio per evitare reazioni indesiderate nel campione. Si infilò di nuovo il camice da laboratorio, in pratica la chiave d'accesso alla miriade di stanze, laboratori e armadi sparsi per l'edificio. Lo indossava raramente all'interno del suo ufficio, ma era considerata una cattiva forma girare per il campus senza.

Inoltre, l'avrebbe portata alla caffetteria del piano principale, la destinazione prescelta. La natura del lavoro presso la struttura di ricerca, così come la personalità di coloro che lo svolgevano, implicava che la struttura avesse un accesso alla caffetteria 24 ore su 24, 7 giorni su 7. Gli scienziati e gli assistenti di ricerca che popolavano questi uffici non erano governati dal tradizionale lavoro dalle 9 alle 5, né si preoccupavano delle norme culturalmente accettate su quando dormire e quando lavorare.

Torres scese dall'ascensore al livello principale. I corridoi erano scarsamente illuminati, ma le porte aperte della mensa diffondevano la luce nel corridoio, richiamando l'attenzione. Un'altra risposta involontaria del suo cervello reagì all'odore del cibo, e i morsi della fame le salirono e scesero lungo le viscere.

Sorpresa di trovare la mensa vuota, estrasse dal frigorifero a vista un piccolo contenitore di plastica di hummus e cracker e una bottiglia da 20 once di Pepsi e batté il suo tesserino di riconoscimento sul terminale della carta di credito. Dopo il segnale acustico del terminale, agganciò il badge alla tasca del camice e tornò nel corridoio, quando sentì il cellulare ronzare nella tasca dei jeans. Si mise a fare i conti con la Pepsi e prese il telefono. Era un messaggio di Charlie.

"Dove sei? Volevo controllare questa modella".

Si acciglò, chiedendosi perché si fosse preso il tempo di mandarle un messaggio quando avrebbe potuto semplicemente aspettare il suo ritorno. Rispose rapidamente.

"Sono andato alla mensa. Sto tornando. Cosa c'è?"

Non attese una risposta, ma entrò nell'ascensore e premette il numero del suo piano. Trovò Charlie, di spalle, chino sul microscopio.

"Cosa sta succedendo?", chiese.

Charlie sobbalzò e si voltò. "Che cos'è questo, Diana? È lo stesso campione inviato prima?".

"Sì..." Rispose la dottoressa Torres.

"Hanno detto cos'era?"

"Cosa intende dire? Hanno inviato un campione di dimensioni standard richieste dal laboratorio per essere esaminato e classificato. Se avessero saputo già cos'era, non l'avrebbero mandato".

Charlie annuì. "Credo di essere solo confuso...".

"Su cosa?"

"Beh, non capisco perché avreste dovuto montare entrambi i campioni in una volta sola".

Ora era il turno della dottoressa Torres di essere confusa. "Entrambi? Cosa intende dire?"

Charlie collegò il monitor esterno alla linea di uscita del microscopio, visualizzando l'immagine del microscopio su un display da 60 pollici appeso alla parete dietro di loro. "Guarda", disse, usando un mouse wireless per disegnare un cerchio intorno a uno degli oggetti sferici sullo schermo. "Questo è il vostro virus, giusto? Il ceppo *'Varicella Zoster'*, o quello che è?".

Lei annuì.

"Beh, se si continua a ingrandire, si vedranno i componenti standard: nucleocapside, lipidi, diversi amalgami di proteine, eccetera".

La dottoressa Torres annuì di nuovo, cercando di affrettare il passo.

"Ma se si *continua ad* aumentare l'ingrandimento..." fece una pausa per reimpostare le rotelle di ingrandimento del microscopio, "si noterà che la struttura interna del virione è completamente piena di corpi estranei".

"Straniero? Come possono esserlo? Fanno parte del virus".

"Giusto, ma questo non significa che lo siano sempre stati. Il virus non *sembra* certo che li voglia lì dentro, vero? Sono tutti rigonfi, grazie allo spirillum che spinge tutto intorno".

La dottoressa Torres alzò bruscamente lo sguardo. "Spirillum? Di che cosa sta parlando?".

L'osservatore fece un ulteriore zoom. Mentre i componenti microscopici dell'organismo virale venivano messi a fuoco, vide l'inconfondibile spirale di una delle forme batteriche comuni. L'oggetto contorto cresceva man mano che Charlie spingeva il microscopio ai suoi limiti; lo schermo appariva improvvisamente sgranato e leggermente fuori fuoco.

"Oh, mio Dio", sussurrò.

"Non l'hai visto prima?". Chiese Charlie.

Scosse la testa.

"Quindi, immagino che non ci siano stati due campioni diversi?".

Entrambi gli scienziati rimasero senza parole mentre fissavano il monitor del televisore. L'immagine sfocata in bianco e nero era inconfondibile.

"No. No, Charlie. Non c'erano", disse. "Stiamo cercando una specie di herpesvirus che contiene anche un'infezione batterica *vivente e respirante*".

"Quindi si tratta di un batterio infettato da un virus?".

"No... sembra che abbiano una sorta di rapporto simbiotico l'uno con l'altro. Non riesco a spiegarlo, ma sembra che *entrambi abbiano* bisogno dell'altro per esistere".

"Ma è impossibile", ha detto Charlie. "Non c'è modo per i virioni di fornire condizioni vivibili ai batteri, e il capside dovrebbe avere accesso al mondo circostante. E una cellula batterica è molto più grande di...".

"Lo so", disse la dottoressa Torres. "Ma qui abbiamo a che fare con qualcosa di completamente diverso; qualcosa che esula da ciò che ognuno di noi ha studiato in precedenza". Mentre parlava e fissava lo schermo davanti a sé, la dottoressa Torres diventava sempre più sicura che quello che stava guardando era esattamente quello che aveva detto.

Impossibile o meno, quello che stavano osservando era un *virus*, perfettamente funzionante, che viveva *all'interno di una* cellula batterica e la sosteneva.

"Come è possibile? È contro le leggi della natura".

Diana Torres alzò lo sguardo verso Charlie. "È possibile, perché non credo che *la natura c'entri* qualcosa".

CHAPTER 17

SEI MESI FA

IL DOTTOR MALCOLM FISCHER SUSSULTÒ. Aspirando un'enorme boccata d'aria, cercò di deglutire. Era doloroso; in qualche modo, qualcosa non andava. Cercò di guardare in basso, ma aveva difficoltà a muovere la testa.

Strano.

Provò invece a muovere le mani. Niente.

Le sue dita, forse?

No.

Malcolm si sentiva incollato, sdraiato sulla schiena. Almeno era comodo.

Su cosa ho il controllo, allora? si chiese.

Aprì gli occhi, sbattendo le palpebre una, due volte. Muove i bulbi oculari; almeno riesce a vedere.

Cercò di dare un senso a ciò che lo circondava. Luci brillanti, fluorescenti. Quelle usate negli uffici e negli edifici commerciali. Pareti biancastre, di un colore sterile.

Questo è quanto.

Ok, cosa significa? Malcolm cercò di muovere il corpo, gli arti, qualsiasi cosa. Niente cedeva. Era come se fosse...

Sono paralizzato?

Ci pensò un attimo. Non ricordava di essere caduto, né di aver avuto alcun tipo di incidente. In realtà, ora che ci pensava meglio, non ricordava nulla. C'era...

Un elicottero.

Oh, Dio.

Il ricordo riaffiora nella mente di Malcolm in un lampo. *Gli studenti...*

Ricorda di essere stato costretto a salire sull'elicottero sotto la minaccia delle armi, di essere stato spinto sul sedile e di essere stato legato, poi il dolce movimento verso l'alto dell'esperto decollo del pilota. L'ascesa avvenne a pochi metri dal suolo.

La pistola.

L'orrido suono di centinaia di esplosioni in miniatura fa oscillare l'artigliere avanti e indietro sulla mitragliatrice montata lateralmente.

Quella che aveva sparato agli studenti. *I suoi* studenti.

Un dolore intenso lo colse, ma non riuscì a capire se fosse solo psicologico. Chiuse di nuovo gli occhi, respirando. Eppure, le mani, le gambe e le braccia non si muovevano; *tutto* era congelato al suo posto.

Dove mi trovo?

Proprio in quel momento sentì un segnale acustico. Era diventato più forte o se ne era accorto solo ora?

Spinse le palpebre e cercò di individuare la fonte del suono. Quando gli occhi si aprirono, il bip divenne più intenso e più veloce.

Ha sentito dei passi. Correre.

"... Il paziente sta subendo una sorta di shock. Possibile reazione..."

Le voci entravano e uscivano. Erano nella stanza.

Chi erano "loro"?

Malcolm era sempre più agitato. Voleva risposte e voleva potersi *muovere.*

"Si è svegliato!"

Altri passi.

Ora sentiva più persone - tre? - *che si muovevano* intorno al letto.

Sono in un ospedale. Deve essere così. Sono paralizzato.

"Non è più in coma?", chiese una voce.

"No, ha gli occhi aperti. Il nuovo cocktail che hanno mandato giù deve aver fatto qualcosa di più che impedire ai suoi muscoli di atrofizzarsi".

Le voci erano affrettate, frenetiche.

"Ok, mettiamogli un po' di Codeina; probabilmente sarà un po' agitato".

"Capito. Lo teniamo sveglio?".

"No, no. Serve solo a trattenerlo finché non si immerge di nuovo e la sua muscolatura non si calma. Non dovrebbe volerci molto".

Malcolm sentì un suono schioccante, seguito dall'odore di qualcosa di amaro. Una specie di sostanza chimica. All'improvviso una sacca di liquido gli passò davanti alla faccia. Vide uno strano assortimento di lettere e numeri, poi alcune lettere che il suo cervello calcolò come parole.

Globale. D-qualcosa di globale.

"Ok, giusto. Medesinsk sarà qui domani mattina e dobbiamo riportarlo giù". Un altro schiocco, seguito da un rumore di sbattimento, giunse alle orecchie di Malcolm.

Cercò di parlare, ma non era sicuro di avere il controllo delle corde vocali. Non importava comunque, perché si rese conto che non riusciva nemmeno ad aprire la bocca.

Una piccola mano gli abbassò il mento, poi gli pose delicatamente una mano sulla gola e un'altra mano si avvicinò alla sua spalla. Sentì due - tre - mani su di lui e poi vide qualcuno che gli infilava un ago nella flebo.

"Non importa: ho già comunicato che abbiamo raggiunto il successo".

"Sì, lo so, ho letto il rapporto", disse la prima voce. "Tuttavia, non vorranno vederlo sveglio. Avranno bisogno di lui per l'ultima serie di test, quindi non c'è motivo di lasciare che diventi troppo consapevole".

Malcolm cercò di mettere insieme i pezzi. *Era* paralizzato. Si stava risvegliando dal coma, comunque. Il suo corpo si sentiva... bene. Indebolito, ma utilizzabile.

"Come si è svegliato?", chiese la seconda voce. Era una donna.

"Si tratta di una reazione standard alla sostanza chimica, quasi come lo sviluppo di un'immunità. La maggior parte dei soggetti si risveglia dopo quattro o sei mesi. Lui è arrivato a cinque mesi e mezzo".

"Possiamo aumentare il dosaggio?".

"No, un dosaggio più alto probabilmente lo ucciderà. Mantenete costante il conteggio dei mg; seguitelo più da vicino. Se ci sono aumenti della frequenza cardiaca o cambiamenti nei cicli del sonno, fate venire qualcuno a controllare".

"Capito".

Malcolm li sentì finire e poi uscire dalla stanza. Fu lasciato ai suoi pensieri e al lento e metodico rumore del bip.

All'improvviso sentì la puntura di migliaia di terminazioni nervose nel collo e nella testa, come se degli aghi appena sotto la superficie della pelle cercassero di farsi strada. Era doloroso, ma significava qualcos'altro.

Poteva muovere la testa.

Era la stessa sensazione che aveva provato quando una parte del corpo si era addormentata. Poteva sentire la linea di nervi che strisciava su e intorno al viso. Lentamente, dolorosamente, cercò di muovere i muscoli esterni del viso: guance, labbra, orecchie. Gli sembrò di percepire un minimo movimento.

Il suo viso continuava a "svegliarsi". Avrebbe preferito la tradizionale sensazione di essere sveglio, piuttosto che quella di milioni di formiche che strisciavano sulla sua pelle, ma non si oppose. Muoveva la bocca.

Con un'incredibile quantità di energia, cercò di sollevare la testa. *Sì!* Si stava muovendo. La sua testa si stava sollevando dal letto, lentamente, sicuramente...

Cadde. Non riuscì più a trattenerlo. La testa gli ricadde sul cuscino.

Con una profonda espirazione, si riprese e riprovò. Questa volta un po' più lontano.

Ora poteva vedere il suo corpo coperto da un lenzuolo, con i piedi che spuntavano dal fondo. Oltre a questo, c'era la porta della stanza in cui era bloccato. Anch'essa era di un colore bianco scheletrico.

Di nuovo, la sua testa ricadde nel cuscino.

È un bene, si disse. *Ogni volta divento più forte.*

Quando Malcolm tentò per la terza volta, tuttavia, si rese conto che gli avevano iniettato qualcosa. Senza dubbio *più* cose.

Probabilmente gli mancavano pochi minuti per svenire di nuovo.

Devo andarmene da qui.

Rimase sdraiato per qualche secondo in più, richiamando l'energia, poi cercò ancora una volta di sollevare la testa.

Voleva urlare. Il dolore gli squarciava il cranio, peggio di qualsiasi emicrania che avesse mai provato. *Non farlo. Fermati.* Si ripeteva in continuazione. *Non... Fermati.*

Con la sola forza di volontà, costrinse il collo ad articolarsi e guardò il labirinto di tubi inseriti in diverse parti del corpo. Non aveva idea di cosa facessero o di quale funzione corporea umana fossero destinati a svolgere. Alcuni sembravano vuoti: forse erano tubi di scarico?

Altri avevano liquidi limpidi che li attraversavano, mentre altri ancora erano attraversati da un liquido cremisi intenso.

Non aveva molta scelta. Poteva ancora muovere solo la testa e non aveva il lusso di aspettare che il suo corpo si svegliasse. Guardò in basso e alla sua destra, notando un piccolo tubo trasparente che era stato inserito nella pelle morbida sotto il braccio superiore, appena sotto la spalla.

Se riesco a raggiungerlo...

Si sforzò di nuovo, forzando la testa in avanti e verso il basso. *Ancora un po'...*

Le sue labbra erano ormai sul tubo, ma non c'era modo che i suoi denti arrivassero fino a quel punto. Aveva bisogno di un po' di più. *Millimetri* in più.

Forza, Malcolm. Si impose di spingere di nuovo in avanti. Il dolore era insopportabile, il viso arrossato.

Solo qualche millimetro in più. Doveva essere così.

Non. Fermati.

Espirò l'ultima aria che aveva nei polmoni e il suo viso si spostò in avanti quel tanto che bastava. Sentì l'acciaio freddo dell'estremità della flebo colpire la sua bocca e si strinse. Non gli importava cosa avesse tirato fuori, purché avesse staccato *qualcosa*.

Sì!

Morse più forte che poté, tirando il tubo con i denti. La spalla gli pulsava, ma non si fermò. Finché la testa non cadde all'indietro. Aspettò un attimo, lasciando che il suo corpo si riorganizzasse. Infine, sollevò la lingua e cercò il suo premio.

Era lì, acciaio freddo e tubo di plastica trasparente. Mentre cadeva, urtava contro la sua bocca e lui era estasiato.

L'aveva fatto.

Con la coda dell'occhio vedeva il tubo di plastica scomparire dalla sponda del letto e sparpagliarsi da qualche parte nella stanza, senza che il suo contenuto potesse più entrare nel corpo di Malcolm.

Sorrise - o quello che pensava fosse un sorriso - e chiuse di nuovo gli occhi.

È solo questione di tempo...

Aspettò che gli effetti del farmaco svanissero; aspettò che la linea pungente degli aghi espandesse la propria portata, invadendo il suo corpo con il bellissimo dono del movimento. Da un momento all'altro sarebbe stato di nuovo in grado di muoversi.

Che cos'è stato?

Sentiva qualcosa, o meglio, capiva qualcosa. Non era una sensazione, ma una sorta di *consapevolezza*. Il suo corpo stava crollando, cadendo di nuovo. Sentì la linea di aghi che si ritirava, scendendo di nuovo nella superficie del suo corpo.

No!

Solo un po' di tempo in più.

Ma non era il caso. Il corpo di Malcolm si stava addormentando di nuovo. Non poteva fare altro che rimanere sdraiato, inerme, mentre i suoi occhi chiudevano il mondo intorno a lui. Poteva sentire il suo respiro, percepire l'alzarsi e l'abbassarsi del suo petto, ma era strano, come se non fosse il suo stesso corpo a controllarlo.

Per essere sicuro, provò di nuovo a sollevare la testa. *Niente.*

Non poteva gridare, non poteva emettere alcun suono. La sua mente si stava spegnendo, facendolo addormentare ancora una volta, e non riusciva a pensare...

CHAPTER 18

"ANCORA NIENTE?" disse la dottoressa Torres, la cui frustrazione cominciava a farsi sentire mentre aspettava che Charlie tornasse con i risultati dell'ultimo test sul campione.

"Non ancora", mormorò Charlie sottovoce. Avevano sottoposto il campione a una serie di test: quelli standard di composizione, attributi e generazione plausibile, oltre ad altri ordinati dalla dottoressa Torres ore prima. Charlie stava ancora terminando l'ultimo di questi: un test per determinare i possibili effetti delle forze esterne sul campione.

Charlie tornò al tavolo portando una capsula di Petri con un tampone del campione all'interno. Il trasferimento del campione da una piastra di osservazione alla capsula aveva reso molto più semplice la prescrizione dei test.

"Non capisco perché non vuoi mandare un'e-mail ai livelli 4 e 8", disse Charlie mentre posava il piatto sul tavolo di fronte a lei. "Cosa può mai andare storto coinvolgendo più persone?".

La dottoressa Torres afferrò il piatto. "Dai, Charlie, conosci le regole. Questo non è autorizzato dalla società, quindi non c'è modo di farlo".

"Sì, ma non ci incoraggiano ad accettare lavori privati?".

"Lo fanno, ma solo se possono mantenere il punto di vista della negazione plausibile per qualsiasi lavoro dei loro clienti scienziati", ha risposto.

"Mi sembra un modo arretrato di fare affari, a mio avviso".

La dottoressa Torres sospirò. "Beh, a *mio* parere, mi sembra un buon modo per tenerli fuori dai guai. Sappiamo entrambi che qui si sta facendo abbastanza lavoro non autorizzato che è finito in un disastro. Una di queste fughe di notizie e ci troveremo tra le mani prove incriminanti. Per tutti noi". La dottoressa Torres lanciò a Charlie un'occhiata che doveva significare che la conversazione era finita, ma Charlie continuò.

"Ho capito. L'azienda non si prende il merito di nulla se non finisce con il segno del dollaro per loro".

"Benvenuto in America, Charlie".

Charlie lasciò correre l'insulto. Era cresciuto in Idaho e aveva vissuto in quasi tutte le cittadine esistenti. Hope, Irwin, Twin Falls e i suoi genitori ora vivevano a Mud Lake. Ora che lavorava a Twin Falls, sembrava che Charlie dovesse passare il resto della sua vita entro i confini del suo Stato natale.

Era cresciuto come la maggior parte dei normali ragazzi americani. Hockey su strada d'estate, hockey su pista d'inverno e altri sport a caso durante la bassa stagione. Era di corporatura media, non alto ma nemmeno basso, il che lo rendeva un candidato ideale per completare la rosa di una squadra in qualsiasi sport praticato.

Con grande disappunto del padre, tuttavia, lo sport non era il punto forte di Charlie. Prima degli allenamenti di football e dopo la scuola durante i semestri autunnali, Charlie passava il suo tempo nel club di scienze del liceo locale. Quella che i genitori pensavano - e speravano - fosse solo una fase, si rivelò una scelta professionale per il giovane. Si iscrisse ai corsi serali dell'università locale quando era solo al terzo anno di liceo, convincendo i genitori che sarebbe stato un bene per il suo futuro. Sebbene sia stato certamente utile in futuro, la verità è che Charlie era in realtà solo interessato a studiare robotica, cosa per la quale la sua scuola superiore locale non aveva un programma.

Ha abbandonato gli studi di robotica dopo il primo semestre di università, scegliendo invece di studiare microbiologia. Dopo essersi laureato con lode, è stato rapidamente selezionato per un tirocinio presso un'azienda di ricerca clinica locale, poi presso un'azienda farmaceutica e infine come assistente della dottoressa Torres.

A Charlie il lavoro piaceva; la dottoressa Torres era un buon capo e lo trattava in modo appropriato: abbastanza duro da spingerlo a continuare a imparare, ma abbastanza amichevole da fargli capire che le importava ancora della sua formazione. È stato grazie a questo rapporto e alla leadership della dottoressa Torres che è riuscito ad avere successo nel ruolo, acquisendo allo stesso tempo un'esperienza di vita nello studio. Per quanto fosse equilibrato e mite, tuttavia, era in notti come queste che Charlie desiderava lavorare altrove.

La dottoressa Torres non si fermava. Erano ormai più di sei ore di fila che non si vedeva la fine. Gli piaceva scoprire e imparare come a qualsiasi altro scienziato, ma gli piaceva anche dormire. Inoltre, sentiva già crescere la fame.

"Ehi, capo, si sta facendo tardi", disse Charlie. Odiava giocare quella carta, ma aveva superato da tempo la sua capacità di essere efficace.

"Eh?" La dottoressa Torres disse a bassa voce mentre fissava il campione e il relativo rapporto. "Oh, giusto, credo che si stia facendo un po' tardi".

Guardò l'orologio.

22:57.

Spinse gli occhiali sul naso e raddrizzò la pila di fogli davanti a sé, alzandosi dal tavolo. "Stai uscendo?"

Charlie aveva lavorato con la dottoressa Torres abbastanza a lungo da sapere cosa significasse davvero quella domanda. *Ne ha abbastanza? Non riesce a sopportare la fatica della* vera *scienza?*

Inoltre, aveva lavorato con lei abbastanza a lungo da sapere come gestire la situazione. "Sì, esattamente". Rise. "Abbiamo fatto tutti i test del manuale e tutti i rapporti sono lì davanti a te. Sono felice di rimanere a leggerteli, ma sono abbastanza sicuro che te ne occupi da sola". Fece un mezzo sorriso dal lato sinistro della bocca. Era abbastanza per dire alla dottoressa Torres che era seriamente stanco, ma non abbastanza per dirle che non gli importava. "Inoltre, sa che sono solo a un'e-mail di distanza".

Annuì. "Lasciatemi finire qui e me ne andrò anch'io".

Quando Charlie se ne andò, la dottoressa Torres si ritrovò sola nel vasto laboratorio all'avanguardia. Era solo un altro esemplare in mezzo ai gadget, agli attrezzi e agli strumenti che, secondo lei, erano utilizzati da altri nell'edificio.

Il laboratorio per cui lavorava esisteva da più di quarant'anni e, dalle storie che aveva sentito, aveva avuto successo fin dal primo giorno. Operava in attivo ogni anno fiscale. Potevano permettersi di non badare a spese per i loro scienziati di alto livello. La dottoressa Torres non faceva eccezione e lei lo sapeva.

Qui lavoravano scienziati che non aveva mai incontrato e che erano stati pubblicati in ogni mese di ogni rivista specializzata a cui era abbonata. C'erano anche scienziati che avevano parlato a tutte le conferenze di cui aveva sentito parlare. Erano i suoi colleghi e anche da lei non ci si aspettava nulla di meno.

La dottoressa Torres apprezzava la sua posizione nell'azienda. Anche se non era certo la scienziata di maggior prestigio, né la più stimata dell'edificio, sapeva che l'unico modo per migliorare era mettersi alla prova. Che si tratti di fama mondiale o meno, lavorare in un posto in cui si è solo un numero tra tanti altri numeri spinge a impegnarsi più di quanto si pensi di essere in grado di fare. La maggior parte dei giorni la dottoressa Torres si sentiva così. Era il motivo per cui era arrivata così lontano nella sua carriera e per cui non stava ancora rallentando.

Prese una pila di fogli e la piccola capsula di Petri dal tavolo e li portò nel corridoio del suo ufficio. Charlie aveva apposto un coperchio sulla capsula di Petri e l'aveva chiusa con lo scotch, con tanto di etichetta che indicava il contenuto del campione.

Sconosciuto s.248-campione 248.

L'infezione virale/batterica che era stata mandata a studiare.

Tornata nel suo ufficio, pose il campione sulla parete in fondo, accanto al suo kit personale di microscopi, e portò il rapporto sulla scrivania. Lo posò sulla pila di fogli che aveva sparso per tutta la scrivania, facendo attenzione a non farne cadere nessuno sul pavimento. Spostò alcuni bicchieri di polistirolo e vassoi di plastica da asporto nella spazzatura accanto alla sedia e si sedette davanti al computer.

La sua e-mail era ancora in primo piano sullo schermo. Cliccò sull'ultimo messaggio ricevuto e rispose.

>A: Harvey 'Ben' Bennett <hbennett1419@yahoo.com>
>Da: Diana Torres <diana.torres@focalresearch.org>
>Soggetto: Re:
>Corpo: Credo che abbiamo risolto in parte la questione. Rapporto allegato; protetto. Usa il mio bdate con il suo nome di battesimo.

Mi manchi. Stai bene?

Lesse l'e-mail per assicurarsi che contenesse l'allegato e le informazioni di cui avrebbe avuto bisogno. Era ancora sorpresa dal destinatario, anche se non così sconvolta come lo era stata la prima volta che lo aveva sentito.

Devono essere passati più di dieci anni, pensò. Non riusciva a ricordare l'ultima volta che avevano parlato al telefono. Eppure, era sorprendente sentirlo. Non erano esattamente le circostanze migliori, ma sapeva che se lui la stava contattando, doveva trattarsi di qualcosa di importante.

Proprio in quel momento sentì dei passi che scendevano lungo il corridoio. Charlie stava tornando?

No, pensò, *Charlie indossava scarpe da ginnastica tutto il giorno.* Questi passi erano chiaramente fatti da una scarpa da donna con il tacco o da una scarpa da uomo. Le orecchie le si drizzarono mentre ascoltava il suono, ora sempre più forte.

Mancava la rapidità di una donna con i tacchi alti e sembrava più pesante. *Chi la stava visitando?*

Sapeva per certo che al momento non c'era nessun altro al suo piano. Dopo tre o quattro viaggi per andare e tornare dal laboratorio al quarto livello, con una rapida occhiata su e giù per il corridoio aveva capito che non c'erano altre luci accese oltre alla sua.

I passi continuarono verso la porta aperta. Si alzò dal computer, dimenticando per un attimo l'e-mail e voltandosi verso la porta.

Proprio mentre si girava, un uomo entrò nello spazio all'interno dello stipite della porta.

"Dottoressa Torres?" Chiese l'uomo. La sua voce era rauca, non proprio quella di un fumatore da sempre, ma sembrava stanca o affaticata dall'età.

Lei annuì.

L'uomo entrò e diede una lunga e lenta occhiata in giro.

"Posso aiutarla?" Chiese la dottoressa Torres.

Le sopracciglia dell'uomo si sollevarono bruscamente, come se avesse dimenticato di condividere la stanza con un altro inquilino. "Ah, sì. Dottoressa Torres, è un piacere conoscerla". Allungò la mano destra in avanti. Lei la raggiunse con riluttanza e gli permise di afferrarla. La mano di lui la avvolse completamente, anche se non la strinse con forza. "Sono qui per il CDC che, come sa, sta operando in modalità di crisi".

"Beh, non lo sapevo esattamente", disse la dottoressa Torres, ancora presa alla sprovvista. "Intende l'esplosione a Yellowstone?". Charlie l'aveva aggiornata sugli eventi della giornata quando era arrivato questa mattina, anche se lei non aveva ancora controllato se ci fossero stati aggiornamenti.

L'uomo sorrise. Ritrasse la mano e la mise nella tasca dei pantaloni.

"Sì, infatti è proprio per questo che sono qui".

CHAPTER 19

"COME TI CHIAMI?", chiese.

Invece di rispondere alla sua domanda, l'uomo si limitò a mettere entrambe le mani in tasca. "Anche noi stiamo seguendo questa cosa, cercando di starle dietro".

"Sai cos'è questa *cosa*?". Chiese la dottoressa Torres. Si sedette di nuovo sulla sedia di pelle della sua scrivania e stropicciò le dita pensierosa.

"Pensiamo che sia una specie di batteriofago; T4, Coliphage, qualcosa del genere". Fece cenno a una sedia. Lei annuì una volta, l'uomo la tirò fuori e si sedette di fronte a lei. "Ma i risultati del laboratorio non sono ancora arrivati. È per questo che sono qui. Volevo sapere se avevate già capito qualcosa".

La dottoressa Torres non riusciva nemmeno a capire come facesse a sapere che ci aveva lavorato.

L'uomo sorrise. "Il pacco che è stato consegnato. Un vostro collega l'ha ricevuto e ve l'ha spedito, ma è stato abbastanza prudente da documentare anche le vostre fasi di ricerca e sperimentazione".

Charlie, pensò. Deglutì la rabbia, ricordando che il suo assistente aveva solo fatto il suo lavoro. Tutti i tecnici di laboratorio e gli assistenti dell'azienda avevano ricevuto l'ordine di tenere un registro di tutti i test effettuati in loco su materiali che potevano essere considerati "potenziali minacce". Pur volendo mantenere il silenzio sul loro lavoro fino alla stesura del rapporto finale, non aveva pensato di chiedere a Charlie di aggirare questa fase di sicurezza.

"Va tutto bene, dottoressa Torres. Questo tipo di cose succede di continuo. Non vorrà commettere errori nelle fasi di ricerca e danneggiare potenzialmente la sua carriera. Anche se ci *avesse* tenuto nascosto questo, non sono qui per rimproverarla".

La dottoressa Torres annuì. "Posso chiederle perché è qui?".

"Informazioni", disse l'uomo senza esitazione. "Come ho già detto, dobbiamo tenerlo d'occhio, soprattutto se si tratta di una specie di batterio...".

"Non lo è".

"Come dice?"

"Non è un batteriofago", ha detto la dott.ssa Torres. "Anzi, è esattamente il contrario".

"Cosa intende dire? I sintomi che vediamo nei pazienti suggeriscono che si tratta di una sorta di combinazione batterica-virale".

"Su questo ha ragione", disse la dottoressa Torres, girandosi sulla sedia e aprendo un file sul suo computer. "È batterico *e* virale, ma non nel senso di un batteriofago. Piuttosto che un virus che attacca e perfora un batterio, abbiamo riconosciuto l'esatto contrario. Un'infezione batterica all'interno di un virus più grande".

L'uomo si alzò e cominciò a camminare nell'ufficio. La dottoressa Torres decise di continuare.

"È una forma standard di batterio spirillum, solo che è stipato nel guscio di un altro corpo. Non ho mai visto nulla di simile prima d'ora, davvero. È piuttosto stupefacente".

L'uomo girò sui tacchi. "E chi altro ha lavorato a questo progetto con lei?", chiese.

"Solo il mio assistente, Charlie Furmann".

"Capisco. E ha qui con sé il campione?".

La dottoressa Torres si agitò sulla sedia, sentendosi improvvisamente a disagio. I suoi occhi si posarono sulla provetta sul tavolo, poi tornarono rapidamente all'uomo. "Mi scusi, posso chiederle di nuovo perché è qui?".

L'uomo aveva già iniziato a muoversi verso il tavolo. Si abbassò e prese la piccola fiala di vetro proprio mentre la dottoressa Torres si alzava dalla sedia.

"Ehi! Mi scusi..." L'uomo allontanò il tubo dalla dottoressa Torres con la mano destra e sollevò il braccio sinistro. Colpì con il dorso della mano il viso della dottoressa Torres, cogliendola proprio sotto l'occhio sinistro.

La dottoressa Torres inciampò all'indietro, stordita. Le lacrime le si riversarono negli occhi. Ansimò. L'uomo continuò a muoversi, recuperando dalla tasca un paio di guanti di lattice. Con un unico movimento fluido, se li infilò sulle dita spesse e si diresse verso il piccolo lavandino del laboratorio.

"Che cosa sta facendo?" Chiese la dottoressa Torres mentre riprendeva l'equilibrio. "Aspetti!"

L'uomo gettò la fiala contenente il campione nel lavandino. Si frantumò con un forte impatto, lanciando il vetro in aria. L'uomo si stava già dirigendo verso la porta aperta. Afferrò la maniglia e uscì nel corridoio.

La dottoressa Torres lo guardò infilare la mano nella tasca del cappotto e prendere un'altra fiala, questa contenente un liquido chiaro. Tenne la provetta di fronte a lei.

"Dottoressa Torres. Mi dispiace che si sia arrivati a questo punto. Tuttavia, stia certa che le sue ricerche e il suo tempo non andranno sprecati". Gettò il campione a terra. Il pavimento duro distrusse la fiala di vetro e il liquido chiaro rimbalzò verso l'alto e sui piedi della dottoressa Torres. Prima che lei potesse reagire, l'uomo sbatté la porta e la dottoressa Torres sentì il rumore delle sue scarpe che si ritiravano lungo il corridoio vuoto.

Corse verso la porta e cercò di aprirla, annaspando e scivolando sul pavimento ormai bagnato. Alla fine la maniglia cedette e lei per poco non cadde nel corridoio. Il respiro le si fece affannoso, ma continuò a percorrere il corridoio, seguendo il rumore delle scarpe dell'uomo. Proprio quando raggiunse l'ascensore, questo suonò.

Le porte si aprirono. Un Charlie Furmann scioccato la fissò. "Dottoressa Torres, sta bene?".

I suoi occhi erano spalancati e selvaggi. Si allontanò dall'ascensore, mettendo spazio tra sé e Charlie.

"Io... io..." balbettò lei. "Sì, sto... sto bene. Vai a casa e ti chiamo domani", le disse. Si allontanò da Charlie e dalle porte aperte dell'ascensore e incespicò verso le scale in fondo al corridoio.

CHAPTER 20

JULIETTE RICHARDSON e Harvey Bennett andarono dall'altra parte della città, lasciandosi alle spalle l'ufficio di Julie. Julie al volante. Ben era rinchiuso sul sedile del passeggero. Appena superati i confini della città e usciti dall'area metropolitana, i grattacieli e gli edifici a più piani adibiti a uffici si trasformarono lentamente in edifici più grandi e più piatti e in case singole su strade di periferia.

"Mi sono trasferita qui dopo aver vissuto per dieci anni nella grande città", ha detto Julie.

"Grande città?"

"San Francisco. Ero proprio al centro di tutto", ha detto. "All'inizio era fantastico, ma dopo un po' ti stanca".

"Sì, ci credo", disse Ben.

Julie rise. "Beh, certo, credo che *qualsiasi* città sia grande per uno come te".

Ben ci pensò un attimo prima di rispondere. "Non ho sempre vissuto in mezzo al nulla", disse. Prima che Julie potesse intervenire, aggiunse: "Ma credo di averlo sempre voluto".

Continuarono a guidare, passando davanti a un altro quartiere pieno di case a uno o due piani dipinte di marrone, marrone chiaro o beige. Steccati bianchi li separavano l'uno dall'altro e prati perfettamente curati indicavano che il quartiere era governato da una rigorosa associazione di proprietari.

"Quindi il parco è un ottimo lavoro per te", ha detto Julie.

Ben annuì, guardando fuori dal finestrino. Per la prima volta durante il viaggio, era solo un passeggero del veicolo. Julie si era offerta di guidare dall'ufficio al suo appartamento.

"Lo è", disse Ben. "Credo, voglio dire, lo era".

"Andrà tutto bene", disse Julie, cercando di convincere più se stessa che gli altri. "Troveremo una soluzione".

Dopo aver superato il quartiere che si estendeva sulla strada a destra e a sinistra, Julie svoltò in una strada di campagna più piccola e Ben poté vedere le case e le recinzioni bianche allontanarsi in lontananza. Campi e fattorie sostituivano ora i quartieri su ogni lato della strada.

"Pensavo che vivessi in un appartamento", disse Ben, notando la mandria di mucche.

"Sì", rispose lei, "ma è solo la stanza al piano superiore di un fienile riconvertito. Sono in affitto dalla famiglia che lo possiede".

Mentre parlava, prese la svolta successiva lungo una strada sterrata. Davanti a lei, una distesa di alti pini circondava una casa e alcuni edifici annessi, tra cui un grande fienile che non sembrava essere stato tenuto in ordine da molti anni.

"All'esterno sembra peggio", spiega Julie scusandosi. "Hanno smesso di usarlo come fienile negli anni '70, ma lo hanno riconvertito nel 2003. All'interno è completamente rinnovato e ha tutto ciò che mi serve".

Ben alzò le spalle. "Non mi devi una spiegazione".

Julie imboccò il lungo vialetto che portava alla fattoria e al fienile, e il camioncino si mise a sbattere sulle buche disseminate sulla corsia unica. "È tranquillo e mi aiuta a rilassarmi".

Il telefono di Ben ronzava in tasca. Quando lo prese, fissò il numero per un attimo prima di rispondere. "Ehi... come va?".

Qualche istante dopo, "Cosa? Stai bene? Quanto tempo fa?". Ascoltò di nuovo. "Dove sei ora?"

Julie guardò il suo passeggero mentre il camion scivolava su un vialetto di ghiaia di fronte al fienile. Spense il motore e aspettò che Ben finisse la sua conversazione.

"Non essere ridicolo. Sto arrivando... me ne vado subito". Riattaccò e rimise il telefono in tasca.

"Dove stiamo andando adesso?" Chiese Julie.

"Non lo siamo. Avete del lavoro da fare qui".

"Col cavolo che lo faccio".

"Devo andare a Twin Falls".

"Ci siamo dentro insieme, ricordi?".

In realtà non si ricordava quando avevano deciso di fare questa cosa insieme, ma lasciò perdere. "Ascolta, era Diana Torres, la persona a cui ho inviato il campione. Qualcosa è andato storto".

Julie rimase in silenzio.

"È infetta e devo raggiungerla...", la sua voce si interrompe.

A suo merito, Julie non si intromise facendo altre domande. "Ben, mi dispiace. Vengo con te. Lasciami prendere alcune cose in casa e poi andiamo all'aeroporto".

"No, non volo".

"Il tuo amico è nei guai e tu non vuoi volare?".

"Non posso".

"Non fare il bambino".

"Non ne ho bisogno adesso, ok? Inoltre, è a meno di un giorno di macchina da qui. Inoltre, non sembra che io possa fare molto al riguardo".

Julie sembrava voler chiedere, in quel caso, perché fosse importante che andassero a trovarla. Anche in questo caso, rimase in silenzio.

"Va bene, puoi venire. Sbrigati a entrare, dobbiamo metterci in viaggio".

CHAPTER 21

SEI MESI FA

IL DOTTOR MALCOLM FISCHER sussultò di nuovo.

Sono vivo.

I suoi occhi erano aperti, sbattendo le palpebre, come se cercasse di togliere un velo da davanti a loro. La stanza era la stessa, ma ora era più buia. Le luci del soffitto erano spente, ma una qualche fonte di luce proveniente dall'esterno filtrava sotto la porta.

Alzò la testa per vedere. *Sì, è da lì che proviene.*

E poi: *Ho alzato la testa.*

Malcolm si chiese se stesse sognando. *Come si fa a verificarlo?* Poi si ricordò. Sollevò la mano destra e pizzicò la sinistra.

Lo sentiva.

Questa volta non c'erano spilli e aghi, né sonde dietro la pelle. Era sveglio e pienamente cosciente. Sbatté le palpebre ancora un paio di volte e cercò di mettersi a sedere.

Emise un gemito quando il braccio destro si sollevò dal letto. Abbassò lo sguardo sul luogo del dolore: la spalla. C'era un grosso solco violaceo dove aveva strappato l'ago con i denti e poteva vedere che non aveva fatto un gran lavoro: il piccolo ago di metallo era ancora appoggiato sulla pelle, l'estremità leggermente conficcata nel braccio.

Allungò la mano sinistra e la fece scivolare delicatamente all'indietro. Si sfilò facilmente, lasciando dietro di sé una macchia di sangue.

Scese le gambe dal tavolo, aspettando il minimo rumore.

Nessun segnale acustico. Nessuno strumento nella stanza d'ospedale sembrava cercare di avvisare il padrone che il soggetto si era svegliato.

Appoggiò i piedi a terra e cercò di alzarsi. Il corpo di Malcolm crollò immediatamente. Si sdraiò prono sul pavimento per un momento prima di provare a rialzarsi.

Da quanto tempo sono qui? Cercò di ricordare. L'ultima volta che si era svegliato, aveva dormito per sei mesi. *Non abbastanza tempo per essere completamente atrofizzato. Inoltre, non avevano detto di avermi iniettato qualcosa che avrebbe aiutato la mia muscolatura?*

Si costrinse a rimettersi in piedi. Traballava, ma era in equilibrio. Si concentrò sui tubi che si infilavano nel suo corpo. Notò un lettore sul dito: non era quello che teneva traccia della frequenza cardiaca?

Se avesse rimosso tutto, sapeva che la macchina avrebbe ricominciato a suonare, inviando l'allarme che il suo cuore si era fermato.

Cosa fare?

Non poteva nemmeno iniziare a spegnere le macchine. Se le macchine si fossero improvvisamente spente una dopo l'altra, sarebbero arrivati in pochi secondi.

Si guardò intorno. Non c'era nulla da usare come arma, a meno che non fosse James Bond.

E non era James Bond.

E poi, cosa poteva fare? C'erano almeno tre medici in giro e forse le bestie che lo avevano portato qui. Tre o più contro uno non sembravano buone probabilità.

Tuttavia, aveva l'elemento sorpresa. A meno che non ci fosse un allarme silenzioso emanato da una delle macchine, loro - chiunque fossero - non avevano idea che lui fosse sveglio.

Cosa avevano detto? "*La sostanza chimica di solito rende il paziente comatoso per circa quattro o sei mesi" o qualcosa del genere?*

Ci pensò un attimo. Avevano anche detto che Medesinsk sarebbe venuto domani mattina. Se fossero *venuti*, avrebbero sicuramente notato la gigantesca ferita sul braccio e l'ago fuori posto che avrebbe dovuto sporgere correttamente.

Ciò significa che aveva dormito solo poche ore.

L'aveva fatto.

Malcolm fece un piccolo pugno, più per provare il movimento del braccio destro che per altro. Era sveglio, ma doveva comunque uscire da lì, e in fretta.

Almeno prima di domani mattina. Si spera che per domani mattina sia *già passato da un pezzo.*

Di nuovo, però: cosa poteva fare?

Diede un'altra occhiata alla stanza. I numerosi computer e strumenti collegati a lui non avrebbero allertato *tutti* se avesse iniziato a maneggiarli. Quelli che lo avrebbero fatto, poteva solo immaginare. Poi notò il computer collegato a una delle sue dita. Era su un carrello mobile e non riusciva a vederlo collegato a nulla.

Si avvicinò zoppicando, usando la spalliera del letto come sostegno. Si trattava di una macchina indipendente. Alimentata a batteria.

Guardò lo schermo. *Sembrava* un cardiofrequenzimetro, da quello che riuscì a capire. C'erano numeri che lampeggiavano su ogni centimetro dello schermo, ma la maggior parte era un grafico continuo, con un picco che appariva ogni secondo sul lato destro.

Beh, cosa ho da perdere?

Ha iniziato a togliere dal corpo il resto dei localizzatori e dei tubi del monitor. *Disgustoso.*

Poi c'erano gli aghi che gli bucavano il petto, le braccia e le gambe. Infine, gli oggetti simili a clip che erano collegati alle sue dita.

Tutti, tranne il cardiofrequenzimetro.

Sperava che fosse l'unico che avrebbe allertato i suoi rapitori. Perché non avrebbe dovuto? Dopotutto, si aspettavano che fosse completamente in coma, non un prigioniero sveglio e mobile.

Controllò le ruote del carrello e iniziò a spingerlo verso la porta. Malcolm controllò la maniglia, la trovò aperta e spinse la porta. Si mise dietro il carrello, facendo attenzione a non far cadere a terra il tubo per non inciampare.

Sembrava l'ala di un ospedale, ma senza nessuno. In effetti, si rese conto che era un po' inquietante. Non si vedeva anima viva e le uniche luci accese erano quelle di emergenza che correvano su e giù per il corridoio tra le lampade fluorescenti più luminose.

Spostò il carrello fino alla fine del corridoio. A differenza di quanto si aspettava da un "vero" ospedale, qui non c'era un'intersezione a "T". Il corridoio terminava in quello che sembrava uno sgabuzzino per inservienti di fronte a lui. Controllò la porta. Era chiusa a chiave.

Aveva bisogno di un piano, e in fretta. Non poteva certo trascinare il computer del monitor cardiaco fuori e giù per le scale d'ingresso, ma non aveva idea di come disattivarlo senza far suonare un allarme da qualche parte. Se lo spegneva, era quasi certo che sarebbe scattato un allarme da qualche parte nell'edificio, senza dubbio dove il turno di notte stava ancora lavorando, e il suo gioco sarebbe stato fatto.

A meno che...

Ha riflettuto per un momento. *Potrebbe funzionare...*

Ma dove?

Zoppicando, ora più velocemente, girò il carrello e lo riportò indietro da dove era venuto. Passò davanti alla sua vecchia stanza, notò la porta aperta e la richiuse. *Non si è mai troppo prudenti.*

Proseguì verso il centro del corridoio e trovò la sua intersezione a T. Si trovava nella parte superiore della "T" e il tratto di corridoio di fronte a lui era breve, probabilmente solo un ponte o un passaggio coperto per raggiungere un'altra sezione dell'ospedale. Lo imboccò, notando che il pavimento si incurvava in un leggero arco.

Camminò leggermente in salita fino a raggiungere il centro del ponte, poi si fermò davanti a una porta. *Elettrica 2-A.*

Era al secondo piano e questo era il ripostiglio elettrico dell'edificio A, che era quello da cui era appena uscito o quello in cui stava per entrare. Sperò di aver scelto bene mentre provava la porta. Questa era aperta e spinse il carrello all'interno.

Un interruttore sulla parete accanto alla porta accese un'unica lampadina, sufficiente a illuminare lo spazio con un fioco bagno di luce gialla. All'inizio non trovò nulla, a parte qualche secchio per lo straccio, alcune scope e padelle e uno scaffale di materiale per le pulizie, e stava per andarsene quando sulla parete di destra trovò un quadro elettrico, del tipo che ospitava i fusibili e gli interruttori, L'intera unità era alta quanto lui.

Ok, pensò. *Mettiamoci al lavoro.* Qualunque cosa tentasse, non poteva impedire al monitor di segnalare la sua manomissione. Poteva però cercare di disattivare il sistema *dall'altra parte*, in modo che non ricevesse il segnale.

Aprì il pannello e guardò all'interno. Ogni interruttore era etichettato con un testo criptico che avrebbe avuto senso solo per l'elettricista che lo aveva installato.

67A.

46-49B + J34.

Era un bene che non avesse bisogno di capire nulla di tutto ciò. C'era un maestro da qualche parte?

Lì. In cima al pannello, proprio all'altezza degli occhi, c'era un grosso interruttore che si estendeva per quasi tutta la larghezza del pannello. Lo tirò con tutta la forza possibile e sentì lo schiocco quando la maniglia dell'interruttore colpì l'altro lato del pannello. Gli sembrò di sentire uno *schiocco* più forte da qualche parte all'esterno della stanza.

La luce dell'armadio è rimasta accesa.

Si guardò intorno nervosamente. E se non avesse funzionato?

Si decise. Si avvicinò e iniziò a spegnere i singoli interruttori, uno alla volta, il più velocemente possibile. Se il maestro non aveva spento nulla, questo lo avrebbe fatto di sicuro.

Raggiunse il fondo del lato sinistro e iniziò a lavorare sul lato destro, questa volta dal basso verso l'alto. Si fece sempre più veloce, usando ora il palmo della mano destra per staccare le sezioni in una volta sola. A metà strada colpì l'interruttore dell'armadio in cui si trovava e intorno a lui calò il buio. Aspettò che gli occhi si adattassero, ma non lo fecero. Era *buio*. Persino il bagliore verdastro del cardiofrequenzimetro era inutile.

Malcolm allungò di nuovo la mano e tastò il resto degli interruttori, usando la mano sinistra come guida finché non ebbe spento il resto degli interruttori. Soddisfatto, abbassò lo sguardo sul monitor che attendeva pazientemente accanto a lui, come un animale domestico. Si strappò il fermaglio dal dito e un bip risuonò immediatamente dalla macchina. Fece girare il carrello alla ricerca di un interruttore di alimentazione.

Lì, sulla parte superiore del pannello posteriore, lo trovò. Un pulsante standard del computer I/O. Lo premette, facendo un respiro profondo mentre la macchina si spegneva. Per buona misura, cercò di nasconderlo dietro gli stracci e i secchi che stavano in un angolo. Non era degno di una spia, ma almeno non sarebbe stato immediatamente visibile.

Ora doveva uscire dall'edificio. Pensava che i medici e il personale notturno sarebbero arrivati presto, per controllarlo fino all'accensione dei generatori di riserva. Pensò di avere meno di un minuto per uscire.

Le voci si sono levate nel corridoio.

"Sì, controllerò. Probabilmente si tratta di un blackout o qualcosa del genere".

"Ok, fai un fischio se hai bisogno di qualcosa".

Malcolm aspettò che dei passi passassero davanti alla porta chiusa dell'armadio. Proprio quando si allontanarono e superarono la passerella simile a un ponte, aprì la porta e guardò fuori. Un uomo calvo correva dall'altra parte, nel corridoio che portava alla stanza dove Malcolm aveva dormito negli ultimi sei mesi. L'uomo era a pochi secondi dal rendersi conto che il suo paziente non era più lì.

Malcolm prese uno spazzolone, uscì nel corridoio e corse, cercando di staccare la testa dello spazzolone dal manico. Quando raggiunse l'ingresso dell'altro edificio, la testa dello spazzolone cadde.

Attraversò le porte aperte, fermandosi solo per orientarsi. Anche qui mancava l'elettricità: un buon segno, almeno fino a quando i generatori non fossero entrati in funzione.

"Niente?", sentì chiedere da un altro uomo. Il suono proveniva da poco più avanti, dietro l'angolo.

Malcolm sentì il ticchettio di un walkie-talkie, poi la qualità audio notoriamente scadente di un'altra voce dall'altro capo.

"Niente. Anche qui le luci sono spente". Una pausa, poi un respiro pesante. "Controllo su 0-10-7... ma che...". La voce continuò a respirare, poi gridò. "Non è qui! 0-10-7-5-4 è sparito! Ripeto..."

Malcolm aveva sentito abbastanza. Non aveva idea se dietro l'angolo ci fosse un solo uomo o venti, ma corse il rischio. Si gettò in fondo al corridoio, sollevato di non avere il peso del carrello del cardiofrequenzimetro.

Un giovane solitario sulla trentina dava le spalle a Malcolm dietro una scrivania circolare situata al centro di un atrio aperto. Malcolm si rese conto che quest'uomo non era un medico. Indossava un abito blu navy e una cintura nera.

Noleggio di un poliziotto.

Malcolm continuò a correre. Attraverso l'atrio buio, i raggi di luna che perforavano l'oscurità attraverso i lucernari lasciavano una strana tinta argentea sulle piante e sulle opere d'arte in marmo con la loro luce tagliente, come un'interpretazione modernista di un film noir. Le ombre tagliano tutto ciò che attraversa l'atrio immacolato.

Malcolm passò davanti a un ascensore di vetro e intravide un cartello incollato sul lato della tromba dell'ascensore.

Piano 2.

E sotto di essa: *Drache Global.*

Drache Global - qualcosa scattò nella mente di Malcolm. *Quella era l'etichetta sulla borsa.*

Ormai Malcolm era sicuro che l'uomo lo sentisse arrivare, ma non si voltò. Invece, il poliziotto a noleggio premette il pulsante del walkie-talkie e chiese di nuovo: "Ehi, mi senti? Che succede?".

Il medico cercò di rispondere, ma la connessione si interrompeva o il medico era inetto nell'uso dei walkie-talkie. La voce tremolò. "Paziente... ha bisogno di assistenza...". Il poliziotto cercò di rispondere di nuovo, rendendosi finalmente conto che dietro di lui c'erano dei forti passi.

Non importava. Malcolm era ormai a portata di mano del poliziotto e portò il manico dello spazzolone sopra la sua testa. Sentì il bruciore della spalla destra mentre i muscoli esprimevano il loro disagio, ma lo ignorò.

Malcolm sentì una rabbia crescere dentro di sé. *Sei mesi. La mia squadra, i miei studenti.* I loro volti gli passarono per la mente mentre il manico dello spazzolone si abbatteva sulla testa del poliziotto proprio mentre questi si girava.

Il manico colpì la tempia dell'uomo e sui volti di entrambi comparve un'espressione di shock. L'atto di violenza non era da Malcolm, ma lui andò fino in fondo. Il manico del mocio si ruppe a metà, ma il danno era stato fatto.

La testa del poliziotto si accartocciò di lato e cadde dallo sgabello su cui si trovava. Emise un rapido gorgoglio di dolore, ma rimase in silenzio mentre cadeva sul pavimento di marmo. Malcolm lasciò cadere la metà del manico dello spazzolone.

Senza controllare se l'uomo fosse vivo, Malcolm si voltò verso l'ascensore. *Ci deve essere...*

Lì. Le scale. A sinistra del vano ascensore, vide un piccolo ingresso aperto.

Scese le scale due alla volta, con il corpo che si eccitava per il movimento che ora gli era consentito e allo stesso tempo faticava a fornirlo. Arrivato in fondo, si ritrovò in un atrio simile.

Piano 1.

Drache Global.

Non c'era nessuno alla scrivania, ma non volle correre rischi. Trovò una porta a sinistra delle scale con l'etichetta *L1-Garage* e la aprì.

Uno schiocco d'aria lo colpì in pieno viso. Erano *sei mesi che non sentivo aria fresca,* si rese conto. Aveva dormito per quasi tutto quel tempo, ma il suo corpo lo sapeva. Inspirò profondamente e corse fuori.

Il parcheggio era in salita e lui sentiva la tensione dei muscoli mentre raggiungeva la libertà. Davanti a sé vide sfrecciare delle auto. L'edificio doveva trovarsi su una strada trafficata.

Corse, osando non voltarsi indietro. Più vicino.

Il bordo della strada era incredibilmente vicino.

Più vicino.

"Ehi!"

Sentì la voce del medico che urlava da dietro. "Fermo!"

Più vicino.

Raggiunse l'uscita del parcheggio, ringraziando il fatto che il cancello fosse una macchina automatica non presidiata. Lo schivò e continuò a correre, costringendo le gambe a muoversi più velocemente.

Più vicino.

Ce l'aveva fatta. Raggiunse la strada, senza soffermarsi sul traffico. Le auto suonavano il clacson e sterzavano mentre sfrecciavano, ma Malcolm non ci fece caso.

Raggiunse l'altro lato e continuò a correre. In un'altra strada trafficata.

Alla sua sinistra, le auto gli sfrecciavano accanto. Lui alzò una mano, salutando con la mano.

Finalmente un'auto si fermò. Malcolm rallentò fino a camminare, mentre il finestrino dell'auto si abbassava.

"Hai bisogno di un passaggio?"

La voce che proveniva dall'interno era quella di una donna di mezza età, rauca a causa di una vita di fumo. Aveva i capelli arruffati, ma sfoggiava un sorriso enorme e aprì la portiera del passeggero.

"P-Per favore". Non sapeva cos'altro dire. "Io... non so dove andare".

La donna fece un sorriso più ampio. "Direi di sì. Direi di procurarti dei vestiti, prima".

L'umiliazione attraversò Malcolm mentre guardava il suo corpo.

Era completamente nudo.

CHAPTER 22

PER QUELLA CHE sembrava la centesima volta in due giorni, Ben guidò il camion mentre Julie sonnecchiava sul sedile del passeggero. Quando entrò nel vialetto che conosceva così bene da tanti anni, si accorse che le mani gli tremavano. Se ne portò una al viso, appoggiandola vicino all'occhio, come se si aspettasse di asciugare una lacrima. Parcheggiò il camion davanti alla porta chiusa del garage e scese.

Julie si alzò, sbadigliando, mentre apriva la portiera del passeggero e si stiracchiava sul prato davanti, mentre lei e il camioncino proiettavano lunghe ombre sul tardo pomeriggio della casa.

"È questa la sua casa?", chiese.

Ben si stava già muovendo verso la porta d'ingresso.

"Ma come fai a conoscerla?".

Era la seconda volta che lei faceva la domanda durante il tempo trascorso insieme e la seconda volta che lui la evitava. "Si è trasferita qui da St. Louis", disse lui, come se questo rispondesse a qualcosa.

Bussò ma non attese risposta. La porta era aperta. Entrò, Julie lo seguì. La casa era poco illuminata, con soffitti bassi che sfoggiavano una trama in stile anni '70.

"Pronto?", chiamò.

Una voce ovattata di donna proveniva da qualche parte sul retro della casa, così i due percorsero lo stretto corridoio fino ad arrivare a una camera da letto chiusa. Ben fece un respiro profondo prima di bussare di nuovo.

"Stai lontano dal letto", disse la donna quando lui aprì la porta. "Il contagio è estremamente potente".

Ben si precipitò in avanti, inginocchiandosi sul bordo del letto. Raggiunse la mano della donna e la strinse nella sua.

"Non sei mai stato un buon ascoltatore, Harvey Bennett". Lei annuì con la testa ma allo stesso tempo sorrise. "Come stai?"

Ben deglutì, cercando di ritrovare la voce. "Sto bene, mamma. Che succede?"

"Una sorta di combinazione virale-batterica, non dissimile da un batteriofago", disse, lanciando un'occhiata alla porta. "Chi è il tuo amico?".

-Questa è Julie. È del CDC".

Gli occhi di Julie si allargarono quando la consapevolezza la travolse. Anche lei si avvicinò al letto.

"Rimani vicino alla porta", avvertì Ben. "Non possiamo permettere che tu venga infettato da questa roba".

"Va bene", ha detto la dottoressa Torres. "Non posso ancora spiegarlo, ma credo che sia sicuro... in alcune circostanze. C'è qualcosa che riguarda il dosaggio, anche se non l'ho ancora capito".

"Comunque", disse Ben. "Non vale la pena rischiare".

"Dottoressa Torres? È... un piacere conoscerla". Julie salutò goffamente dall'angolo della camera da letto. Fissò l'omone accanto al letto, che faceva di tutto per non scoppiare a piangere.

"Mamma, cosa è successo? È stato il campione?". E poi, accorgendosi solo ora che c'era un livido sul viso, "Perché non sei in ospedale?".

"Rallenta, Harvey. No, niente del genere. E sapete entrambi che l'ospedale non può fare nulla per questo. Non era il vostro campione". Fece due respiri, ognuno dei quali brusco e barcollante. "Voglio dire, era lo stesso ceppo, credo, anche se non il campione che hai inviato". Di nuovo un respiro. "C'era un uomo. Ha detto che anche lui era del CDC". Guardò Julie con occhi sofferenti. "E ora so che era una bugia".

Ben si alzò e lasciò cadere la mano della madre. "È stato lui a farti questo?".

Le lacrime gli sgorgarono dagli occhi e Ben sentì il viso arrossarsi di rabbia. Gli occhi si restrinsero. "Mamma, chi è stato?". Le parole erano taglienti, al limite.

Scosse di nuovo la testa. "Non lo so. Non l'ho riconosciuto. Ma è per questo che penso che tu sia al sicuro. È... era destinato a me, e solo a me. È entrato nel mio ufficio e ha svuotato il tuo campione nel lavandino del laboratorio, poi... poi...". Le sue palpebre sbatterono. Fece un altro respiro affannoso e cercò di continuare. Ben notò improvvisamente quanto fosse arrossata la sua pelle. Le esaminò il collo e le braccia e scoprì che erano coperti dallo stesso sfogo lucido e gommoso che aveva visto a Yellowstone.

"Me l'ha tirata addosso. Una provetta piena di qualcosa di molto più letale". Riprese fiato. "Ascolta, Harvey, non ho molto tempo".

"Smettila".

"No, ascolta. Ormai lo sai, ma ascolta lo stesso. C'è qualcosa di più di uno strano virus. L'esplosione, gli uomini che fingono di essere del CDC...".

"Mamma, stiamo per...".

"Harvey, smettila". Le parole erano più intense di quanto non fossero state, e Ben tacque. "Non mi interessa nulla di tutto questo. Non posso. Ho poche ore di vita. Ascoltami, ok?".

Annuì.

"Harvey, ti amo. Sono più di dieci anni che non ti sento e devi sapere che ti voglio bene".

Una sola lacrima gli scese sulla guancia destra. Non poteva

sopportare che Julie lo vedesse piangere, così tenne gli occhi incollati al letto e non asciugò la lacrima.

"Ti amo e non ho mai smesso di amarti. Dopo tuo padre...".

"Anch'io ti amo, ok?". Sentì la sua voce tremare. *Si notava?* Sussurrò. "Ti amo. Mi dispiace."

Gli occhi di sua madre erano ormai chiusi e cercava di respirare tranquillamente.

"Mi dispiace per tutto".

Si alzò dal letto e uscì dalla stanza.

Julie lo raggiunse nel corridoio e lo seguì nella sala da pranzo, dove si accasciò su un vecchio divano di pelle.

"-Non so cosa dire...", balbettò.

Ben fissò con aria assente il televisore a schermo piatto che si trovava su un supporto nell'angolo della stanza.

"Ben", disse Julie. Aspettò che lui la guardasse. "Ben, so come può sembrare, ok? Ma se restiamo qui, potremmo morire".

"Io resto qui", insistette. "Hai sentito cosa ha detto. Pensa che sia sicuro, che la roba che stava...".

"Ben! Non è possibile che lo sappia con certezza. Ascoltami. Tu *sai* cosa sta per accadere. Se non sei ancora infetto, lo sarai presto. E poi lo sarò io. È solo questione di tempo".

Ben sapeva che aveva ragione, ma non si mosse dal divano.

Julie finalmente girò intorno al divano e si sedette accanto a lui. "Possiamo almeno andare in un posto dove possiamo parlare, ok? Un posto dove possiamo risolvere la questione insieme?".

Si avvicinò e posò la mano sulla sua.

Questa volta ha annuito.

CHAPTER 23

"C'È ALTRO?" L'affannata cameriera guardò con disprezzo la coppia nella cabina.

Juliette Richardson scosse la testa. "Siamo a posto, grazie". Il cameriere se n'era andato prima che lei potesse finire.

"Pensavo che le tavole calde dovessero avere un ottimo servizio", disse Julie a Ben davanti a due piatti di waffle e a una tazza di caffè.

Scrollò le spalle, dando un enorme morso al waffle ricoperto di sciroppo. "Sono noti per il loro cibo economico, credo. Forse il buon servizio è un extra".

La tavola calda si trovava appena fuori città, sulla statale che avevano preso per Twin Falls. Si chiamava The Family Diner e Ben e Julie, gli unici due ospiti, non erano ancora sicuri se il gioco di parole fosse da prendere sul serio o meno. Finora avevano pensato che si trattasse di satira. Non c'era una "famiglia", e nemmeno un'altra persona, oltre alla cameriera, in vista.

"Almeno il cibo è buono", disse Julie, infilandosi in bocca quasi mezza cialda. Bevve il caffè per mandarlo giù e solo allora si accorse che Ben la stava fissando. "Cosa?"

Sorrise. "Per quanto sia difficile..." si fermò.

"Sì?"

"No, solo... per quanto sia difficile... sono felice che tu sia qui".

Julie deglutì. "Anch'io. Voglio dire, non riesco a immaginare... Mi dispiace, Ben". Diede un altro morso al waffle e questa volta vi aggiunse una forchettata di salsiccia. "A proposito, come mai 'Harvey'?".

"È il mio nome", disse Ben.

"Beh, sì, l'ho capito", disse lei. "Ma non ti chiami più così. Perché?".

Scrollò di nuovo le spalle. "Non lo so. L'ho abbandonato dopo il liceo. Mi sembrava un nome da nerd, credo. Ben è più facile".

Julie ci pensò. "Mi piace Harvey".

Ben la fissò con aria assente.

"Anche Ben mi piace", ha aggiunto.

Abbassò di nuovo lo sguardo sul suo piatto, confrontandolo con quello di Julie. *Lei sa davvero metterlo via,* pensò. Era quasi imbarazzato da quanto poco aveva mangiato.

"Ehi, ho un'altra domanda. Diana, cioè tua madre, aveva qualche assistente o altro? Qualcuno che potevamo contattare?".

"Sempre a lavorare, eh?". La risposta di Ben fu schietta.

"Oh mio Dio, no, Ben... mi dispiace...".

Scosse la testa. "Non c'è problema. Davvero. Sono scosso, ma va bene così. Continuiamo a muoverci, cerchiamo di capire cosa fare dopo". Rifletté per un momento, approfittando della pausa nella conversazione per bere un profondo sorso di caffè nero. Poi trasalì.

"Troppo caldo?", chiese.

"Troppo schifoso". Deglutì, fingendo di soffocare. "Comunque, dove hai trovato questo posto?".

"Google Maps. Finora non mi ha mai sbagliato".

"È ora di iniziare a usare qualcos'altro. Comunque, non ho idea del suo lavoro. Sono nel parco da più di dieci anni. Cavolo, è passato tanto tempo".

Un'espressione solenne si affaccia nei suoi occhi.

"Ben, va tutto bene. Se hai bisogno..."

"No, sto bene. Sì, non mi viene in mente niente. Diavolo, non so nemmeno bene cosa faccia. Ricordo che lavorava per un'azienda chimica quando ero piccolo, ma ha accettato questo lavoro non molto tempo fa".

"Hai parlato con lei?"

"No, mi mandava spesso delle e-mail. Non ho mai risposto più di una o due volte, credo. Però ho tenuto aperto l'account di posta elettronica. C'è un modo per capire con chi lavorava?".

"Ho provato a cercare nell'elenco aziendale, ma sono piuttosto bravi a proteggere il lavoro e i dipendenti. Potrei però chiedere aiuto al mio tecnico". Bevve un sorso di caffè, ma questa volta non lo usò per mandare giù il pasto. Dall'espressione del suo viso, questa volta poteva chiaramente assaporarlo meglio. "Wow, non stavi scherzando. È dura".

Ben sorrise e catturò il suo sguardo. Poteva quasi sentire che lei lo esaminava, esplorando i contorni marroni e coriacei di un viso che raramente aveva trascorso un giorno senza essere esposto al sole e agli elementi.

"Ehi", disse rapidamente. "Ho una domanda".

"Spara".

"Perché te ne sei andato?".

Non c'era bisogno di spiegarlo; lui sapeva cosa intendeva. Era una domanda giusta, ma anche proibita, e lei non ci girò intorno né la costruì.

Fece un respiro profondo. *Nessuno me lo chiede,* pensò. Erano anni che non ricordava di averne parlato.

Davanti alla tavola calda lampeggiò una luce. Un altro visitatore aveva parcheggiato e stava scendendo dal suo veicolo.

Senza rendersene conto, Ben si era improvvisamente interessato al nuovo arrivato. Osservò i fari rettangolari e squadrati che si spegnevano - era una vecchia berlina - e il conducente che usciva. *Alto, magro, non si vede cosa indossa. Nessun passeggero.*

Il visitatore camminò velocemente, dirigendosi direttamente verso l'ingresso. L'uomo, che ora Ben poteva vedere chiaramente, aprì la porta ed entrò.

"Buonasera, accomodatevi pure dove volete", disse la voce monotona della cameriera da qualche parte nel retro del ristorante.

Julie si rese conto che Ben non stava prestando attenzione alla loro conversazione e si voltò per vedere cosa stesse guardando. L'uomo continuò a camminare verso di loro. Ben lo guardò e cominciò ad alzarsi.

Mentre lo faceva, l'uomo accelerò. Il cuore di Ben batteva forte. L'uomo era ormai a soli quindici metri dal loro tavolo e si stava avvicinando rapidamente. *Chi è questo tizio?*

Guardò l'uomo frugare nella tasca del cappotto. Ben vide con la coda dell'occhio un altro lampo di luci, poi un altro. *Altre due auto.* Si abbassò e afferrò la cosa più vicina che riuscì a trovare.

Una saliera.

Dalla tasca dell'uomo, una pistola. Piccola, compatta. *.380. Abbastanza per fare danni seri da questa distanza.*

Ben non aspettò. Saltò di lato e lanciò la saliera. Colpì l'uomo armato in fronte, facendolo indietreggiare di qualche passo. Lasciò cadere la pistola, alzando istintivamente le mani per proteggersi la testa da ulteriori attacchi.

"Julie! Corri!" Ben chiamò. Era atterrato sotto alcuni sgabelli da bar posti accanto al bancone della tavola calda. Si mise in piedi a fatica, sentendo il dolore che gli pulsava nell'anca.

Julie era in piedi e correva verso la porta, ma l'uomo la inseguiva. La superò alla seconda uscita del locale, afferrandole la vita con un braccio. L'altra mano si intrecciava con l'ascella sinistra. Julie era impotente, con il braccio completamente bloccato lontano dal corpo. Cercò follemente di colpirlo, ma l'uomo schivò i colpi con facilità.

Ben si precipitò in avanti, mirando alla parte bassa della schiena dell'aggressore. Poco prima che Ben si scontrasse con lui, l'uomo si girò, esponendo il ventre di Julie al placcaggio di Ben.

Ben si muoveva troppo velocemente per fermarsi e i tre caddero all'indietro fuori dalle porte della tavola calda. Si accasciarono in un mucchio sul marciapiede di cemento, ma il loro aggressore fu in piedi quasi subito. Tirò Ben in piedi e lo spinse contro l'alta vetrata. Ben si aggrappò al polso dell'uomo, cercando di liberarsi, ma l'uomo gli sferrò un forte pugno allo stomaco.

Sentì il fiato corto e intravide Julie che correva verso l'uomo prima di essere liberata e cadere sul marciapiede. L'uomo anticipò l'attacco, afferrando le mani di Julie proprio mentre cadevano verso la sua testa. Le ruotò bruscamente e Ben sentì il suo brusco grido di dolore. L'uomo si contorse ancora di più, abbracciando il corpo di Julie al suo e spostando le mani sul collo.

Lei era girata di spalle, quindi i suoi pugni avevano poco effetto. Danzò, cercando di spingere il tallone sul piede di lui, ma l'uomo era preparato anche a questa linea di difesa.

La presa dell'uomo sul collo di Julie si fece più stretta.

Ben sbatté le palpebre un paio di volte, sedendosi contro il muro.

Alzatevi. Forza, muovetevi.

Volle che il suo corpo funzionasse. L'anca non era rotta, ma era ovviamente molto ammaccata.

Sentì Julie respirare affannosamente, con le braccia e le gambe che si agitavano selvaggiamente.

Ottenere. Su.

Costrinse i polmoni ad accettare una profonda boccata d'aria. Era doloroso, come se qualcuno lo stesse pugnalando al petto.

Non è così doloroso come morire soffocati, pensò.

Si alzò in piedi. La voce rauca di Julie si infranse tra i rantoli. "Aiuto", disse.

Corse in avanti. I suoi passi erano pesanti.

L'uomo sapeva che stava arrivando. Se lo aspettava.

Quando Ben arrivò a un metro dalla schiena dell'uomo, una gomitata lo colpì direttamente sul naso. Un dolore lancinante gli salì al viso e gli vennero le lacrime agli occhi. Ben inciampò all'indietro, quasi perdendo di nuovo l'equilibrio.

In quel momento sentì un grido. Le luci degli altri due veicoli divennero più chiare.

Camionisti.

Due uomini corsero verso il trio, uno dei quali gridò. "Ehi! Che diavolo sta succedendo qui?". Uno dei camionisti vide l'uomo che stava soffocando Julie. Corse verso di loro e l'aggressore le liberò il collo. Lei aspirò aria fredda e cadde in ginocchio sul terreno roccioso del parcheggio. Le lacrime le caddero dagli occhi.

L'aggressore è arrivato troppo tardi per proteggersi. Il primo camionista lo aveva raggiunto e gli aveva sferrato un colpo in faccia. Seguì l'aggressore all'indietro mentre lottava per mantenere l'equilibrio, ma prima che si raddrizzasse il camionista più grande gli sferrò un pugno sul fianco. Il camionista si girò di scatto e l'uomo lo colpì più forte che poté.

Il secondo camionista aveva raggiunto Julie e si chinò per aiutarla. Ben strisciò in avanti, cercando di recuperare l'equilibrio.

Guardò il loro aggressore che saltava in piedi e cominciava a scappare. Corse verso un campo, inseguito brevemente dal camionista più grande. Quando fu chiaro al camionista che lo stavano superando, si voltò verso gli altri.

"Stai bene?", chiese a Ben. Ben era in piedi ora, ondeggiava, cercando ancora di riprendere fiato.

"Sto bene. Devo tornare al mio furgone e vedere se riesco a trovarlo".

"Non lo troverete", disse il secondo camionista. "È veloce e probabilmente ha un passaggio da qualche parte nelle vicinanze. È meglio chiamare la polizia e lasciare che se ne occupino loro".

Ben era furioso. Si avvicinò a Julie, lasciando cadere il braccio sul suo fianco. La strinse a sé, volendo proteggerla. *È troppo tardi per questo.*

Singhiozzava, ma lo guardò. "Stai bene?"

Si rese conto dell'aspetto che doveva avere. Sentiva il sangue defluire dal naso e faceva fatica a riprendere fiato. "Io sto bene. E tu?"

Deglutì a fatica. "Fa male, ma sto bene". Si voltò a guardare i due camionisti. "Vi devo la vita. Grazie".

"Non dirlo a nessuno. Non è la mia prima rissa da bar, ma..." guardò la tavola calda ormai vuota. "Credo che sia la prima che interrompo in un posto come questo. Perché non entrate e mangiate qualcosa?".

Scosse la testa. "Stiamo bene, davvero. Grazie a tutti e due".

Il primo camionista parlò. "Avete bisogno di qualcosa? Un telefono, un passaggio?". Fece una pausa. "Un drink?"

Ben annuì. Era ora di abbandonare il camion. "Ci farebbe comodo un passaggio".

Sapeva che l'aggressore, o qualcuno, sarebbe tornato. Chiunque fosse, li avrebbe cercati. Dovevano allontanarsi da lì, e in fretta.

CHAPTER 24

"COME SAREBBE A DIRE CHE HAI *FALLITO?*". Chiese Valère.

Tentò di rendere più ferma la voce, di farla sembrare più forte di quanto non fosse, per gli altri due uomini.

Roland ed Emilio. Entrambi erano in piedi dietro di lui, il loro incontro con Valère interrotto da questo quarto uomo.

"Sono profondamente dispiaciuto, signor Valère", disse l'uomo. "Li ho incontrati in una piccola tavola calda e quando...".

"Loro?"

"Sì. L'obiettivo era con un altro uomo. Grande, robusto, ma non molto combattivo. Sono riuscito a..."

"Allora *perché* l'obiettivo è ancora vivo?". Chiese Roland. La sua voce rimbombò sopra la spalla di Valère, facendolo rabbrividire. *Se solo avessi il suo tono di comando,* pensò.

L'uomo che gli stava di fronte non sapeva bene cosa dire. "Io... io credo..."

"Ed è *questo* il problema", disse Emilio. "Voi *pensate*, quando noi vi abbiamo semplicemente chiesto di *agire*".

Emilio pose una mano sulla spalla di Valère e si chinò, sussurrando.

"La sua contingenza ci sta deludendo, signor Valère. Suggerisco una rapida risoluzione della questione".

Valère si scosse di nuovo e strinse le mani. Il nervosismo lo aveva accompagnato per tutta la vita. Era iniziato come un leggero tic negli anni della fanciullezza e si era trasformato in una stranezza evidente durante l'adolescenza. Da giovane adulto, Valère aveva imparato a controllarla, riducendola a un livello sottile, appena percettibile, che non si manifestava fisicamente.

Ma era ancora lì.

Valère si ricordava costantemente della sua debolezza. La sudorazione, i brividi, il digrignare dei denti. Tutto ciò era una forma di nervosismo, una semplice reazione all'*eccitazione*.

Che sia positivo o meno, ogni stimolo eccitante nella vita di Valère lo portava a rivivere questi momenti, aspettando che passassero. Non osava parlare troppo forte, né agitarsi, per paura che la sua debolezza tornasse a esercitare il suo potere su di lui.

Annuì. "Sì", disse dolcemente. "Sono d'accordo".

Gli occhi dell'uomo si allargarono. "Cosa... cosa posso fare...".

Valère alzò una mano e l'uomo si fermò.

"La prego di non parlare. Avete già fatto arrabbiare i miei partner e temo che mi farete solo arrabbiare se continuerete".

"Ma posso rimediare. *Lo giuro.* Non c'è bisogno che mi uccida...".

"*Basta!*" Valère urlò, sbattendo il pugno sul tavolo davanti a sé. Sentì il nervosismo crescere dentro di sé, rapidamente soppiantato dalla sensazione rassicurante di sapere che aveva spaventato anche i suoi compagni in piedi dietro di lui.

Vide alla sua periferia ogni uomo fare un passo indietro.

L'uomo, il fallito di fronte a lui, deglutì.

"Ora", continuò Valère. "Cosa ti fa pensare che ti farò uccidere?".

L'uomo girò leggermente la testa.

"No, amico mio. Non ricompenso il *fallimento* totale e assoluto con una morte rapida e misericordiosa. Non è proprio il mio stile, comunque. Il disordine di tutto questo... beh, mi disturba.

"Ho un'idea migliore. SARA?"

"Sì, Monsieur Valère?".

Le sopracciglia dell'uomo si inarcarono quando sentì la voce provenire dalle pareti intorno a lui.

"Vorrei che trasportaste il signor Olsen qui nella nostra struttura in Brasile".

"Certo, Monsieur Valère. C'è una certa destinazione che avete in mente?".

Valère annuì. "Lo faccio. La prego di avvisare la NARATech di un possibile candidato al test che si sta preparando per la stasi".

"Stasi?" Roland chiese.

L'uomo di fronte a loro chiuse gli occhi. "La prego, signor Val..."

Valère scosse la testa, ma SARA prese il sopravvento. *"Signor Olsen, la prego di astenersi da ulteriori commenti. La preparazione alla stasi prevista inizierà tra quindici minuti esatti. Ho allertato la sicurezza, che sta arrivando per scortarla. Segua le frecce verdi che illuminerò sulle pareti".*

L'uomo, rassegnato, uscì dalla stanza e si accasciò nel corridoio.

"Valère, cos'è la *stasi*?". Roland chiese di nuovo. "Emilio-che cosa non mi stai dicendo?".

Valère si voltò verso i suoi interlocutori, scrutando l'uomo grasso che stava alla sua sinistra. "Signor Jefferson, credo di aver aspettato troppo a lungo per riaffermare la mia autorità su questo piccolo progetto. Per favore..."

"Riaffermare la propria autorità?" Roland Jefferson urlò. "Di cosa stai *parlando*, Valère? Questo progetto ci è stato affidato da...".

"No, Roland", disse Emilio. "È qui che ti sbagli. Questo progetto è stato affidato al signor Valère e a me, e ti abbiamo portato con noi per i tuoi... *beni, che* abbiamo ritenuto preziosi". Emilio si rivolse a Valère per continuare.

"Sì, Roland", ha detto Valère. "Siamo entusiasti di poter dire che la Compagnia non ha più bisogno di utilizzare questi beni. I nostri investimenti altrove si sono comportati in modo ammirevole, e la vostra mancanza di leadership finora su questo progetto ha informato la nostra decisione."

"La sua... decisione?" L'enorme struttura di Roland Jefferson era uscita da dietro la scrivania di Valère e si ergeva, incombente, di fronte a lui. "Non puoi... non puoi farlo!".

"I suoi investimenti non sono altro che obbligazioni societarie e immobili poco raccomandabili, signor Jefferson. La maggior parte di essi si sta prosciugando mentre parliamo, grazie al lavoro dei *nostri* investimenti. Le sue aziende sono le *nostre* aziende, e le sue preziose proprietà immobiliari in tutto il mondo vengono ora demolite o rinnovate, per far posto alla nostra prossima fase".

"Questo è un oltraggio!", ruggì, furioso.

"Lo è, Roland. Lo è davvero. Per te. Per noi, per la Compagnia, è una progressione naturale. Tutti noi alla fine superiamo la nostra utilità e dobbiamo essere *reindirizzati.*"

"Non mi farò trattare come un bambino! *Non* ho esaurito la mia utilità!".

"Esatto", disse Valère. "SARA, sei ancora con noi?".

"Sempre, signore."

"Perfetto. La prego di far sì che il signor Jefferson raggiunga il nostro amico Olsen in stasi".

"Assolutamente sì, Monsieur Valère. E devo provvedere anche alla sua consegna in Brasile?".

"No, in realtà", disse Valère. Osservò gli occhi di Jefferson che si spalancavano. "Per favore, organizzi la consegna di Roland ai nostri possedimenti in Antartide. Non avrà bisogno delle nostre strutture lì, ma la nostra ricerca sulla stasi si è dimostrata abbastanza efficace nella conservazione a lungo termine".

"Molto bene, Monsieur Valère. Signor Jefferson, la preparazione

alla stasi prevista inizierà tra quindici minuti esatti. Ho allertato la sicurezza e stanno arrivando per scortarla. La prego di seguire le frecce verdi...".

CHAPTER 25

CRACK!

Il suono del colpo di fucile trafisse l'aria e si riverberò rimbalzando sull'acqua calma e aperta. Randall Brown si sedette più in alto sul tavolo da picnic e offrì un consiglio.

"Bel tiro. L'hai colpito, ma non era centrato".

Sua moglie sorrise accanto a lui, ridendo per le istruzioni di Randy.

Il figlio adolescente annuì, ricaricando il fucile calibro 22 Remington. "Almeno l'ho colpito".

Randy sorrise. "È vero. Se fosse stato vivo, non lo sarebbe più". Osservò la scena pacifica, guardando i piccoli pezzi di disco di argilla scomparire sotto la superficie del lago e la luce del sole diffondersi sulle dolci onde.

Molto meglio che stare in ufficio. Controllò l'orologio. Tardo pomeriggio. Di solito avrebbe dovuto controllare le temperature del server ed eseguire gli ultimi test diagnostici, per poi prepararsi a tornare a casa. Randall Brown lavorava per il CDC da quattro anni, trasferendosi negli uffici del Montana solo un anno fa. Aveva avuto un breve periodo nelle startup tecnologiche prima di rendersi conto di essere considerato un "dinosauro" in quel mondo, a soli quarantasei anni. Il suo mondo fatto di IBM, mainframe, reti e accreditamenti era stato sostituito negli ultimi dieci anni circa da un nuovo mondo, fatto di laptop eleganti, blog, piattaforme cloud e sviluppo agile. Non è che non fosse necessario o utile, ma solo che non era apprezzato.

Nessuno sembrava sapere, o interessarsi, al tipo di esperienza e conoscenza che poteva fornire come consulente informatico, amministratore di rete o "tecnico" in generale. Nelle due startup per le quali aveva lavorato, di solito non era altro che un secondo piano.

All'inizio non gli importava. I lavori erano sempre ben pagati, grazie a un mix di fiducia giovanile e previsioni di mercato arroganti, ma Randy sapeva bene che non era così. Aveva lavorato per un anno in una startup che cercava di portare la semplice manipolazione delle immagini sui tablet e sui dispositivi mobili, solo per vedere la scritta sul muro dopo pochi mesi. L'azienda aveva una lunga lista di investitori facoltosi che non sapevano quasi nulla del mondo dell'informatica, e disponeva di una quantità altrettanto impressionante di finanziamenti VC. Il problema era che il prodotto non era redditizio. Peggio ancora, i proprietari in età universitaria della società non sembravano preoccuparsi del futuro della linea di prodotti dell'azienda.

Randy è passato a un'altra azienda, trovando molti degli stessi problemi e nessuna soluzione. Dopo aver capito che la sua carriera sarebbe finita se fosse rimasto a bordo, decise di trovare una posizione più stabile.

Quel posto si trovava nella divisione di valutazione delle minacce del CDC, come direttore informatico di un nuovo dipartimento. Si trattava di un lavoro tranquillo, che non causava mai troppo stress o compiti eccessivi. Mantenere in funzione la posta elettronica, rispolverare i server che fornivano supporto intranet attraverso il portale SecuNet e mantenere caldo il caffè nell'ufficio principale.

Ma mentre il lavoro in sé era decente, era il *capo che* non sopportava. David Livingston. Quell'uomo era più insensibile, abrasivo e decisamente scortese di chiunque altro avesse mai incontrato.

Crack! Un altro colpo di fucile riportò Randy al mondo reale. Vacanze, una settimana, nella casa al lago di un amico. Nell'ultimo anno non c'era nulla che Randy avesse atteso con più ansia di questo momento.

Vide il figlio che gli sorrideva, e solo allora notò i pezzi di piattello che cadevano nel lago. Tutti di uguali dimensioni, tutti della stessa forma relativa.

"Wow... l'hai preso?", chiese.

Il figlio annuì. "Proprio al centro".

Randy si alzò dal tavolo da picnic e batté le mani, facendole ruotare in un grande cerchio. Un "applauso". Sua moglie brontolò. Uno "scherzo da papà", ma, beh, era un papà.

"Davvero, papà?" chiese suo figlio. "Stai ancora usando quella battuta?".

"Cosa? È ancora divertente".

"Non è mai stato divertente".

"Ehi", disse Randy, camminando verso il bordo del lago dove suo figlio stava tenendo il fucile. "Sai cosa *sarebbe* divertente? Se ti prendessi quell'affare e ti sparassi con quello".

La pistola era un regalo per Drew, che la desiderava da tempo. Loro tre, Randy, sua moglie Amanda e Drew, erano andati alla casa sul lago per una breve vacanza e per festeggiare il diciassettesimo compleanno di Drew.

"Puoi provare, vecchio mio", disse Drew. Porse il fucile a Randy. Randy guardò l'arma, ammirandone la fattura e la qualità costruttiva. Prima che potesse sollevarlo sulla spalla, squillò il cellulare.

"Il tuo telefono funziona qui fuori?" chiese la moglie. "Sembra che funzioni". Prese il telefono dal tavolo e lo portò al marito.

Randy vide il numero e scrollò le spalle. "Lo paga il governo, quindi immagino che usino la rete migliore". Il numero apparve sullo schermo appena sotto il nome del chiamante. Juliette Richardson. Beh, almeno non era Livingston.

Spostò il dito sul telefono per rispondere. "Pronto?", restituì il fucile a Drew e tornò verso il tavolo.

"Randy, ehi, sono Julie. Scusa, so che sei in vacanza. Hai un minuto?"

"Certo, che c'è?". A differenza di David Livingston, Julie piaceva a tutti. Era divertente, carina e avventurosa, non aspettava mai la burocrazia.

"Grazie. Senti, non so se ti sei tenuto al passo con le notizie, ma sta per succedere qualcosa, e io sto cercando di non farmi sfuggire l'occasione".

Randy non si *era tenuto al* passo con le notizie, che facevano parte del patto familiare della loro vacanza. Poiché durante il suo lavoro era costantemente bombardato dalla tecnologia, dalle notizie del settore e dai media, sua moglie gli aveva fatto promettere di rinunciarvi per la settimana in cui sarebbero stati fuori città. Niente TV, niente internet, niente computer. Solo loro, il lago e la pace e la tranquillità per una settimana.

Lui la guardò ora. Non aveva un'espressione felice, sapendo che il cellulare di Randy aveva violato il loro patto. Lui scrollò le spalle scusandosi.

"Sì, ok. Qual è il problema?". Il CDC aveva spesso qualcosa che "cercava di tenere sotto controllo", quindi non era fuori dall'ordinario che Julie chiedesse un favore legato al lavoro. Ma il fatto che avesse chiamato direttamente il suo cellulare sembrò strano a Randy.

E il suo tono di voce affrettato.

"Mi dispiace, non posso spiegarle tutto ora. Può farmi accedere a un computer?".

"Certo... è collegato?". Randy non esitò a rispondere. Anche se era una parte esplicita della descrizione del suo lavoro, considerava "hacking" quando doveva accedere a un'altra macchina del CDC. E a lui *piaceva molto* hackerare.

"Sì, lo è, ma non è in loco".

"Cosa intende dire? Ha un accesso SecuNet, giusto?".

"No, scusate, voglio dire, è *collegato*, tipo a internet, ma...".

"Accidenti, Julie, mi stai chiedendo di hackerare una macchina esterna?". Chiese Randy.

"Non hackerare, solo... ottenere l'accesso. Devo ottenere delle informazioni...".

"Questo si chiama hacking, Julie. È *letteralmente* la definizione di hacking".

Randy sentì sua moglie emettere un sospiro esasperato dalla panchina del tavolo da picnic accanto a lui. La guardò, coprendo il microfono del telefono con il palmo della mano. "Scusa... io... è solo una cosa molto veloce".

"Pronto? Randy? Ehi, andiamo. Questa è una richiesta seria. Puoi aiutarmi?"

Randy non sapeva cosa dire. "Julie, questo è... non puoi. Non è legale e potrei essere licenziato anche solo per averci provato. Perché Livingston non può presentare una richiesta formale di sequestro dei dati?".

"Sai quanto tempo ci vuole, Randy. E dai. Livingston? Non lo vedo da quasi una settimana".

Era vero. Il loro capo si era goduto una serie di escursioni "legate al lavoro", tra cui golf, pranzi di quattro ore e strip club. Come fosse riuscito a far pagare tutto alla divisione contabile dell'azienda era al di là della comprensione di Randy.

"Ok, va bene. Immagino che tu abbia in mente qualcosa di grosso, ma non riesco ancora a...".

"È una questione di sicurezza nazionale, Randy".

"Davvero?" Randy si mise quasi a ridere di gusto. "Vuoi cercare di farmi sentire in colpa con questa frase?".

"Randy, accendi il telegiornale. Non puoi essere così fuori dal mondo. Dopo la bomba a Yellowstone, c'era...".

"Cosa? Una *bomba* a Yellowstone?".

"Sì, Randy, una bomba. E ha rilasciato qualcosa nell'aria. Una specie di virus che sta uccidendo tutti coloro che sono arrivati nell'area vicino all'esplosione. È contagioso, altamente letale, e dobbiamo scoprire se qualcuno ha qualcosa al riguardo".

Randy fissò l'acqua in stato di shock. Mai, in un anno di lavoro al CDC, Julie era sembrata così... frenetica. Era sempre stata calma, piacevole e rilassata, anche se con un atteggiamento di forte impegno e di impegno.

Non era sicuro di come rispondere. "Io... credo...".

"Ok, perfetto. Anche a me serve in fretta. Puoi rispondere tu, Randy?". Fece una pausa. "Randy? Ci sei?"

Crack! Drew sparò di nuovo con il fucile, mancando il tiro al piattello. Preparò immediatamente un secondo colpo e lanciò il disco dal lanciapiattelli accanto a lui.

"Scusa, sì, stavo pensando. Non so, ho il mio portatile ma...".

"Randy, mi dispiace, ma non c'è tempo. Non posso aspettare. Davvero. *Per favore.* "

Crack!

"Randy, che cos'è? Dio, sembra una pistola".

"È... mi dispiace, va bene. Mio figlio sta facendo il tiro al piattello..." si tolse il telefono dall'orecchio. "Drew! Smettila un attimo, va bene? Sono al telefono!".

"Randy, sai che non te lo chiederei se non fosse una cosa seria. Fidati di me". Julie fece una pausa all'altro capo del filo.

Randy sospirò. "Lo so. Mi fido di te. È una cosa piuttosto importante, tutto qui. Ma ho capito. Sì, penso di poterlo fare. Dammi tempo fino a domani pomeriggio".

"Ho meno di un giorno, da quello che posso dire. Ho bisogno di procedere prima che diventi una mania mediatica, e ora sto aspettando altre informazioni da voi".

"Ok, ok. Posso farcela. Devo andare in città, trovare un caffè". Rifletté per un momento. "Non sarà sicuro, ma cosa stai cercando? Te lo mando via e-mail".

"Randy, grazie. Sono in debito con te. Si chiama Diana Torres. Dobbiamo rintracciare chiunque abbia lavorato per o con questa persona. Ti manderò un'e-mail con il suo nome, l'indirizzo e-mail e la società con cui lavorava. È l'unica persona che conosciamo che stava studiando il virus e potrebbe sapere di cosa si tratta. Qualsiasi cosa abbia scoperto sarà sul suo computer, in quella società".

Randy pensò alla domanda successiva che stava per fare. *Voleva davvero conoscere la risposta?* "Perché non puoi chiederglielo tu stesso?".

Julie anticipò la domanda e rispose immediatamente. "Ci abbiamo provato. È morta poche ore fa e pensiamo che dietro ci sia la sua azienda. Hanno mandato qualcuno a cercare anche noi. Randy, ho bisogno di queste informazioni, e ne ho bisogno adesso".

Randy confermò, ma Julie aveva già riattaccato. Pochi secondi dopo aver staccato e lasciato la chiamata, il telefono suonò con una nuova e-mail di lei.

Spense lo schermo del telefono e lo mise in tasca, alzandosi di nuovo dal tavolo da picnic. "Scusa, tesoro, io...", lo guardò. "Credo che dovrò infrangere le regole per qualche ora".

L'HOTEL ERA FORTUNATAMENTE MEGLIO ARREDATO del Family Diner. Situato nei sobborghi di Twin Falls, nell'Idaho, era stato acquistato da una catena fuori mercato e aggiornato per riflettere uno stile simile a un lodge. Il cartello stradale, l'ingresso principale e i due edifici collegati che compongono l'hotel avevano un esterno coerente con pannelli di legno.

Il diciotto ruote e i suoi tre passeggeri sono entrati nel parcheggio mezz'ora dopo l'incidente alla tavola calda.

Ben strinse la mano all'autista prima di scivolare giù dai gradini del camion. Gli offrì una mancia e prese il portafoglio. L'autista rifiutò, chiedendo invece ai due se avessero bisogno di soldi o di altro aiuto.

"Sei stato più che gentile", rispose Julie. Quell'uomo era un camionista in carriera, che lavorava per due grandi compagnie di navigazione e nel frattempo svolgeva altri lavori di guida. Aveva una famiglia a Rhode Island, due figli e una moglie, e stava lavorando all'ultimo anno prima di andare in pensione anticipata. Ben lo apprezzava anche per un altro motivo: parlava molto e andava d'accordo con Julie. La loro conversazione aveva così poco spazio vuoto che Ben passò la maggior parte del viaggio a fissare fuori dal finestrino del passeggero.

"Senta, questo è il mio biglietto da visita", disse il camionista, porgendo a Julie un biglietto da visita malridotto che aveva tirato fuori da qualche parte sotto il cruscotto. "Se ha bisogno di qualcos'altro, me lo faccia sapere".

"Lo faremo, grazie, Joe", rispose Julie. Sorrise e strinse la mano dell'uomo, ringraziandolo di nuovo mentre scendeva dal camion. Si mise accanto a Ben mentre il camion si allontanava.

"Pronti?"

Annuì e si avvicinò al grande ingresso dell'hotel lodge.

"Non riesco ancora a credere a quello che è successo. Sei sicura di stare bene?".

Ben annuì di nuovo. "Sono solo stanco. E tu?"

"Sì, anch'io", rispose lei.

Raggiunsero l'atrio anteriore, dove una giovane donna li accolse da una scrivania illuminata da un lampadario. Tutto sembrava caldo e confortevole, senza dubbio costruito e progettato con questi obiettivi.

"Avete una prenotazione?", chiese la donna.

"Lo sappiamo", ha risposto Ben. "Ho chiamato prima per organizzare il tutto. Mi dispiace, siamo un po' in ritardo".

"Nessun problema", sorrise la donna mentre afferrava il documento dalla mano tesa di Ben. "Avete incontrato un po' di maltempo? Prima c'erano dei temporali nella zona".

Ben aggrottò le sopracciglia, pensando a cosa dire. "No, è solo che... siamo stati un po' trattenuti".

Julie sorrise, cercando di venderlo anche lei. La donna le guardò entrambe e sorrise. "Capisco. Non è un problema". Fece l'occhiolino a Ben.

Ben non era sicuro di cosa la donna pensasse di aver capito, ma non insistette. Non avevano chiamato la polizia, anche se quando la signora della tavola calda era finalmente uscita nel parcheggio, si era offerta di chiamare per loro. Avrebbe potuto chiamare anche dopo che se ne erano andati, forse per segnalare il furgone che avevano lasciato nel parcheggio della tavola calda.

Il piano prevedeva di noleggiare un veicolo il giorno successivo e di farlo consegnare all'hotel. Dopo aver avuto la certezza di non essere più seguiti, sarebbero tornati alla tavola calda e avrebbero preso il furgone di Julie.

La donna al bancone finì di digitare qualcosa nel suo sistema di prenotazione e alzò di nuovo lo sguardo, ancora sorridendo. "In realtà vi ho prenotato due letti matrimoniali nella camera 201. Mi scuso, posso..."

"No", disse Ben, interrompendola. Non voleva sembrare così diretto, ma era troppo tardi. "Mi dispiace. Lo so, l'ho prenotato così di proposito. Noi..."

Non sapeva come spiegare la loro relazione. Voleva assolutamente che stessero nella stessa stanza, nel caso fosse successo qualcosa. In fondo erano adulti, ma non c'era motivo di condividere il letto.

"Oh". La donna sembrava delusa. "Va bene, allora possiamo andare. Ha una carta di credito da lasciare in archivio? Me ne servirà una per il deposito".

"Accetteresti contanti?" Chiese Julie. Era un'ipotesi azzardata, ma non avevano intenzione di usare una carta di credito collegata a uno dei due nomi.

"Mi dispiace, signora Richardson", disse la giovane donna. "Ne abbiamo bisogno in caso di danni. Accetteremmo comunque una carta di debito".

Julie le porse una carta di credito. "Questa è quella della mia azienda; dovrebbe andare bene". Ben vide che il nome sulla carta era, in effetti, quello del suo ufficio al CDC. Non era molto, ma poteva fornire un piccolo strato di protezione per loro.

"Molto bene". La donna digitò ancora un po' e riconsegnò il

biglietto a Julie. "Grazie. Ecco le sue chiavi; ha bisogno di qualcos'altro questa sera?".

Ben scosse la testa e prese il pacchetto di chiavi della stanza.

"Avete del vino? Rosso, magari? Qualcosa di... romantico?". Chiese Julie.

Ben sentì il suo viso arrossire immediatamente. I suoi occhi si allargarono quando vide il sorriso di Julie, subito corrisposto dalla donna dietro la scrivania. "Beh, credo che potremmo portare su qualcosa. In realtà non abbiamo il servizio in camera, ma come probabilmente saprà, abbiamo un menù fantastico al nostro ristorante".

La donna indicò un corridoio appena fuori dall'atrio principale, sotto un'insegna che diceva *Le Petit Paris-French-American Cuisine*.

"Voi due sistematevi e io vi porterò una bottiglia tra qualche minuto". Si voltò verso il computer mentre i due si allontanavano, con un'espressione compiaciuta sul volto.

Quando si avvicinarono all'ascensore, fuori dal raggio d'azione della reception, Ben tirò di lato una Julie ancora sorridente. "Vuoi dirmi cosa diavolo era quello?".

"Avresti dovuto vedere la tua faccia!". Quando si rese conto che Ben non stava ridendo, assunse un'espressione fintamente imbronciata. "Che c'è? Non è che la rivedremo mai più. Inoltre, sembrava così delusa quando pensava che non fossimo insieme".

"*Non stiamo* insieme!" Ben si precipitò verso le porte aperte dell'ascensore, mentre Julie trotterellava dietro di lui.

Si alzarono in silenzio, poi uscirono dall'ascensore e trovarono la loro stanza direttamente a sinistra. Ben inserì la chiave e spalancò la porta. "Faccio un salto alla reception a prendere degli articoli da toilette. Hai bisogno di qualcosa?".

"Ho tutto quello che mi serve", disse Julie, portando nella stanza la valigia che aveva preparato nella sua fattoria. "Puoi usare il mio dentifricio e il resto, se vuoi".

Lui la guardò e lasciò che la porta si chiudesse.

Quando tornò nella stanza qualche minuto dopo, trovò Julie stravaccata su uno dei letti, con in mano un bicchiere di vino rosso e indosso un paio di pantaloni del pigiama e una maglietta logora. Quando lui entrò, lei alzò lo sguardo, ancora con un sorriso smielato. "È buono", disse, facendo roteare un po' il bicchiere. "Dovresti assaggiarlo".

Ben scosse la testa, ma si accorse che stava sorridendo... solo un po'. Gettò la piccola borsa di prodotti da bagno che aveva appena acquistato sul bancone del bagno e si sedette sul letto vuoto. Sembrava che Julie avesse fatto una rapida pulizia. I suoi capelli sembravano essere stati pettinati, le cadevano dolcemente intorno alle spalle e si rovesciavano sul cuscino dietro di lei. Ben la guardò bere il vino per qualche secondo, finché lei non si voltò a guardarlo.

Di nuovo, si sentì arrossire il viso. *Forza, Harvey, datti una regolata.*

Julie rise. "Cosa? È da un po' che non hai una ragazza in camera tua?".

Lo era stato.

"Zitto", disse, prendendo un bicchiere di vino e la bottiglia di Merlot che si trovava sul comodino tra i letti. Si versò un bicchiere e ne bevve un sorso. *Quando è stata l'ultima volta che ho bevuto un bicchiere di vino?* La maggior parte dei suoi colleghi beveva birra, se proprio beveva. Ben preferiva un bicchiere di bourbon o di whisky, un single malt con ghiaccio.

Si guardarono per un attimo, cercando di decidere cosa dire dopo. Julie perse interesse per prima, tornando a guardare la televisione.

Ben voleva chiederle della sua vita. Chi era veramente? Da dove veniva?

C'era qualcun altro nella sua vita?

Essendo una persona non molto interessata alla vita degli altri, si sorprese del suo pensiero.

Invece, ha chiesto informazioni sui loro progetti. "Cosa c'è dopo? Dopo questa notte, intendo?".

Julie si guardò per un attimo confusa, poi si voltò verso di lui. "Probabilmente Randy mi richiamerà presto e ci dirà dove andare. Chiunque stesse lavorando con tua madre probabilmente vive in zona, e da lì possiamo rintracciarlo abbastanza facilmente".

Ben annuì. "Ha senso. Pensi che Randy riuscirà a fare qualcosa?".

"Lo fa sempre. È un genio con i computer. È nuovo al CDC, ma andiamo d'accordo. Probabilmente non ha smesso di lavorarci da quando l'ho chiamato prima. La vera domanda è se Diana abbia condiviso o meno le sue scoperte con qualcun altro".

"Non ne ho idea. Non le parlavo da più di dieci anni. Non è mai stata un tipo riservato, quindi immagino che sarebbe aperta a lavorare con qualcun altro".

Julie recepì l'informazione ed entrambi rimasero in silenzio per qualche minuto.

"Ok, beh, ho bisogno di dormire un po'", disse. "Ho il telefono acceso, nel caso Randy chiamasse. Possiamo scoprire tutto quello che possiamo da chiunque si trovi qui intorno, e poi prenderò dei biglietti aerei per tornare a Billings domani sera".

Ben scosse la testa. "Riprenderò il noleggio. Tu vai pure".

"Non vuoi volare?"

"No".

"Perché?"

"Non lo farò. Non mi piace".

"Andiamo, è perfettamente sicuro. Sarà molto più veloce".

"Non ho intenzione di volare, Julie".

"Ben, qual è il problema? Non..."

"Piantala, va bene? Te l'ho già detto, fine della storia. Lascia perdere". Le parole gli uscirono dure, stressate. Se ne pentì, ma il danno era fatto.

"Ma che diavolo, Bennett? Perché questo atteggiamento?".

Non ha risposto.

"Davvero, Ben, che succede? Perché sei così?".

"Julie..."

"No, ne ho abbastanza. Non parli quasi con nessuno, mi hai trattato come un rifiuto e sei sparito dalla circolazione da dieci anni. Cos'è che ti rende così *freddo*?".

Ben alzò bruscamente lo sguardo. Gli sembrava di vedere gli occhi di Julie che si stavano riempiendo.

Non sapeva cosa dire. Non *voleva* dire nulla. *Che diavolo ci faccio qui?* Pensò.

Si alzò dal letto e uscì dalla stanza, sbattendosi la porta alle spalle. Julie rimase, con un'espressione scioccata sul volto.

CHAPTER 27

ERANO gli unici clienti del ristorante. *Le Petit Paris* era frequentato solo dagli ospiti del lodge, e questa settimana in particolare era molto fiacca per l'hotel.

Ben e Julie si sedettero al banco d'angolo, gustando un piatto di waffle, salsiccia, pancetta, uova e toast. A quanto pare il ristorante puntava molto sulla parte americana della "cucina franco-americana".

"Mi dispiace per ieri sera". Ben pronunciò le parole lentamente, meticolosamente, parlando attraverso una bocca piena di cibo per la colazione.

"Non preoccuparti", disse Julie. "Ho esagerato. Non avrei dovuto...".

"Non hai fatto nulla di male", disse Ben, fermandola. "Non mi sento a mio agio con le persone, se non l'hai ancora capito. Non me la cavo bene con il confronto e, beh, con i sentimenti in generale".

Julie rise. "Vorresti essere un robot?".

Ben pensò per un attimo e sorrise. "Sì, più o meno. Andrebbe bene".

"Davvero? Non si assaggia il cibo, non si prova gioia, non si provano *altre* emozioni *piacevoli?*".

"Non sento nemmeno il dolore".

"Il dolore non è una cosa negativa, Ben. Rende le cose belle molto più belle".

Lui si è messo a ridere e ha preso un altro waffle. "Li hai mai mangiati con il burro di arachidi?".

"Che schifo. Dici sul serio?"

"Oh sì. Non ne avete idea. È l'*unico* modo per mangiarli. Mio padre..."

Si è ripreso, scegliendo invece di dare un boccone extra-large.

"Tuo padre cosa?" Julie incalzò.

"Niente. A lui, semplicemente, piaceva. Devo averlo preso da lui".

Julie deglutì. "Posso chiederti una cosa?".

Ben la guardò. "Forse".

"Cosa faresti se questa bomba non fosse esplosa? Se non ci fosse stato il virus e ci fossi stato solo tu, a Yellowstone?".

"Intendi oltre a trasportare orsi fastidiosi in giro per il parco?".

"Sì, intendo *dopo il* lavoro. Cosa fa Harvey Bennett nel tempo libero?".

Ben considerò la domanda. "Beh, in realtà sto lavorando per comprare una casa tutta mia".

"Sì?"

"Sì. Un terreno in Alaska. Voglio costruirci una capanna, un giorno. Sono nelle ultime fasi dell'accordo, ma sto aspettando che la banca finalizzi le cose".

"Wow-Alaska?"

"In realtà non ci sono mai stato". Ha riso. "Ho visto il terreno online, ho visto quanto chiedevano e li ho chiamati il pomeriggio stesso. Era molto economico per via della sua posizione. Era di proprietà di un trapper che è morto qualche anno fa. Il terreno è stato messo all'asta e una banca locale l'ha comprato, sperando di ricavarne un profitto".

"Mi sembra il tipo di persona che ha bisogno di stare in mezzo a molte persone e di vivere in città, probabilmente in un grattacielo".

"Sì?" Ben sorrise. "Sembra proprio di sì".

Julie si fermò per dare qualche morso e Ben sorseggiò il suo caffè. Sapeva cosa stava per succedere. Julie meritava la verità.

"Tua madre. Diana Torres. Non mi hai detto che era tua madre e l'hai chiamata 'Diana Torres'. Perché?".

Scrollò le spalle. "Abbiamo litigato molto tempo fa. Non mi ha mai perdonato veramente. Credo che entrambi non ci siamo mai perdonati".

"Che cosa è successo?"

Julie non era una che perdeva tempo. A Ben piaceva questo aspetto di lei, ma allo stesso tempo lo terrorizzava.

"È stato lo stesso periodo in cui sono scappato da tutto. Tredici anni fa, poco prima di iniziare a lavorare al parco. Ero in campeggio con mio padre e mio fratello minore. All'epoca aveva nove anni, si è allontanato dal campeggio ed è rimasto incastrato tra un'orsa e il suo cucciolo. Mio padre andò a prenderlo e l'orsa lo attaccò".

Julie si coprì la bocca con una mano.

"È stato colpito duramente e ha perso i sensi. Mio fratello era piuttosto malconcio, ma stava bene. Mio padre è stato trasportato in aereo e ha trascorso alcuni mesi in coma, poi è morto".

"Dio, Ben, mi dispiace".

Lui ha fatto finta di niente. "Mia madre, per quanto fosse dura, non mi ha mai perdonato. Credo che fosse arrabbiata con papà, per aver permesso che accadesse. Ma non riusciva ad esprimerlo, capisci? E credo che abbia cercato di dimenticarlo. Ha cambiato il suo nome in quello da nubile, Torres. In seguito abbiamo camminato sulle uova per un po', finché non mi sono arreso. Trovai qualche lavoretto, finii la scuola e... me ne andai".

"Non ne avevo idea", disse Julie. Stava piangendo di nuovo.

"Perché dovresti? Non ne parlo per un motivo, Julie. Non è una cosa di cui vado fiero e non mi piace particolarmente pensarci".

"Allora perché Yellowstone?"

"Ha senso, per uno come me. Non ha studiato, ama stare all'aria aperta e odia la gente. Mi sembrava la cosa più logica. È anche un'ottima organizzazione, quindi mi piace molto la gente che ci lavora".

Goduto, pensò. Alzò lo sguardo e vide che Julie stava scuotendo la testa.

"Cosa c'è?", chiese.

"È... è solo che ancora non ti capisco. Mi dispiace, davvero, ma tu non odi *davvero* le persone. L'hai appena detto, sai? Ti piacciono i ragazzi con cui lavori e lo sai. Tieni a loro, ma non li fai entrare. Giusto?".

Ben sentì di nuovo, per la terza volta in tanti anni, il viso arrossarsi. "Sì, ho capito. Senti, Julie, ecco cosa non capiscono le persone come te, quelle che hanno questa strana *speranza* nell'umanità. Sai cosa provoca dolore? Il vero, *reale* dolore? Le persone. Se ti liberi delle persone, ti liberi del dolore".

"È una cosa stupida".

"Smetti di pensare che il mondo funzioni in un altro modo, Julie. Smetti di cercare di farlo funzionare come vuoi tu".

La cameriera venne a riempire il caffè, mentre Julie e Ben sedevano in silenzio al tavolino. Julie tratteneva le lacrime guardando fuori dalla finestra. Ben si limitava a guardare dritto davanti a sé, senza incrociare lo sguardo della cameriera.

Quando finalmente alzò lo sguardo, trovò la donna che lo fissava sapientemente e lo guardava in modo strano. "Fatemi sapere se avete bisogno di qualcosa", sussurrò. Ben annuì.

"Dai, Julie, cosa c'è che non va?".

Julie girò la testa. "Devi crescere, Ben".

Si accigliò.

"Le persone si preoccupano per te. Le persone ti *amano* e tu le allontani perché sei stato ferito una volta. Lo capisco, ma devi lasciar perdere".

Lui si alzò per andarsene, ma lei allungò la mano e gli afferrò il braccio. "Fermati. Non andartene di nuovo, Ben. Hai bisogno di sentirlo, di parlarne".

Voleva assolutamente continuare, uscire dalla stanza. E continuare a camminare.

Ma non lo fece. Non sapeva bene perché, ma era d'accordo con lei. Aveva bisogno che lei lo chiamasse fuori. O era qualcosa di più?

Prima che potesse pensare a una risposta, squillò il telefono di Julie. Lo sollevò e lesse il nome: Randall Brown.

CHAPTER 28

"PAPÀ, LA COLAZIONE È PRONTA!".

Randall Brown ha sentito suo figlio urlare mentre era seduto nel suo ufficio e controllava le cose al lavoro. Sua moglie aveva chiaramente detto al figlio di andare a prenderlo per la colazione, e questa è stata la sua interpretazione. Pochi secondi dopo ha sentito la moglie, Amanda, rispondere all'urlo.

"Forza, Drew, prendilo. Avrei potuto urlare io stesso".

Randy sorrise tra sé e sé, sapendo esattamente cosa sarebbe successo dopo:

"Allora perché non l'hai fatto?" Chiese Drew.

Randy scosse la testa. Conoscendo Amanda, Drew stava rischiando i suoi privilegi di tiratore, o peggio, con una tale dimostrazione di mancanza di rispetto.

Quando cresceranno? si chiese. Drew era un bravo ragazzo, ma Randy era regolarmente sorpreso dagli atteggiamenti e dalle fasi fugaci degli adolescenti. Drew li teneva sulle spine e Randy era certo che Drew fosse la causa della maggior parte dei capelli grigi sulla sua testa.

"Arrivo subito!" Randy richiamò. Sorprendentemente, non sentì la moglie rimproverare il figlio. Doveva aver deciso che non ne valeva la pena. Ancora sorridente, tornò al cellulare e compose il numero di Julie.

Squillò tre volte prima di rispondere. "Pronto?"

"Ehi, Julie, sono io, Randy".

"Ehi, Randy, è bello sentirti. Stiamo finendo di fare colazione. Qualcosa di buono?".

"Potrebbe essere utile, ma non so se è un *bene*".

"Prenderemo tutto quello che hai, Randy".

"A proposito, chi siamo? Stai lavorando con Stephens in questo caso?".

"No, un ragazzo che ho conosciuto a Yellowstone. Stephens è tornato a casa. Che cosa hai trovato?".

Randy ci pensò un attimo. *Un ragazzo?* Julie non era negligente, ma lui non la interrogò. "Oh, ho trovato il suo assistente, Diana. Charlie Furmann, vive a Mud Lake, Idaho, con i suoi genitori e ha un appartamento a Twin Falls".

Julie si fermò un attimo. Lui pensò che stesse prendendo appunti. "Il lago di fango? È un luogo reale?".

"Lo è. Una città di circa quattrocento persone, da quello che ho capito. Non dovrei avere molti problemi a trovarlo lì".

"Ok, perfetto. C'è altro su di lui?".

"Non molto. Era un dottorando in una cosa chiamata 'modellazione molecolare' e lavorava con Diana come una sorta di studio-lavoro".

Di nuovo, una pausa.

"Ascolta, Julie. Devo proprio andare". Pensò a suo figlio in sala da pranzo, che aspettava con Amanda di iniziare la colazione. *Amanda.* Era già arrabbiata per la sua assenza di poche ore ieri, e non sarebbe stata contenta con lui nemmeno per questo. Per lo meno, poteva raccontarle quello che era successo a Yellowstone e sperare che questo spiegasse il motivo della sua assenza.

"Giusto, sì, scusate. Randy, grazie per questo. Davvero".

"Nessun problema". Iniziò a riattaccare, ma sentì di nuovo la voce di Julie dal piccolo altoparlante.

"Oh, ehi. Hai saputo qualcosa da Stephens?".

Randy riportò il telefono all'orecchio con un'espressione accigliata. "Stephens? No, perché?"

Non era anormale che Randy non fosse in contatto con Benjamin Stephens. Randy era lo specialista informatico dell'ufficio, non un normale membro del team. Per la maggior parte del tempo si occupava di configurare e mantenere il server intranet dell'azienda, SecuNet, di creare indirizzi e-mail e di fornire altro supporto informatico. In alcuni casi ha svolto un ruolo più attivo, fornendo aggiornamenti informativi e logistici al volo, ma il suo è stato soprattutto un lavoro di non intervento.

"Neanche io ho avuto notizie da lui", ha spiegato Julie. "Di solito mi riempie la casella di posta elettronica, ma...".

"Strano. No, non ho sentito nulla".

"Ok. Il server è attivo, che tu sappia? C'è stato qualche fermo macchina importante?".

Randy era quasi offeso. "Certo che no. Perché dovrebbe? Sai che ho allarmi 24 ore su 24, 7 giorni su 7, che mi raggiungerebbero anche se fossi intrappolato in una grotta afghana".

"Ehi, calma. Chiedere non fa male, no?". Disse Julie. "So che sei al corrente di tutto. È solo strano, tutto qui".

"Sì, è così. Dammi un minuto. Mi collego a distanza per vedere se c'è qualcosa di strano. Ti mando un messaggio tra cinque minuti".

"Grazie, Randy. Ti devo un favore".

"Offrimi una birra qualche volta e siamo pari". Spense il telefono e uscì in sala da pranzo. Guardò sua moglie e suo figlio. "Avete presente la bomba che è esplosa a Yellowstone? Qualcosa è stato rilasciato nell'aria e sta uccidendo la gente".

Gli occhi della moglie si spalancarono. Drew rimase a bocca aperta.

"Qui stiamo bene, ma il CDC ha persone sul campo e devo continuare a controllare ogni tanto".

La moglie annuì, ancora presa dalla terribile notizia.

"Va bene, allora. Dammi ancora cinque minuti e torno fuori".

Uscì dalla stanza e utilizzò l'applicazione di desktop remoto sul suo telefono per accedere al suo terminale in ufficio.

Tutto era a posto: i server erano attivi e funzionanti, il cablaggio della rete intranet non sembrava presentare problemi e la connessione Internet in entrata funzionava correttamente. Scorse l'elenco dei file di configurazione e non trovò alcun problema.

Infine, ha fatto clic sul collegamento al server di posta elettronica e ha consultato le connessioni in entrata e in uscita. Attraverso questo portale, poteva vedere tutte le e-mail inviate e ricevute da ogni membro del suo gruppo di accesso, per un totale di venticinque persone. Si trattava di un protocollo di sicurezza, che gli aveva imposto di mantenere un livello di autorizzazione di sicurezza per rimanere al lavoro. Scorse l'elenco, leggendo i nomi dei mittenti e dei destinatari di ogni e-mail.

Ha visto nomi di altri dipendenti che inviavano e ricevevano e-mail da altri membri del personale riguardo allo stato attuale delle cose a Yellowstone. Ha visto e-mail di Stephens inviate all'indirizzo e-mail di Julie e a David Livingston.

Niente di eccezionale.

Tranne che...

Non ha visto nessuna e-mail *ricevuta* con il nome o l'indirizzo e-mail di Julie. Sebbene Stephens le avesse inviate, apparentemente non avevano mai raggiunto la sua casella di posta.

Randy fece una smorfia. Questa era la sua area, la sua responsabilità. Se c'era qualcosa che non andava nel server di posta...

Poi vide qualcosa di ancora più sconcertante.

Per ogni e-mail inviata da Stephens a Julie, c'era un duplicato di e-mail ricevute con l'indirizzo di Livingston.

Decisamente sconcertante.

Aprì il file di configurazione del server di posta, per vedere se c'era qualcosa di strano nell'instradamento. Tutto era a posto. Non ha trovato nulla di sbagliato nemmeno nelle impostazioni del server dei nomi.

C'era un altro posto da controllare. Randy aprì la sezione di inoltro del portale di amministrazione di SecuNet e lesse l'elenco. La maggior parte delle voci era costituita da risponditori automatici impostati per il personale in vacanza, che lavorava in remoto o che desiderava ricevere la posta elettronica attraverso l'account di un altro provider. Ma uno era un indirizzo di inoltro specifico che aveva riconosciuto.

Benjamin Stephens.

Perché il suo indirizzo veniva inoltrato? E dove era diretto? Scioccato, Randy cliccò fino a trovare la risposta. La posta di Benjamin Stephens veniva inoltrata a *David Livingston, su istruzione di quest'ultimo.*

Livingston stesso aveva impostato l'inoltro sul server SecuNet per tutta la posta di Stephens. Tutto ciò che l'uomo inviava veniva invece ricevuto dal suo superiore.

Ed era anche mal fatto. Randy non riuscì a trovare alcun tipo di crittografia sul record di inoltro, né l'indirizzo era in qualche modo mascherato da un indirizzo e-mail di fantasia. Era come se all'uomo non importasse chi lo stesse guardando o, più probabilmente, non importasse *perché* qualcuno lo stesse guardando.

Livingston era certamente diffidente nei confronti del suo staff al punto da impostare un inoltro di e-mail su un account, ma perché Stephens? E perché non chiedere a Randy di controllarlo per lui?

Randy sospettava il motivo: Livingston voleva il potere. Voleva sentirsi al comando; far entrare Randy nel suo giochetto era come invitare qualcun altro a bordo per vederlo guidare il treno. Randy ne fu immediatamente disgustato, ma ora si trovava di fronte a un dilemma più grande: doveva rimuovere l'attaccante?

Se lo facesse, Livingston saprebbe subito che l'inoltro non funziona più. Ma se non lo avesse fatto, Livingston avrebbe potuto collegarsi a SecuNet e vedere che "rbrown" si era recentemente collegato e aveva visto la pagina di inoltro.

Era una decisione difficile, ma aveva un po' di tempo per riflettere sulle opzioni. Tuttavia, c'era una decisione che aveva già preso.

Chiuse l'applicazione desktop remoto sul telefono e richiamò Julie.

CHAPTER 29

"SEMBRA che non facciamo altro che guidare", disse Julie dal sedile del passeggero del suo camion. La strada che stavano percorrendo si era ridotta a un'autostrada a due corsie circondata da terreni agricoli.

"Vuoi dire che non *faccio* altro che guidare", rispose Ben. Avevano lasciato l'albergo quella mattina, diretti a Mud Lake, nell'Idaho, non appena Julie aveva ricevuto la soffiata dal suo informatico, Randy Brown.

"Ti ho già detto che non mi interessa, basta che mi fai sapere quando vuoi fare cambio".

Ben si scosse. "Va bene, davvero. Godetevi il paesaggio".

"Sì, amo i campi di grano a perdita d'occhio".

"Sono fagioli di soia".

"Davvero?"

"Sì".

"Huh."

Giunti a una strada trasversale, svoltarono a destra su una strada di campagna che apparentemente portava più lontano nella grande distesa di campi e fattorie. Secondo la mappa di Ben, erano a circa dieci minuti da Mud Lake. Julie lo aveva rimproverato per quasi un'ora per la cartina - un atlante stradale Rand McNalley che aveva acquistato nel negozio di souvenir dell'hotel - ma se fosse stato in vena di ridere, ora avrebbe preso l'ultima.

Non essendo mai stato uno che si fida della tecnologia, Ben aveva acquistato la mappa "per sicurezza", avendo il sospetto che nessuno dei loro cellulari avrebbe avuto una connessione dati abbastanza decente da portarli al Mud Lake e poi a casa dei genitori di Charlie Furmann, fuori città. Circa trenta minuti fa, si è rivelato corretto.

"Ti piacerebbe il CDC. Anche loro odiano volare, visto che si dà il caso che sia uno dei modi più efficaci per diffondere le malattie per via aerea".

"Non ho *paura* di volare", ribatté Ben. "È solo che non... lo preferisco".

"Oh, giusto. Così come io non *preferisco i* ragni".

"È un'altra cosa. È solo che non mi piace sentirmi così... indifeso".

Julie pensò per un attimo, guardando fuori dalla finestra. "Lo capisco. Ha senso - tutte quelle tonnellate di metallo che infrangono le leggi della fisica -".

"Ehi, non c'è bisogno di ricordarmelo".

"*Hai* paura di volare! Non posso nemmeno nominare il volo senza che tu ti agiti".

"Sei implacabile, lo sai?". Disse Ben.

"Lo so. Per quanto tempo ancora?"

"Dieci minuti, credo. Controlla la mappa". Julie afferrò l'atlante aperto, steso sulla console centrale, e lo guardò per qualche secondo.

"Che c'è? È da un po' di tempo che non devo fare a meno della tecnologia?".

"Zitto. Posso usarlo. Devo solo orientarmi".

"Il nord è in alto".

"Stai zitto".

"Ho letteralmente delineato il percorso che stiamo facendo. Guardate la linea rossa: siamo alla fine".

Julie contemplò la mappa ancora per qualche secondo, poi la gettò di nuovo a terra e tornò a guardare fuori dalla finestra.

"Allora?" Chiese Ben.

"Sì, circa dieci minuti".

Dieci minuti dopo, videro un silo solitario che si estendeva su un campo di piante verdi e frondose. Man mano che il silo si ingrandiva, potevano vedere alcuni edifici più piccoli sparsi sulla distesa di campi di soia, tra cui una fattoria gialla. Ma furono i veicoli davanti alla fattoria a far accapponare la pelle a Ben.

"Sono auto della polizia?" Chiese Julie.

"Sì. Quattro di loro".

"Oh, cavolo, le cose continuano a migliorare".

Ben proseguì lungo la strada fino a quando vide una strada sterrata che conduceva alla fattoria. Iniziò a rallentare il veicolo, preparandosi a svoltare, ma Julie lo fermò.

"Non farlo. Non ci lasceranno andare in giro da quelle parti e, se dovesse succedere qualcosa, non ci aiuteremo presentandoci alla porta di casa".

Ben sapeva che aveva ragione.

"Inoltre, la polizia non ci darà nulla finché non avrà capito tutto. Soprattutto se c'è stato un crimine. Torniamo in città e vediamo se qualcuno sa cosa sta succedendo".

Ben accelerò di nuovo e prese l'atlante. "Questa strada si interseca con un'altra strada agricola che corre parallela all'autostrada principale. Dovrebbe riportarci verso Mud Lake".

In un altro minuto trovarono la strada e dieci minuti dopo erano alla periferia della città.

Città, tuttavia, era una parola troppo forte. Mud Lake, nell'Idaho, non sembrava molto più di un'area di sosta sulla strada per qualcosa di più grande. Qualche semaforo, un negozio generico con qualche pompa di benzina e un grande impianto industriale di qualche tipo erano tutto ciò che offriva la strada principale della piccola città.

Ben accostò l'F450 al piccolo lotto di fronte al negozio di alimentari e parcheggiò.

"È aperto?" Chiese Julie.

"Non ne ho idea. Scopriamolo". Scesero e si diressero verso la porta d'ingresso. Ben afferrò la maniglia e fu sorpreso quando questa cedette facilmente. Una serie di tintinnii emessi da un gruppo di campanelli appesi a una corda attaccata alla porta fece capire al proprietario che erano arrivati.

"Un minuto!", chiamò una voce da qualche parte nel retro. Attesero un attimo al bancone prima che un uomo basso e rotondo, con le guance arrossate e i capelli bianchi e radi, apparisse da dietro un angolo. Si muoveva a passo spedito, sembrando quasi privo di peso, dato che la parte superiore del corpo si muoveva a malapena. Aveva un sorriso impressionante, aiutato dai suoi occhi grandi e allegri, e la sua impressione generale disse alla coppia che avevano trovato il posto giusto per chiedere aiuto.

"Come posso aiutarla?", chiese l'uomo. La sua voce corrispondeva in tutto e per tutto al suo aspetto. Nitida, leggera e ricca di sfumature, come solo un uomo anziano con anni di esperienza nella comunicazione poteva fare. Il suo contegno era disarmante.

"Stiamo cercando informazioni. Su qualcuno che vive qui", ha detto Julie.

L'uomo annuì lentamente, guardando ciascuno di loro per un breve momento. "È una piccola città, come avrete sicuramente capito", disse allegramente. "Tendiamo a conoscerci abbastanza bene".

Ben percepì un po' di esitazione nell'uomo. *Forse era una cattiva idea...*

"Si chiama Charlie Furmann", disse Julie. "Credo che viva qui con i suoi genitori, appena fuori città...".

L'uomo alzò una mano, fermando Julie. Ben osservò come

l'espressione e la statura dell'uomo cambiassero quasi istantaneamente, passando da un pacifico e invitante proprietario del negozio a un vecchio arruffato e infastidito. "Esci. Adesso". Indicò la porta. "Per favore, vattene".

"Signore, stiamo solo..."

"No. Fuori".

Ben strinse i denti e cercò di interpretare quello che era appena successo. Quell'uomo evidentemente conosceva Charlie o sapeva *di* lui. *Forse conosceva i suoi genitori?*

"Signore, ci dispiace intrometterci. Davvero. Ma siamo del CDC... dei Centri per il Controllo delle Malattie". Il volto dell'uomo si addolcì leggermente, ma sembrava ancora a tre secondi dall'afferrare un manico di scopa e scacciarli dal negozio. Ben disse. "C'è stata un'epidemia di qualcosa e stiamo cercando di capire cosa sia. Pensiamo che Charlie possa saperne qualcosa...".

"Non importa cosa *sapeva*", disse il negoziante.

"Aspetta", disse Julie. "*Sapeva?* Nel senso di passato...?".

L'uomo annuì.

"Mio Dio", ha detto. "Siamo così dispiaciuti. Siamo passati davanti alla fattoria dei suoi genitori e abbiamo visto le auto della polizia... Come?".

L'uomo sospirò, rendendosi conto che non si sarebbe liberato di questi avventori così facilmente come pensava. "È stato trovato nel suo appartamento, a Twin Falls. Aveva un'eruzione cutanea, quella che gira a est di qui".

Julie annuì, comprendendo tutto.

"Una cosa terribile. Voi sapete qualcosa di questa eruzione cutanea?".

"È su questo che stiamo lavorando ora", ha spiegato Julie.

Ben ha aggiunto. "Ha ucciso molte persone che si trovavano nei pressi dell'esplosione a Yellowstone. Pensiamo che sia collegato, che Yellowstone sia stato l'epicentro".

Il volto del negoziante si svuotò. "Spero proprio di no, figliolo. Sembra che questo Paese sia già andato a rotoli. Anche il ragazzo non tornava a casa da circa cinque anni. Tutto concentrato sul suo lavoro in città. I Furmann sono fuori di sé".

Ben e Julie ringraziarono l'uomo e se ne andarono. Tornarono in silenzio al parcheggio e al furgone. Ben si mise al posto di guida.

Julie aspettò che il camion fosse sulla strada principale della città prima di parlare. "Twin Falls è fuori dal raggio dell'esplosione di *centinaia* di chilometri. E il virus non è ancora tecnicamente un'*epidemia*: non è contenuto, ma non si è diffuso al di fuori del Wyoming. È *molto* più lento di un'epidemia tradizionale".

"Giusto", disse Ben. "Anche mia madre non era nelle vicinanze. Chiunque sia arrivato a lei deve aver fatto visita anche a Charlie...".

Entrambi lasciarono che quell'informazione venisse assimilata. Ciò che significava, ciò che *poteva* significare, era ancora più terrificante. Qualcuno aveva portato il virus a loro intenzionalmente.

CHAPTER 30

JULIE decise che sarebbe stato meglio informarsi presso il suo ufficio per vedere se c'erano novità. Mentre guidavano in silenzio, controllò di nuovo il telefono per vedere se c'era campo.

"Qualcosa?" Chiese Ben.

"Non ancora", ha detto. "Credo di avere dei bar fuori Twin Falls".

"Siamo a poche miglia di distanza. Continuate a controllare".

Ben presto una singola barra di servizio divenne due, poi tre. Poi il suo telefono vibrò. C'era un messaggio vocale di Randall Brown in attesa. Lo fece partire dall'altoparlante del telefono in modo che Ben potesse ascoltarlo.

"Ehi Julie, sono di nuovo Randy. Ho controllato SecuNet. Tutto funziona correttamente, ma ho trovato qualcosa di strano. Livingston ha messo una mail forward sull'account di Stephens: tutto ciò che ha inviato nelle ultime 48 ore è arrivato direttamente a lui. Probabilmente è per questo che non avete avuto notizie".

Julie alzò lo sguardo su Ben, scioccata.

"Comunque, non ho cancellato l'inoltro. Livingston saprebbe subito che sono lì dentro se smettesse di ricevere gli aggiornamenti di Stephens. Comunque, se decidesse di collegarsi di nuovo a SecuNet, vedrebbe il

mio timestamp. Sono un po' tra l'incudine e il martello, Julie, quindi fammi sapere cosa vuoi che faccia".

"Non ci posso credere", disse Julie.

"Di cosa è paranoico il tuo capo?". Chiese Ben.

"Tutto e niente, ma questo supera il limite. Impedire il flusso di informazioni come questo durante un'indagine attiva...". Scosse la testa, fissando il telefono.

"Cosa pensi che abbia in mente?". Chiese Ben.

"Ha sempre avuto problemi con me, ma questo è strano anche per lui".

Julie guardò fuori dal finestrino. Il cartello per Twin Falls recitava: *135 miglia.*

"Quanto siamo lontani da Idaho Falls?".

"Direi circa un'ora, forse meno. Stiamo arrivando alla Highway 26, che torna indietro in quella direzione. Perché?".

"Lì c'è un aeroporto regionale. Posso fare un passaggio su uno dei jet più piccoli, se ce ne sono in partenza oggi". Cominciò Julie. Ha incrociato lo sguardo di Ben. "Non preoccuparti. Tornerò a Billings per sistemare le cose in ufficio e tu potrai guidare il camion al ritorno".

Ben la teneva d'occhio mentre continuava a guidare lungo l'autostrada.

"Solo se me lo chiedi gentilmente".

Lei sgranò gli occhi. "Potresti guidare il camion per me?".

Sospirò. "Certo. Che cosa sono altre cinque ore di guida?".

"In realtà, sei. Vorrà fare il giro di Yellowstone".

Proprio in quel momento squilla il telefono. *Stephens.* Rispose, mettendo di nuovo il telefono in vivavoce.

"Stephens?"

"Sì, ehi Julie, come vanno le cose?". Chiese la voce ovattata.

"Bene, credo. Hai ricevuto le mie e-mail?".

"L'ho fatto. Stai ricevendo il mio?", chiese.

Lei esitò. "No, in realtà non ho avuto il tempo di controllare". Era una pessima bugia, ma le avrebbe fatto guadagnare tempo. Stephens si fermò all'altro capo.

"Ok, giusto. Ehi, com'è andato l'ultimo contatto? Qualche informazione?".

Julie aveva inviato il suo itinerario via e-mail a Stephens prima che visitassero il Mud Lake, e in esso aveva incluso le informazioni inviate da Randy Brown.

"Non è stato... fruttuoso". Cambiò argomento. "Stiamo ancora pensando a dove andare, ma credo che tornerò in ufficio più tardi".

Fece una pausa. *"Ok, sembra buono. Senti, abbiamo delle novità di cui volevo parlarti".*

Julie scambiò uno sguardo con Ben. "Ok".

"Livingston e alcuni alti dirigenti del CDC e del Dipartimento di Sicurezza Nazionale hanno chiamato una squadra di escavatori per controllare l'area sotto il lago di Yellowstone e le zone di West Thumb, nel parco".

"Dove è esplosa la bomba?"

"Esatto. Sanno che ci sono alcune grotte in quella zona, anche se nessuna è molto lunga o profonda. Ma le hanno controllate tutte, per sicurezza".

Ben si gratta il braccio mentre ascolta.

"Che cosa hanno trovato?" Chiese Julie.

"Un tunnel, tagliato nella parete di una delle grotte".

"Fatti dall'uomo?"

"Sì. E anche tagliato di recente", ha detto Stephens.

Ben si grattò di nuovo il braccio. Sembrava che Julie avesse visto un fantasma.

"Cosa pensano? È lì che è stata piazzata la bomba?", ha chiesto.

"No, altrimenti sarebbe crollato il tunnel".

"Ma potrebbe essere stata un'area di sosta", interviene Ben. "Lontano da occhi indiscreti".

"Esatto". Poi si rese conto che non stava parlando solo con Julie. *"Aspetta, Julie, era Ben? Il ragazzo di Yellowstone?".* Disse Stephens.

"Sì, non preoccuparti", disse Julie.

Ben era sempre più infastidito dal prurito al braccio. *Che cos'è?* Finalmente si guardò l'avambraccio. Un'eruzione cutanea rossa aveva iniziato a diffondersi sulle mani.

Il respiro gli si bloccò in gola. *"Julie"*, sussurrò.

Julie non l'ha sentito.

Cominciò a tirare giù le maniche per coprire le braccia. Frugò nella tasca della giacca e tirò fuori un paio di guanti da lavoro in pelle senza uscire di strada.

"Cosa pensano che stia succedendo, allora?". Continuò. "Lo sanno?"

"Non lo sanno", ha risposto Stephens. *"Ma hanno un'idea. Pensano che la prima bomba sia stata un avvertimento, per attirare la nostra attenzione".*

Julie cercò di assimilare il tutto. "Da chi? Aspetti. Cosa intendi con la *prima* bomba?".

"Julie". Ben pronunciò il suo nome più forte, sperando che lei lo guardasse. Invece, lei alzò il dito indice. *Aspetta.*

"Pensano che ci sia una seconda bomba", ha detto Stephens. *"Più grande della prima. Questa volta potrebbe avere o meno un carico virale, ma in ogni caso, se esplode...".*

"Julie!" Ben abbaiò. La sua voce riempì facilmente la cabina del camion e lei sobbalzò.

-I suoi occhi si spalancarono quando vide che cosa aveva reso Ben così frenetico. Aveva le mani e gli avambracci coperti, ma non stava guardando le proprie braccia. Stava invece indicando le sue.

Lasciò cadere il telefono sulle ginocchia e allargò le braccia davanti a sé.

Un'eruzione cutanea si stava sviluppando sulla sua pelle.

CHAPTER 31

BEN ACCESE IL MOTORE, puntando la grande F450 grigia lungo la stretta autostrada che si snodava attraverso Billings, nel Montana. Una famiglia allarmata nell'auto accanto a lui sterzò per evitare il pericolo.

A Ben non importava. L'eruzione cutanea si era diffusa e continuava a farlo. Sentiva che si stava insinuando fin sotto le spalle, anche se era ancora visibile solo sulle mani e sulle braccia. Si muoveva molto più lentamente di quanto avesse visto a Yellowstone, ma si stava decisamente muovendo. Poteva solo sperare che l'eruzione cutanea di Julie si muovesse ancora più lentamente.

Ha preceduto un altro diciotto ruote, che trasportava un carico di veicoli nuovi di zecca verso una concessionaria. L'autista gli diede un colpo di testa. Ben schiacciò l'acceleratore in risposta. Doveva andare all'ospedale. Da Julie.

Quando avevano raggiunto l'aeroporto regionale di Idaho Falls, lei lo aveva quasi convinto a continuare a guidare, terrorizzata da ciò che sarebbe potuto accadere a tutti coloro che la circondavano mentre portava con sé una malattia così estremamente contagiosa.

La questione, tuttavia, si risolse per lei quando Livingston chiamò. Proprio l'uomo che aveva intercettato le sue comunicazioni con Stephens. Si dichiarò sorpreso quando apprese la notizia, ma nel giro di pochi minuti mise in atto un piano.

"Avrò un aereo privato che ti aspetta", aveva detto. L'aereo era di proprietà di un magnate degli affari che giocava spesso a golf con Livingston. Era pronto a partire non appena erano arrivati: potevano persino guidare direttamente sull'asfalto per risparmiare tempo. Julie era felicissima, ringraziò abbondantemente Livingston e promise che un giorno l'avrebbe ripagato.

Cercarono di convincere anche Ben ad andare, per precauzione, nel caso l'avesse presa. Ben si rifiutò di rivelare che in effetti *aveva un'eruzione cutanea*, convincendosi silenziosamente che quella di Julie era peggiore. Si era rimboccato le maniche e parlava il meno possibile.

"Non gli piace volare", continuava a dire Julie alla squadra. Era l'unica scusa che avevano e inoltre, tecnicamente, non potevano fare nulla per costringerlo. Così gli avevano dato un biglietto da visita e gli avevano chiesto di chiamare se avesse avvertito qualche sintomo, avvertendolo di limitare il più possibile le interazioni con le altre persone.

Ben disse che l'avrebbe fatto, infilò il biglietto in una tasca posteriore dei jeans e si mise in viaggio verso il Montana prima che potessero mandare qualcuno a pedinarlo.

Non si fidava di nessuno di loro.

Il suo telefono aveva squillato circa un'ora fa, con un numero sconosciuto. Quando aveva risposto e aveva sentito la voce di Benjamin Stephens all'altro capo, aveva capito che poteva significare solo cattive notizie.

"Julie è qui", ha riferito Stephens.

"Cosa?" Disse Ben. "Perché è in ufficio? Ha preso il virus e...".

"Non lo è", ha detto Stephens.

Ben tirò un sospiro di sollievo, poi si ricordò della propria eruzione cutanea. Era cresciuto un po', ma non era diventato più pruriginoso. Lo considerò un buon segno. "Ok. Dov'è adesso?".

"È in quarantena in un ospedale locale che ha convertito un'ala per l'epidemia del virus. Ora è sedata e viene monitorata completamente".

"Come sta?" Ben aveva chiesto. "Non dire stronzate".

"L'eruzione cutanea si è estesa. È arrivata fino al collo e sta iniziando a coprire il busto. È ancora nelle fasi iniziali, da quello che possono dire i medici, ma non si ferma", ha detto Stephens.

Ben deglutì a fatica. *Merda.*

"Ok, vengo lì. Dov'è il..."

"Non puoi, Ben. L'ala dell'ospedale è completamente off-limits, e...".

"Dov'è l'ospedale?", urlò al telefono.

Stephens fece una pausa e Ben poté sentirlo sospirare all'altro capo. *"Senti, lo faccio solo perché mi ha detto di chiamarti".* Diede a Ben l'indirizzo dell'ospedale, poi aggiunse un'altra considerazione. *"Se il personale ti becca lì dentro, Ben, si scatenerà l'inferno. Abbiamo a che fare con una forza del tutto sconosciuta, e puoi scommetterci che ci saranno agenti di tutti i settori che cercheranno di capire di cosa si tratta. Non è più solo il CDC".*

Ben capì il suo significato. *Se non stai attento, potresti finire in prigione. O peggio.*

"Capisco".

Ben riattaccò e un'ora dopo stava accostando al parcheggio di fronte all'ospedale. Il piccolo edificio dei primi del Novecento sorgeva su un ettaro di prato verde e curato. Un'alta recinzione di ferro con torri di mattoni agli angoli circondava la proprietà. Tavoli da picnic erano sparsi qua e là, ognuno ombreggiato da massicce querce secolari. L'ospedale stesso presentava un ingresso e una hall grandiosi, affiancati su ogni lato da due ali di cinque piani.

Parcheggiò in un posto riservato ai visitatori e guardò l'orologio. Si stava facendo tardi, ma sapeva che ci sarebbe stato ancora il personale notturno. Il problema era che non sapeva a che ora sarebbe avvenuto il cambio, quando la maggior parte del personale diurno sarebbe andato a casa per la notte. Fece alcuni respiri profondi per rilassarsi e osservò l'area circostante.

Vide alcuni veicoli non contrassegnati parcheggiati insieme in un gruppo dietro il suo camion. Ognuno di essi aveva i vetri profondamente oscurati e sembrava essere nuovo di zecca. Pensò che fossero governativi, ma non aveva idea di quale dipartimento. Non riuscì a capire se fossero disabitati.

Osservò il traffico pedonale davanti al vecchio ospedale. Una coppia di anziani camminava nel parco, con la donna che si aggrappava e sosteneva il marito che si muoveva traballante lungo il marciapiede. Un'altra coppia, più giovane, era seduta sotto una quercia e rideva.

Alcune persone in camice entrarono nell'edificio da un ingresso laterale. Li guardò strisciare una tessera ed entrare, mentre la porta si chiudeva alle loro spalle. *È così.* Se riuscisse ad accedere a una delle loro carte, potrebbe entrare senza attirare troppo l'attenzione su di sé.

Non avrebbe mai funzionato. Cosa avrebbe dovuto fare, picchiare un povero vecchio medico e rubargli la carta d'identità? Si mise quasi a ridere di gusto. *È ridicolo. Sto cercando di entrare in un ospedale.*

Sapeva di non poterlo fare: era un guardaparco.

Invece, aprì la portiera dell'auto e si diresse con decisione verso l'ingresso. Se gli agenti governativi lo stavano osservando dai loro veicoli di ricognizione, doveva sembrare un visitatore. Si avvicinò all'ingresso principale e aprì una delle porte.

"Buonasera, signore", annuncia un giovane alla reception. "Come posso aiutarla?".

Ben è andato nel panico. *Che cosa faccio?* I suoi pensieri divennero una poltiglia. "Salve, sì. Sono qui per vedere una persona che... conosco".

Il sorriso dell'uomo si spense un po'. "Ok, certo. L'orario di visita in realtà è finito, ma...".

"Non c'è problema, grazie comunque". Ben cominciò a sudare. Si voltò velocemente e tornò verso la porta d'ingresso. *Stupido.*

Mentre si avvicinava all'uscita, lanciò una rapida occhiata alle sue spalle. L'addetto alla reception era al telefono, ingobbito sulla sua postazione di lavoro. Alcuni altri infermieri e medici attraversavano l'ampio atrio, ma nessuno sembrò notarlo. Vide una porta sottile contro il muro, rivestita di carta da parati come la parete bicolore a righe dell'atrio, e si avvicinò alla maniglia.

La porta si girò completamente e lui la aprì con una spinta. Si chiuse la porta alle spalle e si guardò intorno. Una piccola lampadina arancione appesa al soffitto illuminava la stanza abbastanza da fargli capire di cosa aveva bisogno: era un piccolo ripostiglio per le pulizie, pieno di secchi per mocio, scope e prodotti chimici per la pulizia. Trovò un secchio da cinque galloni rovesciato contro la parete. Sedendosi su di esso, ripassò il suo piano.

Non c'era molto da ricapitolare: *entrare nell'atrio, trovare un posto dove nascondersi.*

Aspettate.

Aspettare cosa?

Non ne aveva idea. Sapeva di dover vedere Julie, per assicurarsi che stesse bene, ma non aveva le idee chiare. Era un grosso e pesante ranger del parco, non un piccolo e arzillo agente segreto.

Aspettò qualche minuto, cercando di valutare l'attività all'esterno del piccolo ripostiglio. Non riuscì a sentire molto. Passi qua e là, che non gli dicevano altro che la posizione generale della persona dall'altra parte della porta.

Passarono altri cinque minuti e sentì di nuovo dei passi che passavano davanti al suo armadio.

No, non stanno passando oltre.

Si stavano muovendo verso di *lui.*

Ben aspettò, pregando che i passi si ritirassero in lontananza.

I passi si fermarono. Ora c'era qualcuno proprio davanti alla porta.

Per favore, vattene.

La maniglia girò e lui cercò qualcosa, qualsiasi cosa, da usare come arma. C'era solo un secchio di stracci a portata di mano. Ne afferrò uno e staccò il manico dalla base.

Un secondo dopo, la porta si aprì. La luce penetrò nella stanza fioca.

Ben sollevò il manico dello spazzolone, trasalendo.

Sulla porta si stagliava la sagoma di un uomo, che però non entrò nella stanza.

"Lei deve essere Harvey Bennett. Ben, credo?".

CHAPTER 32

"CHI SEI?" Ben ringhiò.

L'uomo fece un passo in avanti e Ben alzò il manico del mocio.

L'uomo alzò una mano. "Ehi, figliolo. Non ti farò del male". Fece una pausa, facendo un altro passo verso l'armadio. Guardò il manico del mocio. "Funziona anche meglio di quanto si possa pensare".

Ben aggrottò le sopracciglia, ma non mollò la presa sull'arma.

L'uomo era ormai completamente dentro la stanza e la luce dell'atrio era sufficiente a dare a Ben un'idea di chi fosse entrato.

Un inserviente.

Vestito con una salopette blu e un berretto blu abbinato, l'uomo era più vecchio di Ben, ma alto più o meno come lui e di corporatura simile. Ciuffi di capelli biancastri ricadevano intorno al berretto e Ben poté vedere che non stava esattamente sorridendo, ma ci si avvicinava abbastanza.

Un badge con il nome stirato fissava Ben dalla tasca del petto dell'uomo.

Roger.

"Tu... tu sei un custode?". Chiese Ben.

L'uomo annuì. "Noi preferiamo 'ingegnere igienico', ma sì, anche bidello va bene".

"Come fai a sapere chi sono?". Chiese Ben.

"Ti ho visto correre qui dopo il tuo *straziante* incontro con Junior".

Junior deve essere il ragazzo della reception.

"Questo non spiega ancora come fai a sapere chi sono".

"Giusto. Ovviamente c'è dell'altro, ma Julie mi ha informato".

La menzione del nome di Julie fece correre un brivido lungo la schiena di Ben. "Sta bene?"

"Sta bene. È in quarantena, ma le hanno dato una specie di sedativo che attenua il dolore e rallenta il flusso sanguigno. Non è sufficiente a fermare il virus, ma aiuta".

Ben era sempre più confuso ogni secondo che passava. Davanti a lui c'era un uomo, un *inserviente, che* sapeva chi era lui, chi era Julie e, a quanto pare, che tipo di epidemia era in corso nella quarantena dell'ospedale.

"Mi ha detto che sareste venuti qui. Mi ha dato anche una descrizione abbastanza buona. Ero lì dentro quando l'hanno portata. C'è una camera a rischio allestita appena fuori dall'ingresso, ma solo il personale e le strutture, come me, possono entrare".

Ben scosse la testa. "Ascolta, è fantastico. Devo andare da lei. Puoi aiutarmi o no?".

"Rallenta, rallenta", disse l'uomo. "Riusciremo a entrare. Le dispiace lasciar cadere il manico dello straccio, però?".

Ben non si rese conto di essere ancora pronto per un attacco. Si rilassò un po' e lasciò cadere il bastone di legno.

"Quindi... stavi facendo le pulizie lì dentro e per caso ti sei messo a parlare con lei?".

Il mezzo sorriso dell'uomo scomparve e Ben lo vide diventare serio. "Oh, no. Lei non capisce. Ci sto lavorando da tempo. È certamente una coincidenza che il destino l'abbia portata qui, ma non è affatto il destino che ha fatto lo stesso con me".

Ben non aveva idea di cosa stesse parlando. "Lavorare su *cosa*?"

"Il virus. Sto cercando di capire cosa sia. Lo sto studiando, per quanto possibile, da mesi. Questo ospedale *deve essere* coinvolto, in qualche modo, ma non so esattamente come. Stavo iniziando a perdere le speranze, ma poi qualche giorno fa hanno trasformato il primo piano dell'ala est in quarantena, e ho sentito sussurrare che stavano aiutando con il virus di Yellowstone".

Ben ci pensò un attimo. *Il virus di Yellowstone.* Non si era sintonizzato su ciò che i media stavano pubblicizzando, ma era sicuro che il nome dovesse essere attribuito a qualche redattore di notizie attento al marketing.

"Man mano che il virus si diffonde, ci saranno sicuramente altri ospedali nella zona che si stanno attrezzando per una quarantena simile, giusto?". Ben ha ragionato.

L'uomo scosse un dito verso di lui. "Ma questo è diverso".

"Quanto è diverso?"

"Questo ospedale è in parte di proprietà di una società chiamata Rainbaucher's, che a sua volta è in gran parte di proprietà di un'altra società, la Dragonstone Corp. Ci sono anche due aziende farmaceutiche, una in Norvegia, chiamata Drage Medisinsk, e una qui in Canada, chiamata Drache Global".

Tutto ciò che Ben riusciva a immaginare era un pazzo nel suo scantinato, con dei bellissimi pezzetti di spago rosso sparsi su una mappa.

"Dragonstone è l'organizzazione che sta dietro a questi attacchi", ha detto l'uomo.

Questo ha attirato l'attenzione di Ben. "C'è una *società* dietro a tutto questo?".

L'uomo annuì. "Sto solo seguendo le briciole di pane".

Ben pensò per un attimo. "Come hai fatto a sapere da dove cominciare? Come hai fatto a trovare queste informazioni?".

"Le aziende più piccole, come questo ospedale, devono presentare un bilancio pubblico. Ovviamente sono abbastanza contorti e tortuosi da essere a dir poco inutili, ma almeno mi hanno dato un'idea di quali altre aziende ci siano dietro. Avevo una conoscenza sufficiente di tutto questo per sapere da dove iniziare a cercare".

Ben non sapeva cosa significasse, ma al momento non gli importava. "Se sai dove cercare, aiutami a raggiungere Julie".

L'uomo annuì e tese la mano. "Sono contento di averti trovato, figliolo. Voi due potete aiutare a fermare questa cosa".

Ben allungò la mano per stringerla, prima di ripensarci. *L'eruzione cutanea*. Anche con i guanti era ancora infetto.

L'inserviente, Roger, rise e afferrò comunque la mano di Ben. "Non preoccuparti di questo. Non ha più importanza. Piacere di conoscerti".

Ben aggrottò le sopracciglia. "Anche per me è un piacere conoscerti, ehm... Roger".

L'uomo rise. "Ah! Mi ero dimenticato di avere questo addosso". Si sfiorò la piccola macchia sulla tuta da lavoro. "Ho dovuto passare un po' in incognito quando ho iniziato a lavorare qui. Potete chiamarmi Malcolm".

"Malcolm?"

"Dr. Malcolm Fischer. Professore di archeologia".

CHAPTER 33

SOPRA IL CORRIDOIO, vicino a dove era tenuta Julie, c'era un sottotetto simile a un'intercapedine, sostenuto da una passerella metallica. Utilizzato per le condutture elettriche, le tubature dei piani superiori e il sistema HVAC modernizzato, era destinato principalmente a ospitare cavi e tubi, non persone. Quando Malcolm mostrò a Ben il piccolo spazio in cui voleva che si infilassero, Ben pensò che stesse scherzando.

"Non puoi dire sul serio".

"Se posso farlo io, puoi farlo anche tu", fu la risposta di Malcolm.

Ben non soffriva di claustrofobia, ma questo era un po' troppo. Lo spazio misurava circa un metro di altezza per un metro di larghezza. Era sufficiente per far passare facilmente un cane o un piccolo animale, ma un uomo di grossa taglia? Sarebbe stato stretto.

"Io andrò per primo, tu seguirai dietro. Ci sarà una presa d'aria proprio sopra la sua stanza, ma dovremo riaprirla. La squadra del CDC che era qui dentro ha sigillato tutti i punti di flusso d'aria e li ha reindirizzati in modo da poter contenere tutto".

"Giusto". Ben stava ancora osservando la piccola intercapedine. "Facci strada".

Malcolm si infilò nello spazio, sorprendendo Ben per la forza e la velocità dell'uomo più anziano. Ben lo seguì, beccandosi una faccia piena di gomma da scarpe quando entrò nel pozzo.

"Forse è meglio aspettare finché non sarò un po' più avanti".

"Sì, l'ho capito", disse Ben.

Scivolarono lentamente nel pozzo, strisciando su linee di cavi elettrici e di rete, tubi in PVC e altre infrastrutture dimenticate. Faceva caldo all'interno del tunnel e sudarono rapidamente. "Quanto manca?" Chiese Ben.

"Non molto lontano. Possiamo entrare e uscire dalla sua stanza senza che nessuno ci veda. Ne vale la pena".

Malcolm si fermò davanti a una grata. "È questa. Io svito il pannello, ma ho bisogno che tu lo tenga su. Non possiamo lasciare che le cada addosso".

Ben seguì le sue istruzioni e scivolò accanto alle gambe di Malcolm. La parte superiore del corpo dell'uomo si contorse e si ritorse, permettendogli di lavorare con un piccolo cacciavite e lasciando a Ben lo spazio per stringersi accanto a lui.

Ben sentì la grata schioccare con l'ultima vite e la tenne in posizione. Era più pesante di quanto sembrasse, ma non cadde. Insieme, i due uomini girarono la grata su un lato e la tirarono su attraverso il soffitto. Quando ebbe superato il buco, Malcolm la spinse sopra il suo corpo prono, più in profondità nel pozzo.

Una corrente d'aria fresca investì Ben, che la inspirò. Gli prudeva la pelle, soprattutto l'area intorno alla scollatura, al petto e alle braccia, proprio dove l'eruzione cutanea copriva la pelle. Sporse la testa attraverso il buco aperto nel soffitto e guardò nella stanza.

Julie.

Era lì, a occhi chiusi, su un letto al centro della stanza. Alcune flebo le attraversavano le braccia e Ben poteva vedere l'eruzione cutanea violacea, ma per il resto sembrava illesa. Non c'era nessun altro nella stanza.

Tirò un sospiro di sollievo e tornò a guardare Malcolm. "Dammi una mano quando sei lì sotto, non sono fatto per questo".

Malcolm annuì e fece oscillare i piedi verso il basso e attraverso il buco. Si calò con grazia dalla passerella sul soffitto ed entrò nella stanza. "Pronti", chiamò.

Ben si calò nel buco finché non sentì una pressione sui piedi. Si abbassò lentamente, lasciando che Malcolm lo aiutasse a scendere. Quando i suoi piedi toccarono il pavimento della stanza d'ospedale, gli occhi di Julie si aprirono.

"Ben?"

"Julie! Ehi, come ti senti?". Si precipitò al suo fianco.

"Sto bene, credo", disse. "Un po' intontita, ma sto bene. È soprattutto colpa delle droghe. L'eruzione cutanea è sparita?".

Ben la guardò. Era stata vestita con un camice da ospedale azzurro e messa sotto un lenzuolo, ma il collo e le braccia erano fuori dalla coperta. L'eruzione cutanea era ormai violacea e stava diventando un inizio di bolle e vesciche appena sotto la superficie della pelle.

"Ehm, sì. Stai benissimo", disse sorridendo.

"Sei un idiota", disse. La sua voce era tremolante, ma sembrava più sveglia. "Fammi uscire di qui".

"Julie, non possiamo. Mi dispiace, non sei abbastanza forte...".

"Smettila. Guardati. Se tu riesci a entrare qui dentro, io posso tornare fuori". Si alzò un po' a sedere e cominciò a tirare le flebo che aveva in braccio. "Che cosa sono queste?".

Malcolm si fece avanti. "Ti tengono sedato", disse.

Si accigliò, cercando di ricordare dove lo aveva visto.

Allungò una mano e la posò sulla spalla di lei. "Sono il dottor Malcolm Fischer, ricorda? Ci siamo conosciuti quando sei stata portata qui".

Annuì, lentamente.

"Ho incontrato il suo amico qui, qualche istante fa, nel ripostiglio di un custode".

Lei sollevò un sopracciglio. "Finalmente sei uscito allo scoperto, eh, Ben?".

"Davvero? Proprio adesso?"

Lei rise, voltandosi di nuovo verso le flebo. "Apprezzo il tuo grande progetto di venire a trovarmi, ma pensavi davvero di entrare qui, salutare e poi andartene?".

Era perplesso. Qual era *il* suo piano?

"Sei tu che hai voluto l'aiuto di Livingston", disse Ben.

"Non così", rispose Julie. "Hanno iniziato il trattamento sull'aereo, ma... sembrava sbagliato. Come se stessero testando qualcos'altro, non cercando di guarirmi davvero".

"Ma sei vivo", disse Ben.

"Per ora. Fammi uscire da questo ospedale, portami in un posto dove possiamo parlare e tu", indicò Malcolm, "dimmi quello che sai".

Malcolm sorrise. "Mi piacciono le ragazze con il fegato". Diede una gomitata a Ben e gli fece l'occhiolino. "Sembra un buon piano".

Julie estrasse i due aghi dal braccio e si sedette più in alto nel letto. Ben sollevò Malcolm e lo portò nel foro di ventilazione del soffitto e si girò per aiutare Julie. Ora era in piedi e stava recuperando l'equilibrio. Aveva i capelli aggrovigliati e gli occhi infossati. Si passò invano una mano tra i capelli, poi si arrese e si voltò verso Ben.

Lei si mise davanti a lui, i suoi piedi nudi si allinearono proprio davanti alle sue scarpe. In piedi, senza scarpe, una testa più bassa di Ben, con indosso solo un camice da ospedale, notò quanto sembrasse *piccola*. Lei lo guardò con i suoi grandi occhi marroni.

"Cosa stai aspettando, ranger?", chiese. "Facciamolo".

Lei gli afferrò le mani e le pose sui fianchi. Lui si sentì arrossire il viso.

"Hai una cotta per me, ranger? Smettila di dare di matto. Questo non è il ballo delle medie. Sollevami". Lei inarcò la testa di lato, in attesa.

Deglutì a fatica. "Quel camice non copre molto. Vado a vedere bene".

Lei sbatté le palpebre, si morse il labbro inferiore e lo fissò, lasciando che lui si crogiolasse nel suo stesso imbarazzo per qualche secondo.

Lui strinse la presa sui fianchi della donna, preparandosi a lanciarla verso l'alto, e...

Si chinò in avanti e lo *baciò*. Lungo e lento, il tipo di bacio che lui non aveva mai provato.

Le sue orecchie si sentirono improvvisamente calde. Lei tirò leggermente indietro la testa, ma avvicinò il suo corpo a quello di lui. Poi si chinò, vicino alle sue orecchie calde, e sussurrò.

"Godetevi lo spettacolo".

CHAPTER 34

MENTRE BEN RITIRAVA il piede dal buco nel soffitto e andava a sostituire il pannello di ventilazione, sentì qualcuno aprire la porta della stanza di Julie.

"Codice zero! Abbiamo una breccia nel settore in quarantena!".

Non c'era bisogno di parlare da paramedico per decifrare quel codice. L'intero posto sarebbe stato isolato ora. Avevano bisogno di un altro piano di fuga.

"Scopriranno subito dove è andata", sussurrò Ben. "Non è che *Die Hard* sia un segreto. Malcolm, c'è un'altra via d'uscita?".

"Certo, ma dovremo svitare di nuovo la grata, come abbiamo fatto per la stanza di Julie".

"Fallo".

Malcolm non smise di muoversi in avanti finché non raggiunse una grata sul soffitto di un'altra stanza d'ospedale. Julie gli scivolò accanto per aiutarlo, ma quando Malcolm ebbe svitato due delle quattro viti che tenevano ferma la grata, cambiò apparentemente idea.

"Scivola un po' indietro. Lo farò nel modo più veloce". Scivolò in avanti, oltre la grata, lasciando che le sue scarpe si posassero direttamente su di essa. Sollevò il piede fino all'altezza del piccolo spazio e lo sbatté a terra.

Ben poté vedere la grata attorcigliarsi e cadere attraverso il foro, poiché una delle viti rimanenti si era spezzata per la forza. La quarta e ultima vite era tutto ciò che teneva la grata al suo posto, ma Malcolm la piegò e saltò giù nella stanza.

Julie e Ben li hanno seguiti.

"Perquisiranno ogni stanza, ma probabilmente saranno lenti perché devono indossare le tute e tenere tutto sotto controllo", disse Julie. "Non vogliono correre questo rischio".

I due uomini annuirono e si guardarono intorno. Erano in un'altra stanza d'ospedale, piccola come quella di Julie, ma con due letti, entrambi vuoti. A quanto pare, per il personale dell'ospedale il termine "quarantena" non aveva lo stesso significato di "alloggio di lusso".

Ben si precipitò alla porta e la aprì di poco. "Non c'è ancora nessuno là fuori".

"Arriveranno, però", disse Malcolm.

Seguirono Malcolm nel corridoio. Una serie di doppie porte si trovava alla fine del lungo corridoio. Si aprirono di scatto e ne uscirono tre uomini con tute di contenimento e altri due che indossavano tute protettive più strette e trasparenti sui loro abiti normali.

Erano armati.

"Fermatevi, o spariamo!", urlò uno di loro.

Julie si voltò immediatamente e corse nella direzione opposta. Malcolm e Ben non avevano altra scelta che seguirli. Ben si aspettava che i proiettili colpissero le loro spalle, ma non arrivarono. Sentì invece dei passi pesanti che li inseguivano.

"Signore, dobbiamo ingaggiare?", chiese uno degli uomini.

"Negativo. Solo se c'è il pericolo di una violazione", ha risposto un altro.

Julie corse verso la porta singola all'estremità opposta del corridoio. Malcolm premette la barra orizzontale per aprirla. La spinse, ma la porta non si mosse.

"*Certo che* è chiusa", disse imprecando.

"Qui dentro!" Julie gridò da destra. Ben si girò per vedere dove fosse e la trovò all'interno di una grande stanza d'ufficio, piena di cubicoli e postazioni informatiche. Gli uomini la seguirono e lei chiuse la porta dietro di loro.

"È stata sgomberata quando hanno messo in quarantena l'intera area", spiega Malcolm. "C'è un'altra entrata un po' più indietro. Dovremo bloccare anche quella porta".

Julie corse all'altro capo della stanza e Ben si avvicinò per aiutarla. Mentre loro facevano scivolare un paio di schedari alti contro la porta, Malcolm fece lo stesso all'ingresso da cui erano entrati.

"E questa porta?" Chiese Ben, indicando una terza uscita.

"Non ne ho idea", disse Malcolm.

Ben non si fece attendere. Si avvicinò e batté sulla barra orizzontale. Bloccato. "Beh, questa è un'opzione che non c'è più".

Da un altoparlante su una delle scrivanie, una voce dolce e rassicurante, che sembrava la cugina perduta di Alexa, annunciò improvvisamente: *"Nove, nove, due, otto, cinque". Nero. Nove, nove, due, otto, cinque. Nero"*.

"Non importa, ora", disse Julie. Si accasciò su una sedia da ufficio che era rotolata nello spazio tra due cubicoli.

99285. Nero.

"Che cosa significa?" Chiese Ben, affannato.

"Significa che siamo passati a un altro protocollo".

"Quale altro protocollo?" Disse Ben.

99285. Nero.

"Significa che stanno operando secondo gli standard di valutazione delle minacce del CDC. Se c'è una possibile violazione in una struttura confinata, come questa, si muovono per contenere la minaccia. Se non ci riescono, o se ritengono che la minaccia sia 'imminentemente plausibile', come è scritto, si muovono per *eliminare* la minaccia. Poiché queste porte probabilmente conducono all'esterno, si muoveranno per chiudere le nostre vie di fuga". Julie spiegò, esausta.

"In altre parole, quei ragazzi inizieranno a spararci non appena apriranno queste porte?". Chiese Ben.

Come al momento giusto, un colpo di martello rimbalzò nel piccolo ufficio.

"Sì", disse Julie. "Io sono una minaccia. E ora voi due siete vettori di rischio".

Era una realtà difficile da accettare. Ben improvvisamente si interessò seriamente alla loro posizione difendibile. "Deve esserci *qualcosa* qui dentro che possiamo usare come arma". Si guardò intorno, ma non trovò nulla che valesse la pena di provare. *Mouse di computer, tastiere, monitor...*

"Va bene", osservò Malcolm. "Probabilmente si divideranno: cinque in tutto, tre armati. Quindi aspettatevi che uno o forse due uomini armati entrino da ogni porta".

99285. Nero.

I colpi si intensificarono, provenendo ora da dietro ciascuna delle due porte del corridoio. Ben si posizionò vicino a una porta, Malcolm e Julie vicino all'altra. Julie si avvicinò e azionò l'interruttore della luce, facendo piombare la stanza in un'oscurità quasi totale.

Quando gli occhi si adattarono, Ben vide la porta inarcarsi e piegarsi. Gli schedari arretrarono fino a quando...

La porta si aprì di schianto e uno degli uomini in tuta protettiva cadde attraverso di essa.

Non ha visto Ben.

Questo è il mio vantaggio, pensò Ben.

Il vestito dell'uomo bloccava la maggior parte della sua visione periferica.

Ben si intrufolò tra gli schedari, fermandosi quasi dietro la porta aperta. L'uomo recuperò l'equilibrio e alzò la pistola, cercando un bersaglio mentre attraversava la porta...

... Proprio mentre Ben spingeva la porta in avanti più forte che poteva con un calcio deciso. La porta schizzò all'indietro, colpendo l'uomo con la tuta protettiva alla nuca. L'uomo emise un grugnito, lasciando cadere la pistola sul pavimento.

Un secondo uomo armato si slanciò in avanti, ma Ben ebbe la meglio su di lui. Si alzò in piedi proprio mentre Ben gli puntava contro la pistola.

"Rimanga lì, signore. Ti sparerò".

Gli occhi dell'uomo erano visibili attraverso la tuta e Ben si concentrò su di essi. Si irrigidì, senza osare indietreggiare. Alla fine l'uomo cedette, lasciando cadere la pistola sul pavimento e alzando le mani sopra la testa. Ben sentì un altro schianto alle sue spalle: il terzo uomo armato aveva fatto irruzione nella stanza.

L'uomo di fronte a Ben alzò e distolse lo sguardo da Ben, poi tornò indietro.

Merda.

Ben anticipò gli spari, non un momento di troppo. Si tuffò verso l'uomo disarmato di fronte a lui e cadde di lato, proprio mentre due spari risuonavano alle sue spalle.

"Ben!", sentì Julie urlare dall'altro lato della stanza.

Era a terra, brancolando nel buio, alla ricerca della pistola che aveva sentito scivolare dalle mani. Il secondo uomo gli fu addosso in un attimo, trascinando Ben a terra.

Impotente, Ben si sentiva come una tartaruga sul suo guscio. L'uomo sopra di lui era più grande, più pesante. Gli strappò le mani dietro la schiena e gli afferrò una manciata di capelli.

Un altro colpo di pistola.

Ben trasalì, ma la mano dell'uomo gli liberò la testa e sentì il peso sollevarsi dalla schiena.

Si girò su se stesso, alzando le braccia per difendersi da un colpo che sapeva sarebbe arrivato, ma invece sentì un altro sparo.

Questa volta, un grido risuonò dal terzo uomo armato che era entrato, ed egli guardò l'uomo cadere a terra. Un terzo e un quarto sparo mandarono il compagno di lotta di Ben a sbattere contro gli armadietti contro il muro.

Ben alzò lo sguardo per vedere Julie in piedi davanti al corpo del terzo uomo armato, con la mascella serrata dalla rabbia e la pistola in mano.

"Stai bene, ranger?", chiese.

Controllò mentalmente i muscoli e le ossa. Trovando tutto funzionante, si alzò a sedere e annuì. "Sì, sto bene. Grazie".

"No, grazie", disse lei. "E grazie per avermi lanciato la pistola. Bella pensata".

Si alzò in piedi. "Ah, sì. Non c'è problema. Dov'è Malcolm?"

"La porta lo ha colpito quando quel tizio l'ha aperta. Credo che sia stato messo al tappeto".

"È successa la stessa cosa a questo ragazzo. Probabilmente si sveglierà presto, però. È meglio uscire di qui prima che lo faccia". Ben contò i corpi distesi sul pavimento. "Ne conto tre. Che fine hanno fatto gli altri due?".

"Dobbiamo andare a cercarli", ha detto Julie.

"Sei impazzito? Noi ce ne andiamo. Adesso".

"Non hai visto chi erano?".

"No, non l'ho fatto. Andiamo".

"Ben", scattò Julie, infuriata. "È stato Livingston. *E* Stephens".

CHAPTER 35

SI SONO REGISTRATI in un hotel vicino all'ospedale sotto il nome di "Roger Ebert" e hanno pagato in contanti.

L'idea è stata di Malcom e ha suscitato in lui solo un'alzata di spalle. "Ho sempre pensato che le sue recensioni fossero comunque terribili", ha detto.

Il loro piano era di rimanere lì finché non avessero formulato un piano migliore.

Malcolm e Ben fissarono Julie dall'altra parte del tavolo.

"Dobbiamo mandare una squadra di artificieri a Yellowstone", ha detto Malcolm.

"Qualunque altro dipartimento se ne occupi, molto probabilmente l'ha già fatto, quindi sarebbe una perdita di tempo cercare di chiamarlo e organizzarne uno noi", disse Ben. "Julie può chiamare e accertarsene per strada".

"Sulla strada dove?", chiese.

"Dobbiamo aiutarla. Ovviamente non possiamo tornare in quell'ospedale, ma ci deve essere un altro posto in cui sia stata istituita una quarantena". Si sfregò la fronte. "E qualcuno dovrà venire qui a disinfestare anche questa stanza, immagino".

"Anche tu hai bisogno di aiuto", disse lei, senza mezzi termini.

Ben pensò di fingere ignoranza, ma a che scopo? Tirò indietro la manica della camicia e si grattò l'avambraccio. "Come lo sai?"

"Ti sta strisciando sul collo". Julie guardò Malcolm. "Ehi, e tu?"

Malcolm sbatté le palpebre. "E io?"

"Stai bene. Nessun virus, nessuna eruzione cutanea. Perché?"

Malcolm sospirò. "Sì, ha ragione, signora Richardson. Non ho un'eruzione cutanea e non la prenderò. Credo che il virus, pur essendo altamente contagioso, non sia ricorrente".

"Non ricorrente?"

"Significa che non tornerà", disse Julie. "Come la varicella".

Ben sgranò gli occhi. "So cosa significa. Voglio sapere *come...*".

"Ho già *avuto* il virus", ha spiegato Malcolm. "Credo di essere stato sottoposto al virus un anno fa. Credo di averlo contratto e che mi abbiano usato per testare un trattamento. Non sono sicuro che ci siano riusciti, ma li ho sentiti dire che il virus aveva "fatto il suo corso nel mio sistema" e che ero immune".

Julie era sconcertata. "Di che cosa state parlando? Yellowstone è appena successo".

"Beh", ha esordito Malcolm, "circa un anno fa ero in viaggio di ricerca con alcuni studenti della mia università, su nel Territorio del Nord-Ovest...".

"Lei è *quel* professore!" Disse Julie. "Quegli studenti che sono scomparsi...".

"Sì. La squadra è scomparsa e le agenzie di stampa hanno cavalcato l'onda mediatica per mesi dopo la nostra scomparsa, ma nessuno della spedizione è mai stato ritrovato, come ricorda".

Gli occhi di Julie si spalancarono mentre Malcolm continuava. "Non è stato un incidente innocente, come molti pensavano. Non siamo caduti in un lago ghiacciato né siamo stati mangiati dagli orsi. I miei studenti sono stati uccisi".

Questa rivelazione colse Ben di sorpresa. Sconvolto, chiese: "Assassinato? Perché?".

Malcolm deglutì, cercando di trovare le parole. "Abbiamo fatto una scoperta. Una scoperta importante. Sono arrivato a credere che uno degli studenti possa aver lavorato contro di me. Devono aver avvisato questi *assassini* della nostra posizione. È arrivato un elicottero. È stato... orribile".

"Che cosa hai trovato?" Julie lo sollecitò.

Malcolm si irrigidì ricordando il sito archeologico. "Una specie di santuario. Un luogo di qualche significato religioso. C'erano offerte. Monete. Strane monete che non avevamo mai visto prima. La mia ipotesi è che fossero gettoni di qualche tipo dati alla tribù indigena di quella zona, probabilmente la stessa che ha creato la polvere. La polvere", ha aggiunto Malcolm, "è stata la *vera* scoperta. Bianco. Sandy. Pensavamo fosse un'erba medicinale offerta a una qualche divinità". Malcolm la guardò dritto negli occhi. "Non era niente del genere".

"Che cos'era?" Chiese Julie.

"I resti di una pianta nativa, foglie secche lasciate decadere prima di essere macinate in un pestello per formare questa polvere. Dopo tanti anni indisturbata, credo che sia servita da incubatrice...".

"Pensi che sia in qualche modo legato al virus?".

"Credo che *sia il* virus, o almeno il mezzo in cui il virus è riuscito a crescere", ha detto Malcolm.

Anche Ben ricordava vagamente le notizie del telegiornale. "Nessuno ha parlato di scavi al telegiornale. Hanno detto che siete andati a cercare e vi siete persi".

"Sì, perché qualsiasi compagnia abbia massacrato la mia squadra ha fatto un buon lavoro di pulizia. Hanno sistemato le nostre tende e le nostre attrezzature a chilometri di distanza, in un altro luogo. Non hanno lasciato nulla che potesse far pensare a un'attività sospetta".

"Ma l'intera faccenda *era* sospetta", ha detto Julie. "Era un grosso problema. Tutti i notiziari del paese ne parlavano e c'erano anche teorie di cospirazione".

"Lo so, lo so. Ma come ho detto, l'azienda ha fatto bene il suo lavoro".

"Continui a parlare di una società", disse Ben. "Come fai a saperlo?".

Malcolm annuì. "Mi hanno portato in un posto con strutture mediche all'avanguardia e mi hanno interrogato. Non mi hanno torturato, perché dubito che pensassero che avrei mai lasciato la struttura, ma non erano soddisfatti del fatto che non sapessi quasi nulla di questa polvere. Mi hanno messo in coma farmacologico, facendomi uscire solo dopo mesi di inattività".

"Mio Dio", sussurrò Julie.

"Ho avuto molto tempo per pensare - è stato strano essere in quello stato. Riuscivo a formulare dei pensieri e a scorrere le cose che riuscivo a ricordare, anche se era un processo più lento di quello che avrei fatto se fossi stato lucido. Ma è stato quando ero sveglio, o almeno per lo più sveglio, che ho cercato di mettere insieme le informazioni. I medici che lavoravano nella mia stanza portavano tutti lo stesso logo sul camice e lavoravano a turni regolari: una grande operazione. Alla fine ho intravisto il nome della società. Drache Global".

"Drache?"

"Sì", disse Malcolm. "Drache Global. Una società farmaceutica con sede in Canada. Non ne avevo mai sentito parlare, ma mi ero ripromesso di uscire da lì e scoprire chi fossero. Avevo un sacco di tempo a disposizione, visto che ero rimasto per mesi in un letto d'ospedale. Formulai un piano e una notte uscii". Malcolm guardò la parete, esaminando la carta da parati a forma di grata.

Ben capì che c'era dell'altro dietro la fuga dell'uomo, ma non gli fece domande.

"Sono uscito e sono scappato. Sono scappata per la mia vita. Volevo nascondermi, ma volevo più di ogni altra cosa riparare ai torti subiti dai miei studenti e dalle loro famiglie. Dovevo capire cosa fosse la Drache Global".

"Che cosa hai trovato?" Chiese Julie. Ben notò che aveva appoggiato una mano sull'avambraccio di Malcolm sul tavolo.

"L'ospedale in cui sei stata portata, Julie, ne fa parte. La Drache Global, come l'ospedale, è di proprietà di un gruppo di azionisti. È un conglomerato aziendale. È quotata in borsa, ma non è facile capire chi siano i *veri* proprietari. Ho fatto ricerche e incrociato il maggior numero possibile di membri del consiglio di amministrazione, ma ho trovato pochi indizi promettenti.

"Ho trascorso molte ore nelle profondità delle biblioteche e setacciando il web, e tutto ciò che sono riuscito a capire è che sono semilegittimi, almeno in superficie. Hanno lavorato a innumerevoli proposte di sovvenzione, a importanti progetti di ricerca medica senza scopo di lucro e a più campagne pubbliche di buona volontà di un politico. Ma credo che ci sia un semplice filo conduttore che li collega ad altre organizzazioni con personalità bipolari".

"Che filo è quello?" Chiese Julie.

"Hanno gli stessi nomi", ha detto Ben.

"Sì", disse Malcolm sorridendo. "Molto bene. Dragonstone, Drache Global, Drage Medisinsk. Sono tutti molto simili, usano lingue diverse che significano tutte 'drago'".

"Perché avrebbero dovuto diffonderlo? Se stavano cercando di operare sottotraccia, perché condividere un nome comune?". Chiese Julie.

"Molte aziende prendono in prestito questo nome. Non è particolarmente unico, nemmeno nel settore della ricerca medica e farmaceutica. E credo che sia più che altro un biglietto da visita. Un *marchio*, se vogliamo".

"Quindi, pensi che questa società 'drago' stia lavorando attraverso le sue organizzazioni sorelle per creare un virus mondiale?". Chiese

Ben. Si grattò gli avambracci. Nonostante il prurito, sembrava che il virus si fosse fermato. *Strano*.

"No", rispose Malcolm. "Credo che sia opera di poche persone, non di un'impresa mondiale. Segreto o meno, non posso credere che una cosa di tale portata possa passare inosservata ai governi mondiali. Credo anche che non abbiano come obiettivo il mondo intero, ma gli Stati Uniti. Attraverso la diffusione del virus, la bomba a Yellowstone".

"A quale scopo?" Chiese Julie. "Non ha alcun senso".

Per Ben aveva senso. "Per vendere una cura".

"Usando una bomba a Yellowstone come metodo di diffusione della malattia? È una follia", obiettò Julie.

Eppure c'*era un* virus. E c'era *stata* un'esplosione. Erano fatti indiscutibili.

Ben scrollò le spalle. "Eppure siamo qui".

Malcolm annuì. "Credo che sia peggio di quanto stiamo contemplando".

"Cosa vuoi dire?"

"Yellowstone è il più grande vulcano *attivo* del mondo".

"Ha ragione", concorda Ben. "La caldera di Yellowstone si trova direttamente sotto il parco. È un dato di fatto. È un supervulcano. Sono anni che discutiamo su quando dovrebbe eruttare di nuovo. Se ci fosse una bomba piazzata nel punto giusto, sottoterra, in qualsiasi punto di quell'area, ed esplodesse...".

Julie ci pensò un attimo. "Quale sarebbe il raggio dell'esplosione?".

"L'ultima volta che è esploso, ha sparato cenere per una ventina di chilometri in aria ed è stato circa 1.000 volte più potente del Monte St. Avrebbe spazzato via all'istante metà degli Stati Uniti. Seguito da un inverno vulcanico per gli anni successivi".

Julie impallidì. "Distruzione totale".

Ben annuì. "Distruzione *totale*".

Julie fischiò. "Quindi, abbiamo un'organizzazione misteriosa che sta cercando di far saltare in aria Yellowstone e metà degli Stati Uniti, mentre sta *anche* lavorando per diffondere un virus nel *resto* degli Stati Uniti".

L'aveva riassunta piuttosto bene. Malcolm annuì. "È la distruzione di un'intera nazione, nel giro di pochi giorni. Forse il collasso della società come la conosciamo".

"E pensi che Stephens e Livingston siano in qualche modo coinvolti?". Chiese Ben.

"Non lo so. Stavano solo seguendo il protocollo là dietro. Cercavano di contenere la situazione. Ma le azioni di Livingston di prima - bloccare le e-mail di Stephens, impedirmi di riceverle - non mi piacciono".

"Hai detto che è un po' paranoico". Disse Ben.

"Lo è", rispose Julie, "ma non è *pazzo*".

I due uomini si scambiarono uno sguardo. "Julie, quanto lo conosci davvero?". Chiese Malcolm.

Di nuovo, fece una pausa prima di parlare. Quando lo fece, la mascella era serrata e gli occhi fissi. "Non abbastanza bene, credo".

Il suo telefono vibrò sul tavolo di fronte a lei. *Sconosciuto*. Si accigliò, ma rispose comunque.

"Pronto?"

Ha aspettato.

"Randy! Mio Dio, stai bene? Ho cercato di..."

Accese la funzione altoparlante del telefono in modo che Malcolm e Ben potessero sentire.

"Bene. Non volevo chiamare con il mio telefono, nel caso fosse rintracciabile. Ho visto una mail tra Livingston e Stephens. Dicevano che eri in ospedale. Stai bene?".

"Sto bene. È il virus, ma sembra che per il momento sia rallentato. Sono con Ben..." Non era sicura di come spiegare la presenza di Malcolm, così proseguì. "Senti, Randy, io... non lo so per certo, ma credo che Livingston possa essere coinvolto in qualche modo in tutto questo".

Nessuna risposta.

"So che sei già sotto tiro per questo, ma ho davvero bisogno di occhi su di lui. E continui a mandarmi tutto quello che trova su Diana Torres e su cosa stava lavorando".

"Capito".

"Sono in debito con te".

"Mi devi più di un favore".

Ha riattaccato.

CHAPTER 36

DAVID LIVINGSTON SPEGNE il televisore curvo da 95 pollici nel suo salotto. Nuovo di zecca e ancora in vendita come una novità, il Samsung era il suo orgoglio e la sua gioia, almeno per questo mese.

Aveva la televisione via satellite e via cavo, Netflix e una collezione di film d'azione di oltre mille titoli, e ancora non riusciva a trovare qualcosa da guardare. Gettò il telecomando dall'altra parte del divano. Non sapendo come saziare il suo desiderio di intrattenimento, Livingston rimase in silenzio per un minuto.

Juliette è coinvolta in questa storia, pensò. Lo *sapeva.* Era più forte della normale sensazione di paranoia che lo tormentava costantemente nei confronti di ognuno dei suoi dipendenti; questo era *reale.* Aveva le prove.

Stephens gli credette. Entrambi gli uomini erano stati all'ospedale, con l'intenzione di interrogarla dopo che lei non aveva consegnato le informazioni acquisite durante il suo "periodo" sul campo. E dopo che Livingston aveva scoperto che Randall Brown, il suo tecnico informatico, aveva *aiutato* Julie, era bastato a Livingston per condannarla.

Non sapeva esattamente come o perché, ma sapeva che Juliette

Richardson era coinvolta in questo pasticcio. Aveva trascorso abbastanza tempo nel governo per sapere che le carriere venivano costruite o spezzate dagli uomini che facevano il possibile per evitare ammutinamenti all'interno dei loro ranghi.

E la sua carriera sarebbe stata *fatta*. Aveva solo bisogno di qualche prova in più, e anche un movente non avrebbe guastato. Aveva ordinato a Randall Brown di registrare e inviare a lui tutte le conversazioni che Julie aveva avuto con lui, ma aveva anche piazzato alcune cimici informatiche sulla rete di Brown. Qualsiasi chiamata fatta o ricevuta dal tecnico informatico sarebbe stata immediatamente registrata e inviata via e-mail a Livingston.

Livingston sapeva che questo tipo di azioni gli avrebbero permesso di farsi notare a Washington. Non era così ingenuo da pensare che chi è al potere ci sia arrivato incassando le sue buone azioni.

Si alzò dal divano, camminando prima di dirigersi verso il suo ufficio. L'atrio della sua casa era immacolato, più piccolo di quanto avrebbe voluto, ma comunque impressionante. Pagava qualche centinaio di dollari al mese a un servizio di pulizia per mantenere la casa abbastanza pulita da soddisfare i suoi standard, e un altro paio di centinaia di dollari alla cameriera stessa per le attività "collaterali". C'erano voluti alcuni mesi per trovare una donna che accettasse le sue condizioni, ma, come aveva scoperto nella sua carriera, un po' di denaro faceva molta strada. La compagnia non serviva a saziare la sua solitudine, ma contribuiva a far sentire la sua grande casa più simile a un'abitazione.

Entrò nel grande ufficio sul davanti della casa, ammirando il lavoro di decorazione. Un enorme busto di un alce o di un'alce - non era sicuro di quale dei due, e comunque non l'aveva sparato - gli sorrideva dalla parete di fondo, appeso proprio sopra un grande camino con una cappa dall'aspetto antico. Aveva sistemato alcune cornici, con le foto di repertorio ancora all'interno, sul caminetto e in giro per la stanza su scaffali galleggianti.

Ma il suo bene più prezioso, la *pièce de résistance*, era l'enorme stemma scozzese appeso sopra la sua scrivania. Il cartello era enorme, con una superficie di quasi un metro e mezzo e un'altezza di un metro e mezzo. Era rosso, giallo e verde e non si intonava con nessun altro elemento della casa. Ma era *lui*. La sua storia, il suo nome, le sue origini.

Rappresentava lui e tutto ciò che rappresentava, e si fermò un attimo davanti ad esso, ammirando lo scudo di legno.

Andò dietro la scrivania, prese il decanter di whisky e se ne versò un bicchiere. Rimase ancora un attimo di fronte allo stemma, assaporando il liquido caldo. Infine, si sedette.

E vide un uomo in piedi al centro della stanza, che lo fissava.

Livingston si riconobbe rapidamente, ma era arrabbiato perché quell'uomo lo aveva colto di sorpresa.

"Oh, mio Dio", disse Livingston, facendo quasi cadere il bicchiere di liquore. "Mi hai spaventato a morte. Cosa ci fai qui?".

Si ricordò di chiamare la sua società di sicurezza per installare gli allarmi perimetrali. Le telecamere di movimento HD erano sufficienti per trasmettere i filmati alla polizia dopo un'effrazione, ma ovviamente non erano state concepite come un sistema di allarme preventivo. Grugnì e sorseggiò il suo whisky.

L'uomo continuò a fissarlo.

"Beh, di cosa hai bisogno? Sembrava che ti piacesse avvicinarti a me di soppiatto. Cosa c'è?"

Alla fine l'uomo guardò Livingston dall'alto in basso e scosse la testa. Livingston si sedette dietro la scrivania, preoccupandosi di una pila di fogli. Mentre prendeva in mano la pila e cominciava a rovistarla, sentì un rumore di ferraglia sulla scrivania.

Sul bordo della scrivania, Livingston vide un piccolo revolver compatto da 9 mm. Il suo visitatore l'aveva appoggiata lì e ora si era allontanato dalla scrivania per tornare al centro della stanza.

Livingston sentì il sangue gelarsi. Le narici si dilatarono e la rabbia gli attraversò il corpo. Tuttavia, era calmo. Bevve un altro sorso di whisky, questa volta più profondo, lasciando che il calore gli pizzicasse il fondo della gola.

"Cerca di intimidirmi?", chiese.

"Funziona?"

Livingston sbuffò attraverso una boccata di liquore. Deglutì e soffiò fuori una boccata d'aria alcolica.

"È una perdita di tempo", ha detto Livingston. "Non conosco niente e nessuno".

"Non ho detto che l'hai fatto", rispose immediatamente l'uomo.

"Se vuoi delle risposte, parla con Julie o con quel delinquente con cui va in giro".

"Non ne ho bisogno".

La rabbia di Livingston crebbe. "Perché diavolo sei qui, allora?".

L'uomo sbatte le palpebre.

Livingston abbassò lo sguardo sulla pistola, poi lo alzò sull'uomo, catturando il suo sguardo. Guardò il grande busto dell'alce-elk, dall'altra parte del caminetto le foto della famiglia di qualcun altro, e poi di nuovo la pistola. La raccolse lentamente, con delicatezza.

In realtà non aveva mai impugnato una pistola.

Era più pesante di quanto avesse immaginato, sorprendente per le sue dimensioni compatte. La esaminò. La canna, il grilletto e il martello - è *così che si chiama la parte posteriore?*

Ne sentì il peso sotto le dita. L'uomo non disse una parola mentre Livingston premeva avanti e indietro la sicura, bloccando e sbloccando il percussore della pistola.

Livingston non si sarebbe lasciato intimidire. Non si sarebbe fatto umiliare, soprattutto a casa sua. Sentì il suo labbro sollevarsi in un leggero ghigno. *Questo stronzo.*

Si alzò in piedi, acquistando sicurezza. "Vattene". Le parole erano fredde.

L'uomo non si è mosso.

"Esci", disse di nuovo. Sollevò rapidamente la pistola e la puntò al petto dell'uomo. "Non farmelo ripetere".

Tuttavia, l'uomo non parlò. La sua espressione era stoica, ma Livingston riuscì a scorgere negli occhi dell'uomo un barlume di divertimento.

Sentì il braccio destro tremare e cercò di farlo smettere. Puntò il revolver e chiuse gli occhi proprio mentre premeva il grilletto.

Sentì un piccolo *clic*.

Non era giusto.

Ci ha riprovato.

Fare clic.

Merda.

Abbassò lo sguardo sulla pistola, come se stesse discutendo silenziosamente con l'aggeggio metallico, ma non accadde nulla. Quando alzò lo sguardo, l'uomo in piedi di fronte a lui stava scuotendo la testa.

"Sei troppo prevedibile, Livingston. Lo siete sempre stati. Tutti voi".

Livingston si accigliò, ma l'uomo si stava già muovendo. In meno di un secondo colmò la distanza tra loro e Livingston lo vide ritirare il braccio.

Sbatté il pugno sul viso di Livingston. Livingston sentì le sue mani aprirsi, lasciando cadere la pistola vuota e il bicchiere di whisky. Entrambi ruzzolarono e caddero in cima alla scrivania. Il bicchiere andò in frantumi, il whisky e i frammenti di cristallo esplosero intorno a lui. Fu subito stordito, con la bocca che si apriva e si chiudeva mentre il cervello cercava di offrire un qualche tipo di aiuto.

L'uomo, tuttavia, non si fermò ad aspettare che Livingston si riprendesse. Afferrò una ciocca dei folti capelli tinti di Livingston e la tirò su. Incontrò gli occhi di Livingston per un breve momento, poi sbatté la testa di Livingston sulla parte superiore della scrivania. Con forza.

Il viso e le orecchie di Livingston esplosero di dolore, seguito da un dolore squillante molto più penetrante che gli attraversò la mente. Si sentiva come se l'intera testa fosse stata incendiata dall'interno.

Agitò le braccia selvaggiamente, ma l'uomo aveva ancora il controllo. Ancora una volta, portò la testa di Livingston verso l'alto, tenuta stretta dai ciuffi di capelli, poi la fece ricadere sulla scrivania.

Livingston emise un gemito e il suo corpo si rilassò. Gli occhi erano annebbiati, ma era ancora cosciente. Sentì un rivolo di bava uscire dall'angolo della bocca, ma non fece alcun movimento per asciugarlo.

Crollò verso il basso, con la parte posteriore che in qualche modo trovò la sedia, mentre il busto e la parte superiore del corpo si accasciarono in avanti sulla scrivania. Rimase immobile, chiedendosi perché non fosse già svenuto.

"Sei stato un cancro per questa organizzazione per anni, Livingston", disse l'uomo. Livingston sentì un graffio e avvertì la scrivania vibrare leggermente. Girò il viso di lato, cercando di mettere a fuoco gli occhi.

L'uomo aveva preso la pistola e ora stava frugando nella tasca della giacca. Ne estrasse qualcosa, qualcosa di piccolo e luccicante.

Un proiettile.

Livingston non era in grado di farsi prendere dal panico o di svolgere altre funzioni volontarie, ma le sirene d'allarme risuonavano nel suo cervello. O era ancora il dolore? Non ne era sicuro: tutto era confuso, un'enorme macchia di dolore e confusione.

"Sei prevedibile, inutile e senza spina dorsale. Non riesco a pensare a uno spreco d'aria più grande del fiato che respiri".

Livingston fu sorpreso di scoprire che era ancora capace di

provare rabbia. La rabbia gli piaceva, anche se non era in grado di agirla. Grugnì di nuovo.

L'uomo caricò il proiettile nella camera di scoppio e Livingston udì una serie di scatti.

"È una cosa che si fa da tempo, Livingston. Mi dispiace che sia andata così, ma come ho detto, sei prevedibile".

Livingston non sentì l'esplosione del proiettile che uscì dalla canna e trovò il suo bersaglio.

CHAPTER 37

JULIE ERA IRREMOVIBILE. "Vai! Smettila di essere ridicola, starò bene!".

Ben scosse la testa, pensando di opporre resistenza. Malcolm afferrò il braccio di Ben e lo tirò fuori dalla stanza d'albergo. "Non c'è problema. Staremo via solo pochi minuti".

Aveva insistito perché i due uomini andassero a prendere delle provviste e del cinese da asporto per loro tre. Dopo qualche minuto di discussioni, Julie ebbe la meglio e i due uomini partirono verso l'F450 parcheggiato fuori.

Quando se ne furono andati, Julie aprì il suo portatile. Avviò alcune ricerche, prima all'interno del database SecuNet e del resto dell'intranet privata del CDC, poi attraverso Google. Provò numerose combinazioni. *Livingston CDC, David Livingston, David Livingston CDC* e altre ancora, ma ogni risultato era solo una voce biografica scarna, ovviamente scritta da Livingston stesso.

David Foster Livingston è un leader di successo e un manager affermato in molti contesti aziendali. Attualmente è a capo della divisione di ricerca sulle minacce biologiche dei Centers for Disease Control. Tra i risultati ottenuti da Livingston figurano la ristrutturazione della divisione BTR per renderla più efficiente ed efficace, l'aumento della fidelizzazione dei dipendenti e la razionalizzazione dei sistemi di dati per ottimizzare i costi presso la BetaMark, Inc, dove era precedentemente impiegato. Ha una figlia e risiede in Minnesota.

Julie vide lo stesso paragrafo incollato su ogni pagina che faceva riferimento a Livingston. Anche tutti gli articoli circostanti menzionavano solo l'uomo. Un progetto da lui co-sponsorizzato, alcuni articoli scritti da una squadra in cui Livingston aveva militato e qualche scatto dell'uomo in una squadra di softball aziendale anni prima. Livingston era certamente paranoico, poiché la biografia testuale su ogni sito suggeriva che era riuscito a costringere ciascuno degli autori degli articoli ad aggiornare le informazioni con lo stesso paragrafo.

Scosse la testa e prese il telefono.

"Ehi Randy, sono ancora io. Ancora niente?"

"Julie, sono passati dieci minuti. Sei seria?"

"Lo so. Sto diventando un po' ansioso".

"Ho capito. Che cosa vuoi adesso?".

"Sto cercando di trovare qualcosa su Livingston, non si sa mai".

"Non si preoccupi", disse Randy. *"Ci ho già provato. È inutile. Quell'uomo ha il team di PR di una celebrità".*

Julie rise leggendo la prima riga della biografia di Livingston. "David Foster Livingston è un leader di successo e di provata efficacia...".

"... Manager in molti ambienti aziendali", concluse Randy. *"Mi stai prendendo in giro. Che scherzo".*

"Ok, beh, grazie per aver controllato. Mi faccia sapere se le viene in mente qualcos'altro".

"Lo farà...".

"Ehi, un'altra cosa", disse Julie al telefono.

"Che cos'è?"

Julie fece una pausa. "Non si preoccupi, in realtà. Vediamo se riesco a trovare qualcosa prima".

Riagganciò il telefono e risvegliò lo schermo del suo computer. Avviò una nuova ricerca e iniziò a sfogliare i risultati.

Alla fine un risultato le saltò all'occhio.

L'eroe adolescente salva il padre e il fratello è il titolo del giornale.

Cliccò sull'annuncio e attese che la lenta connessione Wi-Fi dell'hotel caricasse la pagina piena di pubblicità. Si trattava di un articolo di giornale scansionato e trascritto per gli archivi del sito di notizie, risalente a tredici anni prima.

"I Bennett stavano campeggiando in una regione meridionale del Glacier National Park quando il più giovane dei Bennett, Zachary, di nove anni, si è imbattuto accidentalmente in una radura tra una madre orso grizzly e il suo cucciolo...

"Johnson Bennett è corso in aiuto del figlio, ma la madre grizzly ha colpito Johnson, facendogli perdere i sensi...

"...sparando prima all'orso più grande con due colpi del fucile del padre e spaventando il cucciolo. Harvey inseguì l'animale più piccolo e alla fine gli sparò, abbattendolo con un solo colpo...".

Julie si coprì la bocca mentre leggeva il resoconto.

"Zachary e Johnson Bennett sono stati trasportati d'urgenza al St. Andrews Memorial Hospital, dove sono stati trattati entrambi per un grave trauma e il più anziano per una commozione cerebrale. Zachary Bennett dovrebbe riprendersi completamente. Johnson Bennett è attualmente in stato comatoso e stabile, ma i medici non sono sicuri della possibilità di recupero...".

La porta della stanza d'albergo si aprì e Julie chiuse rapidamente il portatile.

"Julie!"

Era Ben.

Stupita, Julie per poco non inciampa sulla sedia mentre si alza e si volta verso la porta. Malcolm Fischer entrò nella stanza subito dopo Ben, respirando pesantemente.

"Julie, ho ricevuto un'e-mail da Randy. Proprio ora".

Julie lo guardò. "Randall Brown? Il mio informatico?".

"Sì, voleva mandartela direttamente, perché pensava che ci fosse un problema con le tue e-mail o qualcosa del genere. Ma avresti dovuto riceverla anche tu".

Iniziò a controllare la posta elettronica, ma si fermò. "Ok, allora cosa ha detto?".

"Era un forward della bozza di e-mail di mia madre. Deve aver provato a inviarla, ma non è mai partita".

Gli occhi di Julie si allargarono.

"Contiene informazioni, Julie, sul virus. La notte... la notte in cui è morta, deve averlo scritto. C'è tutto quello su cui stava lavorando e tutto quello che lei e la sua assistente hanno scoperto. Per prima cosa, non è un virus".

Julie strinse gli occhi. "Vai avanti".

"Le ricerche di mia madre sembrano dimostrare che il virus è un batterio mutato...".

"No, non è possibile. La diffusione del contagio, lo schema dell'epidemia, il...".

"È un virus *all'interno di* un'infezione batterica mutata".

La testa di Julie si alzò di scatto. "Vieni di nuovo?"

"Esatto, Julie", spiega Malcolm. "La dottoressa Torres sta ipotizzando che il motivo per cui questo ceppo è stato così difficile da modellare è dovuto alle sue qualità non caratteristiche. Se lo si mappa come virione, non supera molti dei test di applicazione chimica. Se lo si mappa come batterio, non sembra essere *vivente, il che* lo squalifica *immediatamente* dai ranghi dei batteriofagi".

"Ha trovato un modo per combatterlo?". Chiese Julie, speranzosa.

Malcolm e Ben si scambiarono uno sguardo complice.

"No", disse Ben.

"Ma", ha aggiunto Malcolm. "Ha scoperto che l'infezione si

estingue naturalmente, dopo aver fatto il suo corso. Arriva a un certo punto e *scompare*".

"Solo dopo aver ucciso il suo ospite", ha detto Julie.

"Non siamo ancora morti", disse Malcolm. "E io sono ancora qui". Fece un passo avanti, con voce calma e ferma: "Dobbiamo raggiungere un laboratorio di ricerca. Se c'è un modo per scoprire esattamente perché nessuno di noi in questa stanza è morto, *dovete farlo*".

Julie iniziò a camminare. "Non torneremo al CDC. Livingston e Stephens potrebbero essere lì".

"E la bomba al parco?". Ben aggiunse.

"Non puoi chiamare qualcuno lì? Qualcuno che potrebbe...".

"Julie". La voce di Ben era ferma, ma la guardò dritto negli occhi finché lei non capì. "*Non c'è nessun altro.*"

Lei esitò, riflettendo. "Hai ragione. Non c'è più nessuno che possa aiutare. Le agenzie governative coinvolte aspetteranno finché non sapranno che non è pericoloso per il loro personale. È quello che dovrei fare: aspettare che qualcuno presenti una ricerca convincente sul perché è sicuro per noi entrare, poi mandare una squadra di artificieri in tuta antigas per trovare qualcosa di insolito".

"Ci vorrà troppo tempo", disse Malcolm.

"Lo farà", rispose Ben. "Ma c'è un laboratorio al parco: non è granché, ma dovrà bastare. Ci tornerò per capire come funziona".

Come se si ricordasse della situazione disastrosa in cui si trovavano tutti, Ben si guardò le mani e le braccia.

"Fa male?" Chiese Julie.

"No. In realtà non ha fatto molto, e al momento non prude".

"Nemmeno le mie", disse Julie, esaminando le proprie braccia.

"Allora", disse Malcolm, richiamando l'attenzione. "Immagino che siamo solo noi, allora?".

"Dottor Fischer, non è necessario che venga con noi", disse Julie. "Se quello che stiamo dicendo è vero, stiamo entrando in una quarantena infetta, alla ricerca di un'enorme bomba nascosta da qualche parte sotto la superficie. Non è esattamente un progetto privo di rischi".

Malcolm sollevò il mento. "Julie, capisco che sei preoccupata. E hai ragione a ritenere che sia estremamente pericoloso. Ma non me ne starò con le mani in mano senza fare nulla per riparare ai torti subiti da me e dai miei studenti".

Terminato il suo monologo, contrasse la mascella e attese la risposta degli altri.

Ben si voltò e scrollò le spalle. "Ti capisco, Doc. Non ti farei stare in disparte".

Julie sorrise.

"Andiamo a Yellowstone".

Si sedettero al tavolo della piccola stanza d'albergo, pronti a pianificare il viaggio di ritorno a Yellowstone, quando il telefono di Julie squillò di nuovo. Lo prese prima che squillasse una seconda volta.

"Randy, cosa c'è?".

Mentre ascoltava, i muscoli del viso si irrigidirono e la schiena si irrigidì. Deglutì alcune volte, con la bocca improvvisamente secca.

Quando riattaccò, Ben e Malcolm erano appollaiati sulle loro sedie, in attesa di notizie.

Sbatte le palpebre un paio di volte, come se fosse improvvisamente imbarazzata dal fatto di poter piangere.

"Livingston", disse. "È morto".

CHAPTER 38

"MONSIEUR VALÈRE, *la conferenza è ora disponibile"*, disse la voce. Aveva un suono metallico e vuoto, distaccato, eppure era il sistema vocale computerizzato più realistico che Francis Valère avesse mai sentito.

"Merci", rispose Valère. Aspettò che il sistema informatico controllasse la connessione Ethernet, testasse la velocità di Internet e infine inviasse un ping alla sala d'attesa del servizio di web conferencing online. Nel giro di pochi secondi, la voce si levò di nuovo dalle pareti dell'ufficio di Valère.

"La velocità di connessione è eccezionale, Monsieur". Valère si rese conto che la voce aveva una componente di attrazione, mentre aspettava che i volti degli altri due partecipanti apparissero di fronte a lui. Era stata anche potenziata a un livello simile a quello umano di ciò che chiamavano "iperbole dell'IA", che per Valère era solo una libreria di frasi che sostituivano le solite affermazioni metriche e clinicamente precise che affliggevano la maggior parte dei sistemi vocali artificiali.

SARA - Simulated Artificial Response Array - era l'ultima versione alfa dell'azienda che stava testando nei propri uffici. A questo punto, non era altro che un'intelligenza artificiale computerizzata, più avanzata di qualsiasi altra sul mercato, ma ben lontana dall'essere pronta per l'impiego.

A Valère era stato detto che il piano prevedeva di portare SARA alla versione beta e poi di rilasciare il codice e la libreria di campioni sonori, da soli più di dieci terabyte di informazioni, ad alcune università per ulteriori sviluppi e test. Alla fine, avrebbero usato l'applicazione per scopi interni o avrebbero venduto gli schemi del progetto finale al miglior offerente del mercato nero. Poiché lo sviluppo di SARA era il più lontano possibile dalle competenze professionali di Valère, quest'ultimo non era del tutto sicuro di cosa sarebbe diventata alla fine. Ma se le applicazioni precedenti che i loro affiliati avevano rilasciato erano una misura, SARA sarebbe stata a dir poco miracolosa.

Valère era coinvolto in una serie di start-up tecnologiche e farmaceutiche. Era ricco in modo indipendente, grazie a una lunga serie di parenti ricchi che gli avevano lasciato un'eredità sorprendentemente grande e alla sua capacità di scegliere le opportunità di investimento. Alcune erano fallite, ma lui aveva investito in lungo e in largo, accumulando una fortuna di interessi in quasi tutti i settori legati all'intelligenza informatica e al progresso medico.

"Francis, sei con noi?", disse una voce maschile dallo schermo del suo computer.

Valère si schiarì la gola. "*Oui*, sono qui. Mi scuso per il mio ritardo: ho seguito gli ultimi sviluppi negli Stati Uniti".

"Anch'io", rispose la seconda voce. Il volto dell'uomo di fronte a Valère si ingrandì sullo schermo gigante. Il suono proveniva dalle pareti stesse. Audio-Enhanced Surfacing, se Valère ricorda bene. Le pareti del suo ufficio in Quebec erano essenzialmente costituite da migliaia di altoparlanti, ognuno dei quali era dotato di un chip per computer che li rendeva "intelligenti", consentendo loro di emulare un ambiente sonoro naturale. Poteva riprodurre musica che lo seguiva per tutta la stanza, fornendo un surround artificiale sonicamente perfetto in un ambiente acusticamente eccezionale.

Per il momento, la voce dell'uomo, in uno stereo nitido e chiaro, era l'unica cosa che interessava a Valère. L'uomo all'interno della finestra continuò. "Sembra che il nostro piano iniziale sia stato ritardato. Dopo il licenziamento del signor Jefferson...".

"Sciocchezze", ha detto Valère. "I nostri posizionamenti erano corretti. Ogni reparto sta operando senza problemi, secondo i propri protocolli, senza correre rischi inutili o prendere decisioni avventate".

"Francis", disse il primo uomo, Emilio Vasquez, "anche se ammetto che le nostre agenzie infiltrate si stanno comportando esattamente come speravamo; non si può negare l'esistenza di alcuni operatori disonesti. Il capo dipartimento del CDC è stato rimosso, ma sembra che alcuni membri dei suoi ranghi inferiori siano ancora curiosi".

Valère ci pensò un attimo. "Credi davvero che siano diventati una minaccia?".

"Non proprio", ha risposto Emilio. "È solo nel nostro interesse assicurarci che queste possibili minacce rimangano tali".

"E come facciamo a garantirlo esattamente?". Chiese Valère.

L'altro uomo si fermò un attimo. "Credo sia arrivato il momento del piano di emergenza".

"Non ho-abbiamo *bisogno di* un piano di emergenza", ha risposto Valère. "Questo piano è solido, lo è sempre stato".

"Non dico che non lo sia stato, Valère. Ma c'è sempre un margine di miglioramento".

"Ma questi agenti disonesti hanno lavorato *al di fuori delle* nostre organizzazioni di riferimento. Per noi non sono più una minaccia della polizia locale".

"Ma ti sbagli, Valère. Sono una minaccia *molto* più grave per noi, soprattutto adesso. Sono mobili e non siamo ancora sicuri delle loro capacità. I confini non significano nulla per loro, né gli standard della loro organizzazione. Abbiamo lavorato troppo a lungo su questo progetto per perdere completamente l'investimento".

Il volto di Emilio era leggermente arrossato, anche se la sua voce non tradiva alcuna emozione. Valère sapeva che l'uomo era sul punto di indignarsi, ma si fermò per un soffio.

Valère sospirò. "Queste morti non sono necessarie", disse. "Sono inevitabili, ma devono venire dalle nostre mani?".

"Valère", disse Emilio. "Come sai, queste morti *non sono nulla* se confrontate con ciò che realizzeremo".

"Sono d'accordo, ma...".

"E la loro morte non sarà "per mano nostra", come dite voi. Tutt'altro".

Valère annuì.

"Andiamo fino in fondo, Valère. Portiamo a termine la nostra missione".

Annuì di nuovo.

All'inizio nessuno parlò. Infine, la voce di SARA rimbombò tra le pareti. *"Abbiamo bisogno del suo impegno verbale, Monsieur Valère. La preghiamo di confermare verbalmente il suo consenso alla contingenza scelta".*

Santo cielo, era notevole. SARA aveva analizzato, compilato e trascritto la conversazione, come le era stato ordinato, ma aveva anche estrapolato dal silenzio che l'altro uomo stava aspettando la conferma di Valère, come da contratto, oltre al fatto che non voleva chiederla espressamente.

Tecnologia. Incredibile.

"Sì", balbettò. "Sì, confermo. Inizieremo con una contingenza che si limita a sostenere la nostra direzione generale, come discusso nelle comunicazioni precedenti. SARA, per favore trascrivi, codifica e archivia questa discussione nel tuo database e rimuovi tutti i riferimenti in essa contenuti".

"Oui, Monsieur Valère", disse SARA. Mentre Valère si alzava

dalla scrivania del computer, la voce computerizzata della donna seguiva la posizione della sua testa con precisione millimetrica, facendo sì che Valère avesse la sensazione di essere *dentro la* sua testa, non solo di parlarle. *"La avviserò di ogni aggiornamento"*.

Annuì, sapendo che SARA poteva vedere anche questo.

CHAPTER 39

"SIAMO QUASI al confine del parco. Il laboratorio è a circa un'altra mezz'ora", spiegò Ben.

Julie era seduta con i piedi sul cruscotto del suo F450, concentrata ancora una volta sul suo portatile. Malcolm era seduto sul sedile posteriore e leggeva una pila di documenti che Julie aveva stampato al business center dell'hotel, tutti sulle malattie infettive, le epidemie virali e le infezioni batteriche: documentazione e materiale di riferimento del CDC.

Malcolm cercava in particolare ricerche su infezioni di tipo antrace, in cui il materiale di origine era polveroso, secco o trasportato dall'aria. Lettore veloce, era quasi riuscito a leggere l'intera pila quando finalmente raggiunsero i cancelli dell'ingresso nord-est di Yellowstone, senza che nulla di intrigante potesse testimoniare i suoi sforzi.

All'esterno, l'insegna di legno Welcome to Yellowstone National Park si muoveva in cima a un espositore di tronchi, circondato da un giardino appena curato di fiori, arbusti e piccoli alberi. Alle spalle, la vasta area selvaggia che attirava più di tre milioni di visitatori all'anno.

Tranne oggi.

La strada si restringeva, dirigendosi verso un edificio di servizio dove agenti di polizia e ranger del parco stavano operando un blocco stradale e allontanando i turisti. Una tenda bianca era stata montata di lato e Julie poté vedere che era destinata alle squadre Hazmat della sua organizzazione per il trattamento mobile di qualsiasi individuo infetto trovato all'interno del parco.

"Se si accorgono che siamo infetti, ci assalgono", ha avvertito Julie.

"Forse gli era stato consigliato di tenerci d'occhio comunque", osservò Malcolm.

"I dieci più ricercati?" Disse Ben. "Ottimo. È una consolazione". Tirò fuori il portafoglio e lo tenne in mano. "Beh, sono ancora un ranger qui. È meglio che abbiano un'ottima ragione per trattenermi".

Davanti a loro, uno degli agenti di polizia aveva notato l'avvicinarsi del loro furgone ed era entrato in strada, fermandosi davanti al suo veicolo di polizia. Alzò le braccia e fece cenno di scendere.

"Forse non hanno bisogno di un motivo", mormorò Julie sottovoce.

Ben rallentò il camion fino a fermarsi e abbassò il finestrino.

L'agente di polizia dovette quasi alzarsi sulle punte dei piedi per vedere nel finestrino alto del camion, ma si tolse gli occhiali da sole e parlò a voce alta sopra il rombo del motore. "Il parco è chiuso", disse. "Non è possibile entrare o uscire".

Ben mostrò il suo tesserino dal portafoglio. "Lavoro qui..."

"Non importa". L'agente di polizia lo interruppe bruscamente. "Nessuno entra o esce. Potete girare qui e poi tornare indietro su questa strada...". La sua voce si interruppe mentre indicava la direzione da cui erano venuti.

"Agente, devo entrare nel parco. Abbiamo informazioni su questo virus e...".

"Figliolo, non te lo chiederò più. L'accesso al parco è *vietato*. Vai a casa, resta in casa e continua a guardare il telegiornale".

Ben strinse i denti e fece girare il motore. Quando l'agente fece un passo indietro, Ben fece girare il camion intorno a lui e accelerò sul lato nord della strada.

"Almeno non ci ha arrestato", disse Julie.

Malcolm chiamò dal retro del camion. "E adesso?"

Ben non rispose. Percorse un altro miglio, svoltò a sinistra su una strada sterrata che riportava a sud-ovest e accelerò di nuovo. La strada è stata percorsa in modo irregolare e roccioso e hanno sterzato tra gli alberi che sporgevano sopra le loro teste.

"Dove stiamo andando?" Disse Julies, allarmato.

"Strada di accesso privata", ha detto di getto.

"Non ci troveranno comunque? Probabilmente all'interno del parco ci sono squadre Hazmat e di emergenza di ogni ramo del governo e forze di polizia locali".

"Probabilmente".

"Non importa", rispose Malcolm. "Sapranno presto che siamo qui, ma se non riusciamo a raggiungere quel laboratorio e a capire cosa fa fermare questa cosa, sarà comunque troppo tardi".

Per avere una conferma, Ben si mise a smanettare alla radio finché non trovò una stazione di notizie. Non ci volle molto: una stazione trasmetteva una pubblicità preregistrata, ma la seconda che provò trasmetteva un messaggio a livello nazionale. Alzò il volume mentre la voce di un conduttore leggeva solennemente l'ultimo aggiornamento.

"...Si apprende che l'epidemia virale si è estesa a sud fino ad Albuquerque, nel Nuovo Messico, e a est fino a Wichita, nel Kansas. Gli esperti del CDC e di altre fonti suggeriscono che se si riuscirà a contenere l'epidemia, il bilancio delle vittime salirà a circa 10.000 persone, ma in caso contrario il numero potrebbe salire a più di un milione. Le stime prevedono che questo numero sia troppo prudente, soprattutto se la traiettoria della malattia si avvicina alla costa occidentale.

"Come promemoria, vi invitiamo a rimanere in casa, a cercare di non interagire con nessuno al di fuori dei vostri familiari più stretti e a rimanere sintonizzati sulle notizie e sugli aggiornamenti radiofonici".

Il conduttore chiuse, promettendo un altro aggiornamento tra un'ora, e andò a una pausa pubblicitaria. Ben premette il pulsante di accensione.

Nessuno di loro disse nulla per un po'.

Il camion rimbalzò sui fossati e attraversò un ruscello fino a prendere la scorciatoia per un'altra strada sterrata. Una volta in piano, Ben schiacciò il pedale dell'acceleratore, facendo sfrecciare il camion, già in rapida corsa, su buche e dossi come se non fossero altro che sassolini sulla strada.

Pochi minuti dopo raggiunsero la struttura del laboratorio. Un edificio in pietra marrone, dipinto per confondersi con la foresta circostante e non dare nell'occhio ai vacanzieri accampati nelle vicinanze. Ben accostò il furgone a un posto fuori dall'ingresso principale. Le finestre erano scure. Sembrava non occupato.

Il telefono di Julie squillò prima che potessero entrare.

"Stephens? Vuoi spiegarmi cosa *diavolo* è successo?".

"Julie, ascolta. Mi dispiace. È stata una decisione di Livingston, non mia. Chiedilo a lui".

Ma non poteva chiederglielo. Stephens aveva sentito la notizia? Non sembrava.

"Dove sei adesso?"

"Siamo a Yellowstone. Stiamo cercando di...". Sentì una mano posarsi sul suo braccio. Ben stava scuotendo la testa.

"Cercare di fare cosa, Julie? Che cosa stai combinando? Devi andartene da lì, prima che la situazione ti sfugga di mano."

Julie tentennava, ma Ben era insistente. Di nuovo, lentamente, scosse la testa.

"Mi spiace-Benjamin, non posso. Siamo vicini. Non posso aggiornarti in questo momento, ma...".

"Julie! Non puoi permetterti di continuare a gironzolare. Se Livingston lo scopre...".

Le parole le uscirono dalla bocca prima che potesse controllarle. "Stephens, dove sei stato? Cosa stai facendo?"

C'è stata una pausa.

"Sto... lavorando anche su questo, Julie. Cosa vuoi dire?"

Aspettò un attimo, poi disse. "Non si preoccupi di Livingston. Ascolta, devo andare. Verrò a trovarti stasera, dopo la partenza".

"Ok..." la voce era tremolante, incerta. *"Ok, hai ragione. Continua così, Julie. Fammi sapere di cosa hai bisogno"*.

Lo ringraziò e riattaccò, poi guardò gli altri due passeggeri del camion.

"Non lo sa già?" Chiese Malcolm.

"Io... credo di no".

Ben mise il camion in parcheggio e aprì la portiera, scuotendo ancora la testa. Quando vide la sua mano sulla maniglia alzò bruscamente lo sguardo e attirò l'attenzione di Julie.

"Che cosa c'è?", chiese.

"Guarda", disse Ben. Tese il braccio sinistro e tirò su la manica. L'eruzione cutanea era scomparsa dalla mano esposta e il braccio aveva un aspetto quasi del tutto normale, sostituito dal tono naturale della pelle. Il braccio destro aveva un aspetto simile. Julie controllò la propria eruzione cutanea e trovò la stessa cosa.

"Non c'è più", ha detto.

"Quasi. Forza, dobbiamo entrare. Qualunque cosa sia rimasta del virus nei nostri sistemi è l'unica speranza che ci rimane per capire cosa sia questo".

"Ma perché se ne va? Anch'io mi sento bene".

Anche Malcolm saltò fuori per dare un'occhiata più da vicino. "Sembra che abbia fatto naturalmente il suo corso. Credo che si stia estinguendo da sola".

"È questo che ti è successo?" Chiese Julie.

"No", ha risposto. "Non so se ho avuto un'eruzione cutanea. Ero sedato, comatoso".

Si dirigono frettolosamente verso l'edificio del laboratorio.

CHAPTER 40

"HANNO COSTRUITO questo posto negli anni '80 per la ricerca in loco", ha spiegato Ben. "Ora non lo usa più nessuno. Non è un granché come laboratorio, ma è tutto ciò che abbiamo".

"Sembra molto... 'liceale'", osserva Malcolm.

"È per questo che nessuno lo usa molto. Non è abbastanza specifico per essere considerato un laboratorio di chimica o di biologia. Non è nemmeno abbastanza grande per essere utile ai nostri geologi, geografi o scienziati animali. Quindi, è una riserva".

Malcolm borbottò qualcosa sottovoce e continuò a esplorare la piccola stanza.

Julie individuò una collezione di microscopi e iniziò subito a prepararne uno, cercando nei cassetti i vetrini. "Dovrà bastare", disse, sistemando il microscopio a luce composta di serie su un tavolo nell'angolo della stanza. "Accidenti".

"Cosa c'è che non va?" Chiese Ben.

""Questo è un cannocchiale composto, e non c'è modo di avere abbastanza potenza per ingrandire qualcosa di più piccolo di un insetto. Vorrei che ci fosse un elettrone a trasmissione qui dentro. Anche un LVEM o qualcosa del genere andrebbe bene".

Ben si limitò a fissarla.

"Dovrà funzionare", ha detto. "Non ci porterà fino in fondo, ma potrebbe essere sufficiente per misurare le reazioni chimiche e testare un antidoto. Venite qui".

Ben fece un passo avanti e lei lo raggiunse per il braccio. Lui si tirò indietro, reagendo involontariamente.

"Calma. Non mordo". Lei gli rimboccò la manica. "Dottor Fischer, le dispiacerebbe aiutarmi?".

Malcolm si avvicinò mentre Julie tirava fuori un filo di lattice che aveva trovato tra l'assortimento di attrezzature scientifiche. Passò il braccio di Ben a Malcolm, che lo tenne precariamente davanti a sé. Mentre lo reggeva, Julie legò la fascia di lattice intorno alla parte superiore del braccio di Ben, provocando un rigonfiamento delle vene dovuto alla restrizione del sangue.

Prese una piccola siringa e la infilò in una delle vene. La camera cominciò a riempirsi di un profondo colore cremisi.

"Accidenti", disse Ben. "Non hai fatto il test per la rabbia o altro".

"La rabbia è l'ultima delle tue preoccupazioni", rispose Julie, concentrandosi sul tenere la siringa dritta. "Inoltre, dubito che questo sia il problema di questi aghi. Dio solo sa da quanto tempo sono qui". Come una sorta di fiore all'occhiello, soffiò sul nastro di lattice e sulla siringa che era stata immersa nella vena. Un sottile velo di polvere si sollevò dalle loro superfici, facendo sbattere le palpebre a tutti e tre e distogliere lo sguardo.

"Ah, giusto. Sembra perfettamente sicuro".

Lei lo zittì e ritirò lentamente la siringa dal suo braccio.

"Quanto vi serve? Mi sembra eccessivo", disse Malcolm.

"Non so quante unità siano rimaste nel flusso sanguigno o se saremo in grado di vederle. Inoltre, il virus sta svanendo, come abbiamo visto prima. Potrei non avere il tempo di estrarne altre più tardi, dato che le unità potrebbero essere in procinto di uscire".

Mise il tappo sulla camera della siringa e ne caricò un'altra.

Questa la infilò nel proprio braccio, senza preoccuparsi di controllare la presenza di una vena o di legare la parte superiore del braccio.

"Unità?" Chiese Ben.

"Come la varicella", rispose lei.

Malcolm e Ben non avevano ancora capito.

"Sto sviluppando un'ipotesi al riguardo, ma è piuttosto semplice. Immaginiamo che un bambino abbia la varicella - il virus *della varicella zoster* - e che abbia una festa di compleanno. Un bambino viene alla festa e dà al festeggiato un'unità del virus. Questa unità si moltiplica, come fanno i virus, fino a un certo punto, finché il virus non si manifesta fisicamente nel corpo dell'ospite".

"Piccole protuberanze rosse su tutta la pelle".

"Sì, esattamente. Ma è così. Non c'è mai un vero e proprio peggioramento oltre alle protuberanze, anche se, come ricorderete, quelle protuberanze sono già abbastanza gravi. Il virus ha raggiunto la sua 'massa critica' nel sistema del bambino. Le unità hanno raggiunto il loro rapporto di esposizione massima e non possono più proliferare. Ma è ancora molto contagioso. Dato che il virus ha raggiunto la massa critica, tutti i bambini che vengono qui probabilmente lo prenderanno, giusto?".

"A meno che non l'abbiano già avuta", disse Malcolm.

"E poi fanno i bagni con la farina d'avena e tutto il resto e alla fine il virus se ne va", ha aggiunto Ben.

Julie annuì, tolse la siringa piena dal braccio e continuò. "Beh, questo virus-batterio è un po' diverso. Diciamo che il bambino è stato infettato da un'unità di questa... *roba*. Qualunque cosa sia. Quell'unità si riprodurrebbe e si moltiplicherebbe in dieci unità, diventerebbe contagiosa e si diffonderebbe ad altre persone, proprio come la varicella. Tutti si infetterebbero, l'infezione crescerebbe fino a dieci unità in ognuno di loro, e tutti sarebbero contagiosi, ma ancora vivi".

"Finora tutto bene", disse Ben. "A parte l'eruzione cutanea che minaccia la vita".

"Ma se il bambino viene infettato inizialmente con *più* di dieci unità, è finita. Viene messo in quarantena, ma l'effetto è devastante: il virus è troppo forte per essere gestito dal corpo e comincia a spegnersi".

"Il corpo non può gestire più di dieci unità?". Chiese Malcolm.

"Beh, dieci è un numero arbitrario, ma in questo scenario sì. Il numero di unità di cui il nostro virus ha bisogno per raggiungere la massa critica è la quantità di virus che può infettare in modo "sicuro" una persona. Se si supera questo numero, l'ospite muore. Al di sotto di questo numero...".

"E si riproduce fino a quel numero, ma non va oltre", ha concluso Ben.

Julie annuì. "Questa è la mia ipotesi. Dopodiché, il virus esce naturalmente dal sistema dell'ospite, rendendolo immune da ulteriori attacchi".

Ben e Malcolm ci pensarono un attimo. Aveva senso - ipotetico o meno - ed entrambi fecero un cenno di approvazione.

"Immagino che ogni volta che siamo stati esposti alla malattia, sia stata solo una piccola quantità", ha detto Ben. "Meno della massa critica. Ha fatto il suo corso e ora si sta facendo strada".

Sentirono sbattere la porta del laboratorio e tutti e tre si voltarono a guardare. Un uomo alto e magro si presentò sorridendo. "È proprio così, signor Bennett. Che deduzione precisa".

"Stephens?" Chiese Julie, saltando su dal suo trespolo vicino al tavolo e al microscopio. "Come mai sei qui?".

Benjamin Stephens si avvicinò. "Stavo già arrivando", ha risposto. "Quando ho chiamato, ero già in zona. Ho pensato di incontrarti di persona, visto che la nostra comunicazione tecnologica sembra essere sempre inefficace".

Julie non ha risposto.

"Non preoccuparti, Julie. Ben" si girò a guardare il terzo uomo nella stanza, esitò per una frazione di secondo e si accigliò. "Signor... mi dispiace, non credo che ci conosciamo". Stephens si avvicinò a Malcolm e gli tese la mano.

"Dr., in realtà. Il dottor Malcolm Fischer".

"A destra. *Dottor* Fischer. Le mie scuse". Stephens aveva la stanza completamente concentrata su di lui e si godette il momento. "Mi dispiace per la mia intrusione. Come ho detto, sono venuto solo per aiutare. Julie, cosa posso fare?".

Julie ci pensò per qualche secondo. "Eri d'accordo con Ben quando sei entrata. Perché? Cosa sai del virus?".

"Beh, tanto per cominciare, come sicuramente avrete già scoperto, non è un *virus*. O, per essere precisi, non è *solo* un virus".

"L'abbiamo già superato, Stephens", disse Julie. "Come fai a saperlo?"

"Julie, il mio lavoro consiste nel raccogliere e organizzare le informazioni. Tutte le autorità preposte alla prevenzione delle malattie nel Paese stanno lavorando sulla stessa cosa che state facendo voi. Ieri ho visto un rapporto che confermava la tua teoria di un ceppo virale-batterico".

Stephens si fermò davanti a un tavolo quadrato al centro della stanza. Tirò fuori una sedia pieghevole da sotto di esso e si sedette. Mentre parlava, appoggiò le braccia sul tavolo. Ben notò che *cercava di apparire sottomesso*.

"Ho anche scoperto l'origine del ceppo".

A queste parole, Malcolm fece un passo verso di lui, prima di fermarsi.

"Il virus è il sottoprodotto di un'antica pianta estinta, trovata in una grotta canadese all'interno di cesti dei nativi americani. Una sfortunata spedizione russa l'ha trovata, diventando così la prima vittima moderna del virus".

"Chi te l'ha detto?" Chiese Malcolm, con voce bassa, quasi un sussurro. Ben allungò la mano e strinse la spalla dell'uomo.

"Ripeto, sono solo alcune delle informazioni che mi sono arrivate sulla scrivania". Stephens si girò e guardò direttamente Julie. "Julie, è per questo che sono qui. Sono giorni che ti mando queste cose, ma so che non le ricevi".

Scosse la testa.

"L'ho inviato a un laboratorio, che lo sta analizzando insieme al CDC. Da quello che possiamo dire, qualcuno ha trovato il ceppo originale, gli ha messo intorno una specie di 'guscio' protettivo e ha creato il 'super virus' con cui abbiamo a che fare".

Stephens si alzò e Julie vide Ben incrociare le braccia.

"Ma come ho detto, non sono riuscito a contattarla. Sembra che Brown abbia trovato una sorta di reindirizzamento sul mio account, ma non l'ha impostato lui. Forse Livingston..."

"Livingston è morto", disse Julie.

Stephens stava per continuare, ma le parole di Julie lo bloccarono. "Mi scusi?"

"Livingston", ripeté Julie. "È morto".

"Ma..."

"L'hanno trovato a casa sua, nel suo ufficio. Suicidio".

Il volto di Stephens sembrò contrarsi un po' intorno agli occhi, per un brevissimo lasso di tempo. Ma non appena Julie se ne accorse, scomparve. Deve averlo colto di sorpresa.

"Non puoi dire sul serio", disse.

"Perché dovrei scherzare su questo?". Osservò la reazione di Ben e Malcolm. Entrambi gli uomini rimasero fermi, con lo sguardo stoico rivolto a Stephens. Si rese conto che stavano osservando la sua reazione.

Stephens sembrò vacillare un po', facendo un passo indietro. Si aggrappò all'angolo di un tavolo e si stabilizzò. "Ma... ma quello...", la sua voce si interruppe.

"Stephens." La voce di Julie era sforzata, ma cercò di riportarlo dentro. "Benjamin. So che è una follia, ma *dobbiamo* continuare ad andare avanti".

Annuì.

"Può dirci il resto? Cos'altro sai del virus?".

Deglutì, ma iniziò a parlare. "Beh, come già sapete, la nostra organizzazione non è esattamente rapida quando si tratta di gestire le crisi, ma ci sono stati alcuni dipartimenti che hanno avuto un po' di successo nel modellare lo sforzo e nel calcolare la sua progressione". Tornò alla sedia e si sedette al tavolo. Julie trovò una bottiglia d'acqua e gliela portò.

"Hanno scoperto che l'agente infetta il flusso sanguigno, ma anche l'aria intorno all'ospite. In un certo senso 'si infiamma' all'interno dell'ospite, rilasciando particolati attraverso la pelle - probabilmente è questo il motivo per cui vediamo una manifestazione fisica nell'epidermide esterna".

"Le eruzioni cutanee e le bolle", ha detto Julie.

"Sì. Si trasmette per via aerea, non ha bisogno del contatto diretto con il sangue o con i fluidi, ma solo del tempo e della vicinanza. Una volta entrato nel flusso sanguigno, si sposta negli organi interni, dove prolifera e raggiunge il titolo virale per il contagio".

"Qual è il titolo virale?". Chiese Malcolm.

"Carica virale. È come una concentrazione del virus vero e proprio. Il punto in cui il virus infetterà un numero di cellule sufficiente a diventare contagioso".

"La massa critica", ha aggiunto Julie, spiegandola ai due uomini accanto a lei.

"Esattamente. Il laboratorio ha riferito che tutto ciò che è inferiore a circa 8.000 copie per millilitro del virus è considerato al di sotto della linea di pericolo. Al di sopra di essa, l'ospite non riesce a contenere il virus nel proprio corpo e il ceppo cerca di saltare verso un altro ospite nel raggio d'azione. Se non riesce a saltare e a proliferare, i sistemi dell'ospite iniziale si spengono. Se *riesce a* saltare, lo fa, causando un dimezzamento del titolo in entrambi gli ospiti".

"La proliferazione continua da lì?". Chiese Julie.

"Lo fa, ma solo fino alla linea magica della carica virale, intorno alle 8.000 copie. Se la carica è superiore a 16.000 quando salta, però, entrambi gli ospiti hanno una concentrazione superiore a 8.000 cpm. Il virus continuerà a diffondersi nei loro sistemi, consumando soprattutto cellule e anticorpi, ma anche sovraccaricando gli organi vitali".

"Quindi la risposta è trovare un *terzo* ospite?". Chiese Malcolm. Ben annuiva, cercando di mettere insieme i pezzi mentre Stephens spiegava.

"Esatto. E poi un quarto, un quinto e così via, fino a quando il virus non si sarà ugualmente diffuso attraverso questi ospiti e il titolo scenderà sotto gli 8.000 in ciascuno di essi".

"E poi cosa succede?"

"Non lo sappiamo", ha detto Stephens. "I test iniziali hanno mostrato che inizia a schiarirsi nel giro di un giorno o due, e si fa strada completamente fuori da un ospite infetto nel giro di una settimana".

"Ok, quindi non abbiamo ancora un antidoto. *Ma* sappiamo che se ne va da solo?".

Stephens annuì. "Lo fa, ma come ho detto, solo quando la concentrazione nell'ospite è sufficientemente bassa. Sotto carico, aumenterà fino a diventare contagiosa per gli altri, ma poi si fermerà, immunizzando l'ospite". Lo sguardo si spostò su Malcolm. "Se *si supera* la carica virale, invece, distruggerà completamente il sistema interno dell'ospite".

"È una buona notizia, Stephens", disse Ben. "Ma non abbiamo più tempo. Questa cosa si sta diffondendo in tutto il Paese e non rallenta. Inoltre..."

"La bomba", concluse Julie.

"Giusto", disse Stephens annuendo. "La bomba. Qualche idea su dove si trovi?".

"No, non ancora".

"Ok, beh, posso aiutare. Julie, perché tu ed io non...".

"Non andrai da nessuna parte con lei", disse Ben, facendo un passo avanti.

"Mi scusi?"

"Non te ne andrai". Ben disse di nuovo.

"Ben", disse Julie, avvicinandosi a lui. "Qual è il problema?"

Stephens si alzò di nuovo dalla sedia, accigliato. Guardò Ben, scrutandolo.

Prima che potesse reagire, Ben fece un altro passo avanti e colpì Stephens allo stomaco, con forza. Stephens si accasciò a terra, cercando di riprendere fiato.

"Ben!" Malcolm corse verso di lui, ma Ben alzò il braccio per fermare il suo avvicinamento.

"Smettila, lascia che me ne occupi io". Si voltò di nuovo verso Stephens. "Che altro fai, Stephens?".

"Di che cosa stai parlando?".

"Sai benissimo di cosa sto parlando. Con chi stai lavorando?".

Julie fu presa dal panico e la sua attenzione si spostò tra i due uomini che le stavano di fronte. "Ben, aspetta, solo...".

Ben afferrò Stephens sotto il mento e lo sollevò in piedi. Sferrò un altro colpo al fianco dell'uomo. "Non è solo perché hai sospettato di me fin dall'inizio", disse. "Sei arrivato qui, trovando in qualche modo la strada senza, apparentemente, un aiuto esterno. Queste strade secondarie non si trovano su *nessuna* mappa e le abbiamo appositamente rimosse dai dati GPS per assicurarci che i turisti erranti non finiscano per trovare un'entrata secondaria al parco".

Julie osservò lo scambio a bocca aperta.

"È stato l'informatico... Randall. Mi ha portato qui. Mi ha aiutato a trovare...".

"Non è vero", disse Julie. Ben la guardò, sorpreso. "Randy non sapeva nemmeno che saremmo venuti qui. Non gli ho detto dove stavamo andando, e anche se avesse cercato di rintracciarmi attraverso il mio telefono in qualche modo, non avrebbe fatto in tempo a mandarti le nostre coordinate finché non fossimo stati *qui*. Sei arrivato *pochi minuti* dopo il nostro arrivo".

Gli occhi di Stephens si sono spalancati. "Davvero? Non penserai che...".

"Spiega come fai a sapere così tanto su questo virus", disse Ben. "Sei un assistente di ricerca, giusto? Raccogli ricerche e le consegni a Julie?".

Le narici di Stephens si dilatarono e lui strinse i denti.

"*E* ho visto il modo in cui ha guardato il dottor Fischer quando ha parlato di "immunizzazione". Come faceva a sapere che era immune?".

"Non l'ho fatto!"

"Certo che l'hai fatto. L'ho visto nei tuoi occhi. Sapevi esattamente chi era nel momento in cui sei entrata qui, vero? L'hai già visto prima!".

Gli occhi di Stephens andavano avanti e indietro da Julie a Ben a Malcolm. Ben lo afferrò di nuovo e cominciò a far oscillare il braccio all'indietro. Un leggero sorriso sfuggì ai lati della bocca di Stephens e altrettanto rapidamente svanì.

Ben si fermò, scioccato. "Tu *sai* qualcosa, vero?".

Un'espressione di rabbia si è posata sul volto di Stephens. Sputò.

Ben gli sferrò un pugno sulla mascella, facendo schizzare all'indietro la testa dell'uomo che assorbì il colpo. Ben trasalì per il dolore, aprendo e chiudendo il pugno.

Stephens non reagì. Fissò freddamente Ben.

Ben lo colpì di nuovo. Julie corse in avanti e gli afferrò il braccio, cercando di fermare l'attacco.

Quando la testa di Stephens si rialzò, Julie vide un rivolo di sangue che gocciolava accanto alla bocca.

La sua bocca *sorridente*.

Stephens sputò una boccata di sangue. "Non sei riuscito a capirlo, vero?".

Julie era sbalordita. "Di cosa stai parlando?"

Rise. Una risatina che usciva lentamente dalla sua bocca sanguinante. "Comunque è troppo tardi. Troppo tardi".

Ben guardò Julie, chiedendole in silenzio cosa fare. Lei scosse la testa e Ben lasciò cadere la mano.

"È troppo tardi. Troppo tardi".

"Troppo tardi per cosa?", urlò a Stephens.

"Non puoi salvarli. Non *si possono* salvare. Diana Torres, Charlie Furmann, David Livingston. E gli altri. Non puoi salvarli ora".

Ben fece un passo indietro. Stephens. Era lui, l'uomo che li aveva uccisi tutti.

Compresa sua madre.

CHAPTER 41

JULIE NON RIUSCIVA A CREDERE a quello che stava sentendo. Non solo *quello che* Stephens stava confessando, ma l'incredibile *portata* di ciò che Stephens sosteneva di aver fatto. Seguendo i fili delle prove e delle ricerche di Julie, si era arrivati alla porta di Diana Torres, poi a Charlie Furmann e a Livingston. Chiunque si fosse messo sulla sua strada aveva pagato il prezzo più alto.

Per non parlare di tutti gli altri di cui *non erano a* conoscenza.

Julie era fuori di sé. Aveva lavorato con Stephens abbastanza a lungo da fidarsi di lui, da affezionarsi a lui. Era un ragazzo intelligente e lavorava sodo.

Ma lui l'aveva tradita.

Li aveva traditi tutti.

Non sapeva come rispondere. Anche Malcolm era scioccato, ancora ripreso dall'attacco di Ben a Stephens. Si accasciò in un angolo, appoggiandosi al tavolo che Julie aveva usato come tavolo da laboratorio.

Ben, tuttavia, sapeva come rispondere. Julie lo guardò mentre si accaniva contro Stephens, sferrando pugni con la massima velocità consentita dalle sue braccia. Non erano ben mirati e molti sfioravano la testa e le spalle di Stephens. Ben mancava di controllo e non stava mettendo molta forza nei colpi. Era una reazione emotiva, che Julie e Malcolm si stupirono di vedere.

Ma aveva senso.

L'uomo davanti a lei aveva ucciso la madre di Ben. Era stato la causa della sua infezione e infine della sua morte, il tutto mentre Stephens li conduceva in un labirinto senza uscita.

Ma perché?

La domanda la assillava. La prima volta non ci aveva fatto caso, concentrata invece a superare lo shock iniziale dell'accusa di Ben e la successiva rivelazione che aveva ragione.

Tuttavia, la domanda era lì e lei doveva conoscere la risposta.

"Perché?", chiese a bassa voce. Poi di nuovo, più forte. "Perché, Stephens?"

Lui alzò lo sguardo verso di lei. Ben smise di dondolare.

"Perché?"

Ben fece un passo indietro, con il respiro affannoso per lo sforzo. Guardò Julie.

In attesa della risposta.

Ma Stephens si limitò a ridere, gorgogliando il sangue che gli aveva riempito la bocca. Sputò, con un sorriso ironico sul volto. "È troppo tardi", disse.

"L'hai già detto. Ma prenderò questa decisione da solo", disse Ben. "Dov'è la bomba, Stephens? So che è nel parco da qualche parte. Nelle grotte, come hai detto al telefono?".

"Non lo troverete mai", rispose.

"Stephens, per favore", disse Julie. Stephens si limitò a scuotere la testa.

"Come ho detto", disse Stephens, guardando ciascuno di loro a turno. "È troppo tardi. L'America non è abbastanza unita per salvarsi".

Julie scosse la testa. Dove l'aveva già sentita?

Questo Paese dà valore alla libertà, ma entrambi sappiamo che la "libertà" è uno scherzo. Siamo a metà strada tra un Paese del terzo mondo con un governo corrotto e una società prepotente nella scala di quanto siamo veramente liberi. Gli americani ora si aggrappano a ogni brandello di 'libertà' che riescono a trovare, compresa la propria individualità".

Ben fece un passo avanti e diede un altro pugno a Stephens. *"Dov'è la bomba?"*, urlò.

Stephens barcollò all'indietro, perdendo quasi l'equilibrio. Sembrava stordito, ma rimase in piedi. Poi alzò bruscamente lo sguardo. Si mise a ridere mentre estraeva qualcosa dalla tasca del cappotto.

Un piccolo cilindro di vetro pieno di un liquido di qualche tipo e un grosso ago ipodermico. Brillavano alla luce fluorescente della stanza del laboratorio.

Senza preavviso, Stephens si infilò la siringa nel braccio.

Gli occhi gli si rovesciarono in testa, prima di tornare nella loro posizione corretta. Annusò, come un tossicodipendente. "Come ho detto, Harvey, è troppo tardi. L'America non è abbastanza unita per salvarsi. Non importa ora se troverete o meno la vostra bomba". La sua bocca cominciò a perdere saliva, schiumando ai bordi. "Io me ne andrei, se fossi in voi", continuò. "Questo è un esemplare altamente concentrato del ceppo e credo che ci sia meno di un minuto prima che io sia contagioso".

Julie trasalì mentre il virus lacerava visibilmente il corpo dell'uomo, facendolo a pezzi a livello cellulare.

Campione altamente concentrato.

Ben si slanciò in avanti, gettando la schiena di Stephens contro la parete di fondo. Anche con il virus che distruggeva il corpo dell'uomo, questi non cadde.

"Siamo immuni, Stephens", disse Ben. "Ricordi?" Tirò su la manica del braccio sinistro e la portò in faccia a Stephens. "Ci hai messo troppo tempo. Il virus è già uscito dai nostri sistemi. Siamo vaccinati. E il dottor Fischer...". Ben fece un cenno al professore. "È *rimasto* immune, ma tu lo sapevi già, vero?".

Julie osservò lo scambio, mettendo insieme i pezzi. Rifletteva sulle spiegazioni di Stephens e considerava le parole specifiche che aveva usato.

"Ben..." cercò di convincerlo a tornare indietro, ma Ben non lo ascoltava.

"Ci avete condotto qui, alla morte, per cosa? Per il tuo divertimento?".

Stephens sorrideva di nuovo. Si rimise in tasca la mano. "No", sussurrò.

Ben si accigliò.

"È stato un esperimento. *Il mio* esperimento. Ho detto loro che nessuno sarebbe stato in grado di capirlo e che era imbarazzante da parte nostra realizzare qualcosa di così miracoloso e non avere la soddisfazione di vederlo svolgersi. Da vicino".

"Quindi ci lasciate scoprire?". Chiese Ben.

"Non rimarrà nulla", ha detto. "L'America sarà una landa desolata, Harvey. Il fine è giustificato, ma che dire dei *mezzi?* E la mia ricompensa, sapendo che il mio ruolo è stato svolto?". La voce dell'uomo cominciò ad alzarsi, il suo volto mostrava sempre più emozioni. "Sono nato per questo ruolo", continuò. "E devo avere la soddisfazione di sapere che è stato infallibile. Dovevo finirlo qui, per vederti morire, proprio come faranno gli altri".

Gli occhi di Julie si allargarono quando la mano di Stephens uscì dal cappotto.

"E nessuno è immune dalla morte", disse Stephens, puntando la pistola al petto di Ben. Togliendo la sicura, fissò Ben negli occhi per tutto il tempo. "Ha svolto il suo ruolo in modo ammirevole, signor Bennett. Ora lasci che io svolga il mio".

Ha premuto il grilletto.

Tutto divenne una macchia. Julie si sentì spingere brutalmente da parte mentre una forma scura le passava davanti. Rimase a guardare, impotente, mentre il corpo di Ben volava di lato verso i tavoli al centro della stanza. Niente aveva senso. Istintivamente, urlò e si precipitò su Stephens mentre questi puntava il secondo colpo direttamente su di lei.

Si scontrò con Stephens a testa in giù, mandando la sua fronte a sbattere contro lo sterno dell'uomo. Sentì i polmoni di lui espandersi rapidamente, e involontariamente boccheggiare in cerca d'aria. Continuò a muoversi in avanti, ora di nuovo in piedi. Corse a tutta velocità *attraverso l'*esile corpo dell'uomo, sollevandolo dal pavimento e facendolo sbattere contro il muro. Fiale e becher di vetro, insieme a una pila di carte ordinatamente archiviate, esplosero dalla loro posizione lungo il tavolo posteriore e caddero sul pavimento duro. Il rumore dei vetri che si infrangevano e del caos bloccava quasi il suono delle sue stesse urla.

Quasi.

Si rialzò con i pugni e colpì Stephens, che giaceva scompostamente sul tavolo. Mirò allo stesso punto in cui Ben lo aveva colpito prima: proprio sotto l'occhio, dove si stava formando una ferita aperta. Colpì, ancora e ancora, e alla fine lui smise di muoversi.

Fece un passo indietro, respirando pesantemente. La pelle di Benjamin Stephens aveva cominciato a tendersi e a sollevarsi, come se fosse stata riempita d'acqua come un palloncino. Sapeva che il virus aveva attraversato completamente il suo corpo, ma era stupita dalla rapidità con cui aveva reagito.

In quella fiala doveva esserci una concentrazione molto *elevata di virus.* Questa consapevolezza la terrorizzò.

Sulla sua pelle esposta si formarono dei bozzi violacei. Nel giro di pochi secondi cambiarono rapidamente colore, passando da una tonalità violacea a un rosso più chiaro, finché alla fine notò che il respiro si era fermato. Aspettò ancora qualche istante e poi controllò i parametri vitali.

Morto.

CHAPTER 42

BEN SENTÌ JULIE pronunciare il suo nome da qualche parte dietro di lui.

"Ben..." era deciso, ma esitante. *Un avvertimento.*

Ben andò avanti lo stesso. Non provava emozioni come queste da oltre dieci anni, da quando gli avevano portato via il padre.

"Ci avete condotto qui, alla morte, per cosa? Per il vostro divertimento?", chiese con decisione, come se conoscesse già la risposta. *Lo sapeva?*

Stephens sorrise. "No. È stato un esperimento. *Il mio* esperimento. Ho detto loro che nessuno sarebbe stato in grado di capirlo e che era imbarazzante da parte nostra realizzare qualcosa di così miracoloso e non avere la soddisfazione di vederlo svolgersi. Da vicino".

Ben pose la domanda successiva con attenzione. Voleva avvicinarsi, per cercare di sottomettere Stephens. "Quindi ci lasciate scoprire?". Fece un passo avanti. *Con cautela.* Trattò la situazione come i suoi numerosi incontri con animali selvatici. Non *avvicinarsi direttamente, se possibile, ma non muoversi troppo velocemente.*

Un altro passo.

Stephens continuava a parlare, ma Ben lo aveva già messo a tacere.

Si stava concentrando sulla caccia, cercando di intrufolarsi nello spazio personale di Stephens. Sapeva che Stephens non era un animale, ma questo andava a vantaggio di Ben. Stephens agiva in modo emotivo, basandosi non sull'istinto animale ma sulla percezione umana. Per questo Ben poteva contare su un tempo di reazione più lento.

Ma mentre pianificava la sua mossa, intravide il braccio di Stephens. Si era sollevato verso l'alto, cullando un'arma.

"Ha svolto il suo ruolo in modo ammirevole, signor Bennett", sentì dire a Stephens. "Ora lasci che io svolga il mio".

Ben cercò di slanciarsi in avanti, ma non riuscì a far sì che la sua mente formasse la direzione e la trasmettesse al suo corpo. Tutto accadeva in modo glaciale, come se stesse guardando un film al rallentatore. Sentì i suoi piedi muoversi, prima impercettibilmente, poi più rapidamente.

Ma non abbastanza rapidamente.

Non sarebbe mai arrivato in tempo a Stephens. La pistola si alzò ancora un po' e ora puntava al petto di Ben.

Gli sembrò di vedere la canna della pistola lampeggiare, un piccolo fuoco che usciva dalla canna, ma la sua vista divenne improvvisamente bianca. Sentì anche qualcosa, un dolore lancinante che lo colpì al fianco, facendolo cadere in piedi.

Stava volando. Accecato e dolorante, riconobbe la sensazione di vertigine. Cercò di allungare le braccia per fermare la caduta, ma non aveva idea se le sue braccia avessero registrato l'ordine o meno.

Poi sentì l'esplosione della pistola. Era più forte di quanto pensasse, visto che era quasi sempre stato lui a ricevere la canna di una pistola. Lo assordò.

Cieco, sofferente e ora sordo.

E continua a cadere.

Ben ha toccato terra con forza.

Sentì un altro dolore, simile al primo, che gli attraversò il braccio e la spalla, fino all'anca e alla gamba.

Non può essere giusto.

Era un colpo a bruciapelo: come poteva Stephens mancarlo? Ben avrebbe dovuto sentire qualcosa nel petto.

Giusto?

Cercò di sbattere le palpebre, per convincere i suoi sensi a tornare.

Nient'altro che dolore.

Un dolore sordo, certo, lancinante, ma gestibile. *Che cosa è successo?*

Respirò, rendendosi conto di aver trattenuto il respiro. I suoi polmoni lottarono contro il peso, cercando di allontanarlo.

Perché c'era un peso sopra di lui?

La sua vista è tornata. All'inizio in modo limitato. Le luci del laboratorio si insinuarono nella sua periferia, seguite da un'ombra più scura.

Il volto di un uomo.

Il volto di Malcolm Fischer.

Il professore era sdraiato sopra di lui.

Ben ansimò, spingendo verso l'alto con le mani palpitanti, cercando di sollevare di lato il peso del corpo dell'uomo. Lottò finché non si liberò.

Ben si alzò a sedere, sbattendo le palpebre.

Quando la vista gli tornò completamente, trovò il corpo di Malcolm steso accanto al suo in una pozza di sangue cremisi.

No...

Ben allungò la mano e tastò dietro il collo del professore.

Forza, ha voluto. *Svegliati.*

Notò il cappotto marrone del professore, avvolto intorno

all'uomo anziano, un buco lacero quasi al centro della schiena dell'uomo.

Il foro di uscita.

Ben sentì singhiozzare. Intontito, alzò lo sguardo. Julie era in piedi davanti a lui, con le lacrime che le scendevano dal viso.

"B-Ben", mormorò lei. "Pensavo che tu..."

La sua voce si interruppe quando finalmente vide Malcolm sdraiato accanto a lui.

"Oh mio Dio", sussurrò. "Ti ha salvato".

Ben si limitò ad annuire. "Dov'è Stephens?" La rabbia gli balenò dietro gli occhi e si alzò in piedi.

Vide Stephens disteso su un tavolo contro il muro, immobile.

"Ho il suo sangue addosso", ha detto.

A Ben non importava. Scavalcò il corpo di Malcolm e raggiunse delicatamente Julie, tirandola a sé. Le avvolse una mano intorno alla nuca e la strinse lentamente alla sua spalla. Le accarezzò i capelli mentre lei singhiozzava.

CHAPTER 43

IL CAMION RIMBALZÒ su un'altra buca della strada sterrata.

Julie era di nuovo sul sedile del passeggero e guardava fuori dal finestrino, trattenendo le lacrime che sapeva sarebbero arrivate.

Avevano lasciato il laboratorio in disordine: due cadaveri, uno estremamente contagioso ed entrambi sanguinanti sul pavimento bianco.

Julie non riusciva a decidere cosa fosse stato peggio. La vera portata del doppio gioco di Stephens o la dura consapevolezza che nessuno era venuto ad aiutarla. A Yellowstone erano risuonati degli spari e la reazione era stata il silenzio.

Erano soli.

Per quanto caotica, l'esecuzione di Stephen fino a quel momento era stata impeccabile. Dall'esplosione iniziale alla diffusione del virus, fino all'arrogante desiderio di Stephens di assistere al suo svolgimento da un posto in prima fila.

Aveva detto loro tutto. Era criptico e difficile da capire, nel migliore dei casi, ma era completo.

Aveva voluto che fosse così: guardarli soffrire per il dolore della ricerca, per poi vedere i loro occhi impotenti mentre sfoderava la sua arma.

La sua mossa finale.

Scacco matto.

Guardò Ben mentre guidava. "Non posso credere che *lo sapesse*, Ben. Per tutto il tempo".

Ben annuì lentamente. Lei vide le sue nocche diventare bianche mentre stringeva il volante. "Lo so", disse dolcemente. "Ma c'è ancora qualcosa che non capisco. La siringa... perché l'ha fatto? Voglio dire, iniettarsi quella roba? Avrebbe potuto semplicemente spararci".

"No, è proprio così". Disse lei. "L'ho capito poco prima che cercasse di spararti".

"Davvero?"

"Sì. Ben *è la* partita finale. È il pezzo finale".

"Lo so. Ha orchestrato tutto e...".

"No, Ben, lui fa parte della bomba".

Ben non capì. "Ripetilo...?"

"Stephens doveva assicurarsi di essere nel parco perché doveva essere l'ultimo pezzo del puzzle. Ricordate cosa è successo quando è esplosa la prima bomba? Ha inviato un carico di virus nell'aria, che ha contaminato gran parte dell'area. Ma questa *seconda* bomba non può trasportare quel carico, sarebbe troppo grande. E se deve esplodere in un punto qualsiasi della caldera...".

"Allora l'eruzione del vulcano sotto di noi più che sradicare la tensione".

"Giusto", disse. "Una bomba troppo piccola non distruggerà la struttura sotterranea abbastanza da provocare un'eruzione, ma una bomba troppo grande si limiterà a incenerire il carico utile".

"Allora", disse Ben, pensando ad alta voce. "Per essere sicuri di ottenere sia l'eruzione vulcanica *che la* diffusione del virus, bisogna posizionare il carico utile virale abbastanza lontano dall'esplosione iniziale, in modo che sia al sicuro da quell'esplosione, ma abbastanza vicino alla caldera che l'eruzione risultante manderà il carico utile nell'atmosfera.

"E Stephens *è* il carico virale".

Julie sospirò. "Come ho detto, fa parte della bomba".

"Allora devo trovare quella bomba", disse Ben, "e tu devi uscire dal parco". Spinse l'acceleratore al massimo e il camion sbandò, mancando di poco una profonda buca nella strada.

Lei lo guardò. "Come scusa?"

"Mi hai sentito. Non ti lascerò avvicinare a quell'eruzione".

Julie irrigidì la mascella, infastidita.

"Ben, ascoltati", disse lei. "Non stai dicendo cose sensate. Me l'hai spiegato tu, ricordi? Se quella bomba esplode, inizia una reazione a catena. Non c'è posto sicuro nel raggio di *duecento miglia*".

Ben alzò le spalle. "Eppure..."

"No, Ben. Smettila. Lascia perdere. Dove mi lascerai? A dieci miglia da qui? Venti? Quanto tempo perderai per cercare di allontanarmi dalla zona dell'esplosione? E quanto tempo pensi di avere prima che la bomba esploda davvero?".

Ben voleva rispondere, ma accese la radio. Il notiziario era già in corso. Alzò il volume. Era un messaggio computerizzato che leggeva una risposta già scritta.

"*... La polizia locale e le squadre SWAT sono in stato di massima allerta per attività antisommossa, compresi i saccheggi. Si prega di rimanere in casa e di non avere contatti con nessuno al di fuori dei familiari più stretti. Le aree contaminate comprendono, al confine meridionale, Las Cruces, New Mexico. Confine occidentale, Kansas City. Confine orientale Reno, Nevada. Il CDC e la FEMA hanno preparato stazioni di quarantena in molte aree metropolitane. Visitate il sito www...*"

Abbassò di nuovo il volume mentre Julie parlava.

"Non è vero", ha detto.

"Cosa?"

"Il rapporto. Il CDC non può mobilitare così tante quarantene così velocemente. Non sono preparati per questo. E la FEMA... Non c'è modo".

"Almeno stanno facendo qualcosa", disse Ben.

"Cosa? Cosa potrebbero mai fare?". Chiese Julie, con la voce sempre più emozionata. "Stephens mi ha tenuto all'oscuro per tutto il tempo, e ha ucciso l'uomo che avrebbe dovuto essere in prima linea in questa faccenda, facendo andare avanti le indagini".

"Ok, allora cosa vuoi fare?". Chiese Ben. Batté i freni.

Julie pensò per un attimo. "Siamo noi, Ben. Siamo le *uniche* persone abbastanza vicine da poter fare qualcosa. Dobbiamo trovare quella bomba, e in fretta. E non pensare di abbandonarmi sul ciglio della strada da qualche parte".

Ben la guardò per un minuto, valutando l'offerta. Annuì, poi accelerò di nuovo.

CHAPTER 44

JULIE CONTROLLÒ gli aggiornamenti sulla diffusione del virus e inviò alcune e-mail alla catena di comando del CDC.

Il CDC stava già facendo tutto il possibile per fermare la diffusione del virus e la sua capacità di fornire supporto alla ricerca era stata estremamente limitata dall'opera di Stephens, ma le opzioni erano limitate. Dopo qualche minuto di clic, chiuse il computer.

"Prova a chiamare di nuovo", disse Ben.

"Non ha senso", ha risposto. "Chiunque si trovi lì è già schierato in un waypoint o sta aiutando i soccorsi. Dobbiamo raggiungere un luogo reale...".

"Julie, ne abbiamo già parlato", disse Ben. "Non abbiamo il tempo di guidare fino a lì. Dobbiamo coinvolgere altri *in qualche modo.*"

"Lo so, lo so!" Julie scattò, esasperata.

"Pensa", disse Ben, parlando sia a se stesso che a Julie. "Dove potrebbe mettere una bomba di quelle dimensioni senza essere notato?".

"Questo è Yellowstone", ha osservato Julie. "Tutto quello che deve fare è chiudere la zip con l'attrezzatura giusta e sembra un qualsiasi altro camper".

Ben scosse la testa. "Non i campeggi. Nessuno abbandona le proprie cose".

"Nemmeno una borsa termica?".

"Solo se ci fosse stato un incidente e fosse caduto da una barca nel...".

Julie si contorse sulla sedia. "Nel lago?"

"Sotto il lago", rispose Ben, con voce sicura. Mentre pronunciava queste parole, sul lato destro della strada passò un cartello con la scritta "*Yellowstone Lake-1 Mile*".

"Ben, Livingston ha già controllato lì. Ricordi? Ha mandato una squadra di geologi e scavatori nella maggior parte delle grotte della regione e ha trovato quel tunnel. Se ci fosse stato qualcosa, avrebbe...".

"Julie, Livingston non te l'ha detto".

"L'ha fatto! Ha chiamato, e..." improvvisamente si ricordò dove Ben voleva arrivare.

Livingston non aveva chiamato, ma Stephens sì.

Si alzò di scatto sul sedile. "Ha chiamato Stephens, non Livingston. Ha solo *detto che* Livingston aveva mandato la squadra e che non aveva alcun motivo per comunicare con Livingston, il che significa...". Pensò per un attimo. "Significa che stava mentendo. Ben, se stava mentendo, potremmo essere nella direzione sbagliata".

"Ma non è così. Stiamo andando esattamente dove Stephens ci ha detto di andare. Finora ha fatto il doppio gioco a ogni passo, ma sono state le sue informazioni a portarci fin qui. Ci ha anche detto *il perché*: voleva vederci cercare di capirlo". Ben guardò Julie. "Se la bomba è davvero da qualche parte a Yellowstone, la troveremo esattamente dove Stephens ci ha detto di cercare".

Julie sapeva che aveva ragione, che *doveva* avere ragione. "Già, perché *non* ci ha detto esattamente dove si trova? Per quanto fosse pazzo, credeva che fosse troppo tardi per fare qualcosa".

Sperava che Stephens non avesse ragione.

"Allora, dov'è questa grotta?", chiese.

Ben scosse la testa. "Non lo so. Ma c'è solo una grotta che mi viene in mente abbastanza lunga e profonda per essere un buon punto. Deve essere abbastanza vicina alla superficie da permettere a un'esplosione di penetrare, ma abbastanza profonda da influenzare l'area magmatica sotto la caldera. Una volta arrivati al lago, la grotta è a pochi chilometri di distanza, ma non è molto lunga".

"Ma ha scavato un tunnel nel fianco, giusto?".

"Esatto, e non abbiamo modo di sapere quanto *sia* profondo. È abbastanza largo da poterci accucciare o scivolare per la maggior parte del percorso, e non ci sono biforcazioni importanti. Se vediamo un tunnel artificiale lo sapremo subito".

Ben tirò il camion a sinistra quando la strada prese una curva a gomito, poi accelerò di nuovo. Questo tratto di strada era decisamente migliore di quello che avevano percorso prima, con un fondo di ghiaia e un minor numero di buche e dossi. Mentre puntava il veicolo al centro della strada a una corsia, non poté fare a meno di notare l'immensa bellezza del paesaggio circostante.

Questa terra era stata la sua unica casa per oltre dieci anni. Diana, sua madre, aveva cercato per anni di riunire lui e suo fratello sotto lo stesso tetto, ma aveva fallito.

O, piuttosto, *l'*aveva delusa.

Dopo la morte del padre, Ben fece l'unica cosa che gli sembrava giusta. Scappò via. In quel momento, però, non gli era sembrato di *scappare*, quanto di correre *verso* qualcosa. Questo qualcosa lo stava fissando mentre lo attraversava.

Gli alberi, pini e abeti rossi, che raschiavano il soffitto del cielo, le loro cime che si squarciavano nell'immenso blu e bianco. Il pavimento della foresta, che gli aveva fatto da letto per così tante notti che non riusciva a contarle, e il morbido fruscio degli aghi che sporcavano il terreno e che scricchiolavano quando camminava.

E l'*odore*.

Quell'odore di foresta, di verde intenso, di fresco, di *vivo*.

L'odore era il motivo principale per cui si era stabilito qui e aveva giurato che non avrebbe mai vissuto un altro giorno senza. Che fosse la cima di una montagna in Colorado, le ampie foreste di Yellowstone o la sua baita isolata in Alaska, purché quell'odore fosse presente al suo arrivo, avrebbe potuto vivere ovunque.

E ora questo pazzo, morto com'era, voleva portarsi via tutto questo?

Questa era la sua casa e l'avrebbe difesa.

Casa.

Guardò di nuovo Julie e vide che lei lo guardava a sua volta.

Manca qualcosa...

La domanda è sorta di nuovo.

Cosa manca?

Cercò silenziosamente di rispondere, di farla sparire. Ma non lo fece, non lo fece. Ci riprovò, ma non ci riuscì.

Ben si rese improvvisamente conto che non si trattava di una domanda sulla propria vita - quella domanda aveva già avuto una risposta. La domanda riguardava invece il compito da svolgere.

Cosa mancava?

Quando pose di nuovo la domanda, enfatizzando diversi battiti, diverse sillabe di ogni parola, la risposta lo colpì subito.

Il motivo.

Girò la testa di lato, rimuginando su quella risposta. *Mancava il* motivo.

Il motivo per cui Stephens lo aveva fatto. Non era stato pagato: aveva dato la vita per la causa. Non poteva essere una questione di soldi, almeno non per lui. E non era solo un assassino, ma un caso disperato con un problema alle spalle.

C'era qualcosa di più.

Qualcosa che, si rese conto Ben, avrebbero dovuto già capire.

Un brivido scese lungo la nuca di Ben che afferrò saldamente il volante, mentre tutte le possibili soluzioni al problema gli passavano improvvisamente per la testa.

Ben doveva ammettere che il piano era tutt'altro che perfetto. Se Stephens non avesse fornito loro tutte le informazioni che conoscevano al momento, non sarebbero stati meglio del CDC e del resto della popolazione. Si sarebbero persi, cercando un ago in un pagliaio.

No, non avrebbero nemmeno saputo guardare: era stato Stephens a dire che c'era una seconda bomba. Perché si era preso la briga di organizzare un enorme complotto terroristico contro un'intera nazione, per poi morire da solo?

Anche se *stava* collaborando con un'organizzazione più grande, come aveva suggerito Malcolm, perché fare in modo di avere dei testimoni per il suo ultimo atto suicida?

Per morire semplicemente da soli?

"Merda", sussurrò. Fece un'inversione di marcia, fermandosi a malapena. La ghiaia volò via dai pneumatici del camion, spruzzando gli alberi e i cespugli che crescevano accanto alla strada e facendo allontanare gli uccelli a gran voce.

Il computer sulle ginocchia di Julie sbatté contro la portiera dell'auto mentre lei strillava e si aggrappava alla maniglia montata sul soffitto.

"Ma che diavolo?", gridò, cercando di combattere la forza centrifuga della rotazione del camion. "Ben, cosa sta succedendo?".

Morire da soli.

Questo era il motivo. Era sempre stato quello il motivo.

No, la risposta.

Questa è sempre stata la risposta.

Stephens gli stava parlando, comunicando ancora con loro, dall'oltretomba.

"Ben?"

Voleva che sentissero il suo dolore, un dolore molto reale, umano. Un dolore isolato, attanagliante, terrificante.

Da solo.

CHAPTER 45

"LA *LITOSFERA DELLA TERRA, costituita dalla crosta terrestre e dal mantello superiore, è normalmente spessa poco meno di cento chilometri. L'involucro esterno della crosta costituisce ciò su cui vive l'intero pianeta, sulla terraferma, nell'aria o sotto il mare. "*

La voce dell'indiano gracchiava attraverso il televisore a tubo della stazione, il cui colore era sbiadito da tempo. L'agente Darryl Wardley si chiese perché nessuno si fosse preoccupato di cambiarlo o almeno di farlo riparare.

Riusciresti a riparare i televisori a tubo?

Pensò alla domanda, trovandola davvero più interessante di quel dottor Ramachandran con i suoi spessi occhiali neri e l'accento ancora più marcato, che si dilungava su cose a cui Wardley non pensava dai tempi del liceo. Questa sera aveva fatto il turno alla scrivania, ma con l'isteria di massa che ultimamente teneva tutti follemente occupati, era un gradito riposo. Sbatté le palpebre, concentrandosi ancora una volta sulla televisione.

"Questo guscio ha uno spessore che varia tipicamente tra i tre e i cinque chilometri sotto la superficie terrestre, e più vicino ai trentacinque chilometri sulla terraferma.

"La sezione della crosta litosferica sotto la caldera di Yellowstone, nel Parco Nazionale di Yellowstone, è spessa meno di due miglia, il che significa che il mantello superiore, pieno di roccia fusa e magma, è estremamente vicino alla superficie. Questo "punto caldo" è uno dei pochi presenti sulla Terra e significa che le temperature estreme che si trovano all'interno della Terra sono molto più vicine alla superficie."

Ancora una volta, una noia mortale. Si chiese se ci fosse una partita in onda, forse di baseball, visto che giocavano sempre. Altrimenti, forse c'era una partita di hockey decente in replica su ESPN, ma avrebbe dovuto alzarsi per cambiare canale. *Perché non possiamo permetterci un telecomando universale?* Era stato abbastanza a lungo in giro da sapere che non era compito di nessuno, quindi probabilmente non era mai stato fatto. Si segnò mentalmente di prenderne uno da Walmart la prossima volta che ci sarebbe stato.

"L'ultima volta che questa caldera ha eruttato è stato più di 640.000 anni fa, e l'esplosione è stata abbastanza grande da inviare ceneri fino alla costa del Pacifico, ad alcuni stati delle pianure e persino al Golfo del Messico". Mentre il professore parlava, la stazione aveva sovrapposto una diapositiva che mostrava una mappa degli Stati Uniti occidentali, coperta da una forma oblunga rossa - il vulcano - e da una sezione più chiara etichettata come "Zona delle ceneri".

"Yellowstone ha subito una massiccia eruzione vulcanica ogni 600.000 anni, e le precedenti eruzioni, rispettivamente 1,3 milioni e 2,1 milioni di anni fa, sono state ancora più grandi. In realtà, a causa di questa superficie fantasticamente estesa, il supervulcano di Yellowstone è considerato il più grande vulcano attivo del mondo".

L'agente Wardley si accigliò. Pensava che i *vulcani fossero enormi montagne fumanti.* Ma quando considerò le numerose caratteristiche geologiche del parco, tra cui geyser, sorgenti calde e fessure fumanti nel terreno, cambiò idea. *Forse, dopotutto, lì sotto c'era un vulcano.* La sua famiglia, la moglie e i tre figli, e lui avevano trascorso molte vacanze estive lì, visto che era così vicino. Era a poche ore di distanza e nel corso degli anni avevano avuto numerosi amici con cui viaggiare.

Il dottor Ramachandran ha continuato a spiegare l'attività sismica che si può trovare nel parco. *"È stata una fortuna che questa bomba sia esplosa nel punto in cui è esplosa, e non più vicino al centro della caldera, e che non fosse più grande. L'esplosione giusta potrebbe fare più danni di una semplice deflagrazione: potrebbe fratturare la già delicata infrastruttura delle placche che tengono a bada il magma sottostante. Infatti, poiché molti scienziati ritengono che Yellowstone sia in procinto di un'eruzione, un'esplosione di una certa entità potrebbe dare il via a questa linea temporale".*

Wardley si alzò sulla sedia, senza più sognare ad occhi aperti. Vide per la prima volta un'altra persona alla televisione, questa volta una donna in abito rosso, evidentemente l'intervistatrice. Fece alcune domande, alle quali l'uomo rispose uno alla volta.

"Per mettere in prospettiva le dimensioni di questa eruzione vulcanica, basti pensare all'eruzione del Monte St. Helens del 1980, che tutti ricordiamo. Il vulcano di Yellowstone avrebbe una magnitudo di forza pari a 2.500 volte quella. Invierebbe ceneri a più di trenta miglia di altezza nell'atmosfera, bloccando il sole e facendo probabilmente precipitare la temperatura globale del pianeta.

"Ma questa cenere sarebbe un problema a lungo termine. Per le persone che si trovano nel raggio di cinque o seicento miglia dall'eruzione vera e propria, ogni forma di vita sarà incenerita istantaneamente o consumata da flussi di lava piroclastica che si muovono ad alta velocità. La metà occidentale degli Stati Uniti potrebbe semplicemente cessare di esistere, ma gli effetti sull'economia globale e sull'umanità in generale saranno devastanti".

La donna fece un'osservazione sulla terribile spiegazione dell'uomo, mettendo in dubbio la fiducia che aveva nella sua previsione.

"Non si tratta di speculazioni, sia chiaro. È un fatto scientifico.

Vulcanologi e geologi sono da tempo al lavoro per prevedere non se questa eruzione avrà luogo, ma quando. C'è una forte possibilità che non si verifichi un'eruzione per i prossimi 1.000 anni, o addirittura 10.000 anni, ma non c'è un modo definitivo per capire le dinamiche in gioco sotto la superficie della Terra".

La donna si è allontanata dall'uomo e ha parlato alla telecamera.

"L'avete sentito anche voi. Il dottor Ramachandran è uno stimato vulcanologo e autore di numerosi libri sull'argomento. Con l'accresciuto interesse per l'esplosione avvenuta pochi giorni fa nel Parco Nazionale di Yellowstone e, naturalmente, per il terribile virus che si sta diffondendo in tutti gli Stati Uniti e che si ritiene sia stato originato da quella stessa esplosione, abbiamo voluto proporvi un servizio speciale per il telegiornale di questa sera che esaminasse la caldera di Yellowstone.

"Tra un attimo torneremo alla vostra programmazione regolare dopo un breve aggiornamento da parte della nostra squadra di soccorso per il virus di Yellowstone".

Il programma tagliò su un cliché dalla mascella squadrata, sulla cinquantina, con i capelli perfettamente pettinati. Sorrideva, ma l'agente Wardley aveva lavorato con le persone abbastanza a lungo da sapere che l'uomo in televisione conservava una certa dose di paura. Forse anche di panico.

"Il virus di Yellowstone continua a sfuggire ai migliori ricercatori del Paese, anche se ci dicono che una scoperta è imminente. Come avrete sicuramente già sentito, vi invitiamo a rimanere in casa, a chiudere a chiave le vostre abitazioni e a non uscire per nessun motivo. Rimanete isolati e non interagite fisicamente con nessuno che non sia la vostra famiglia...".

Wardley guardò con scherno l'uomo in TV. Il conduttore era bloccato al lavoro, proprio come lui. Quanti altri erano là fuori, bloccati al lavoro, a spiegare la propria fine al resto della specie? Wardley aveva già ricevuto le chiamate di tre dei suoi colleghi agenti: due testimonianze di saccheggi e una piccola banda in rivolta che si muoveva su e giù per la strada principale della città. Anche per una piccola città, i pazzi sembravano in qualche modo essere la maggioranza.

Si alzò per riempire il caffè - ne avrebbe avuto bisogno di un altro bricco prima della fine della serata - quando squillò il telefono.

Ringhiò e tornò a sedersi. "Agente Wardley, polizia della contea di Sheridon, come posso aiutarla?".

Si accigliò quando sentì la spiegazione all'altro capo del filo. "Mi scusi, deve rallentare. Ha detto che si trova *a* Yellowstone in questo momento?".

La voce continuava a blaterare. "Figlio", disse Wardley, con voce severa. "Devi uscire dal parco. C'è un virus...".

Ma la voce continuava. Il battito cardiaco di Wardley aumentò leggermente. Non gli piaceva essere sgridato, soprattutto da un civile. "Ascolta, Bennett, non mi interessa se sei un ranger del parco o meno: devi uscire da quella zona".

Cominciò a spiegare il loro protocollo per i rifugiati provenienti da un'area infetta, tirando fuori una mappa regionale con i punti di controllo e le stazioni di quarantena segnati con l'evidenziatore, ma l'uomo al telefono lo interruppe di nuovo.

Stava iniziando ad arrabbiarsi *molto*.

"Bennett, non ti chiederò...".

Fece una pausa.

"Scusa, *cosa?*"

Bennett parlò di nuovo.

"C'è *un'altra* bomba?". Ascoltò Bennett spiegare, per la terza volta, cosa voleva che Wardley facesse. "E ne è sicuro?".

Sì, a quanto pare Bennett era decisamente sicuro, prima di sbattere il telefono sul ricevitore.

<h1 style="text-align:right">CHAPTER 46</h1>

LA VOLANTE DELL'AGENTE DARRYL WARDLEY, una Dodge Charger vecchia di dieci anni, sfrecciava sull'autostrada a novanta miglia all'ora. Sarebbe andato più veloce se non fosse stato per la manciata di veicoli vaganti che disobbedivano agli arresti domiciliari, ora imposti dal governo, per ogni cittadino sparso sulla strada aperta.

Il comunicatore di Wardley aveva strillato tutte le scuse possibili, mentre ascoltava gli 11-95 dei suoi colleghi. La maggior parte dei civili era in preda al panico per l'acquisto di provviste dell'ultimo minuto o per controllare parenti e amici che non avevano risposto alle loro telefonate. Uno squilibrato ammise addirittura che stava facendo un giro di piacere; non aveva mai visto così poco traffico in autostrada e voleva approfittarne.

La maggior parte dei civili, con l'eccezione dell'aspirante pilota di auto da corsa, fu lasciata andare con un semplice avvertimento e un severo richiamo al fatto che avrebbero dovuto essere all'interno. Il governo federale, dopo tutto, non aveva emesso un avviso di procedura formalizzato che spiegasse cosa avrebbero dovuto *fare* gli agenti locali con gli 11-95 in giro contro il mandato. I compagni di Wardley guidavano alla cieca, si limitavano a far accostare le persone, a chiedere loro la patente e il libretto di circolazione - niente di più che una formalità di questi tempi, comunque - e poi le lasciavano andare dopo aver ascoltato le scuse del conducente.

Wardley era contento di non essere in servizio di pattuglia stasera. Non c'era altro che un gruppo di pazzi e di svitati che approfittavano del fatto che la maggior parte del governo degli Stati Uniti era impegnata a cercare di capire questo virus.

Eppure, guidare a novanta miglia all'ora su un'autostrada quasi abbandonata era come essere in servizio... e cavolo, sembrava stanco.

Scorgere nello specchietto retrovisore i propri occhi castani e profondi e le sopracciglia che avrebbero avuto bisogno di una spuntatina lo colse di sorpresa. Di chi era il volto che lo fissava? Sembrava così esausto. E vecchio. Così vecchio. Aveva dormito poco prima del suo turno, non più di cinque ore fa. Ma si sentiva svuotato fisicamente, emotivamente e mentalmente.

Aggiustò lo specchio per rimuovere il suo volto.

Dopo la telefonata di Bennett a Yellowstone, aveva chiamato i suoi superiori alla stazione, compresi due che erano già in pattuglia. Ha raccontato loro ciò che aveva appreso da Bennett, spiegando che non aveva alcuna prova che tutto ciò fosse vero, poi ha aspettato l'inevitabile slinguata mentre i suoi ufficiali gli mostravano tutte le ragioni per cui il pazzo nel parco stava solo cercando di scatenare una rissa, e non c'era nessuna bomba.

Sorprendentemente, Wardley incontrò poca resistenza. Sembrava che gli agenti volessero fare qualcosa di diverso dall'andare in giro per la zona, alla ricerca di idioti che facevano la spesa e di pazzi che andavano in giro. Accettarono tutti di incontrarlo al parco e uno gli disse di fare una chiamata generale a banda larga per chiedere ancora più rinforzi.

Deve essere la solitudine, pensò Wardley. Ultimamente non si parlava d'altro che del virus, e tutti sapevano che girare per l'area appena fuori dalla zona d'infezione equivaleva a suicidarsi, che facesse parte o meno delle loro mansioni. Forse il fatto di avere un ruolo più attivo nel risolvere questo pasticcio aiutava a placare le loro paure.

O forse era solo il loro ego, il loro desiderio carico di testosterone di fare *qualcosa*, anche se questo qualcosa era guidato da un ragazzo che non avevano mai incontrato, che implorava aiuto in un parco in cui non avevano alcuna giurisdizione.

Cinque miglia dopo, Wardley stava entrando proprio in quel parco. Rallentò un po' la macchina e raggiunse un altro agente del suo dipartimento, abbassando il finestrino mentre si accostava.

"Pensi che ci ammaleremo entrando qui dentro?". Chiese Hector Garcia, prima ancora che Wardley si fermasse.

"Se lo fossimo, l'avremmo preso trenta miglia fa. Il raggio sta crescendo, anche così a nord".

"Sì, così ho sentito dire. Roba da matti, amico. Spero che questo Bennett non stia scherzando".

Wardley guardò il parco lungo la strada, chiedendosi se Bennett avesse ragione. Poteva essere così facile. Wardley si rese conto che una risposta facile era probabilmente il vero motivo per cui i suoi colleghi poliziotti avevano colto al volo l'opportunità di sporcarsi le mani. Si erano arruolati tutti per motivi diversi, ma una cosa che avevano in comune era il semplice desiderio di riparare ai torti subiti.

E trovare il carico virale consegnato da una seconda bomba rientrava certamente nella categoria "riparare i torti".

"Non credo che lo sia", ha detto Wardley. "Ho chiesto a Jones di fare un controllo su chiunque corrisponda al documento d'identità che ha fornito, insieme alla sua mansione al parco. È un azzardo, ma se il riscontro che ha trovato è, in effetti, il nostro uomo, è pulito come un fischietto. Praticamente fuori dal giro da quando è vivo".

"Sì, non vedo cosa ci possa essere di utile per lui, se c'è qualcos'altro sotto. Scommetto che sta dicendo la verità".

"Entriamo, allora. Per quanto possa sembrare assurdo, se quello che ha detto è vero, dobbiamo muoverci".

"Ricevuto. Terrò la radio aperta nel caso in cui ci siano altri volontari". L'agente Garcia fece una pausa, poi incontrò lo sguardo di Wardley. "Se non ti vedo dall'altra parte, amico, stammi bene".

Wardley sapeva cosa intendeva, ma lo corresse lo stesso. "Se andiamo da qualche parte, saremo dalla *stessa* parte, Garcia".

Garcia ridacchiò. "Speriamo che sia il lato buono, allora".

Wardley alzò il finestrino e accelerò. Con la coda dell'occhio, vide Garcia fare un rapido segno di croce con la punta delle dita e poi accostare per seguire la strada.

Sperava che Bennett avesse ragione.

Avevano bisogno che avesse ragione.

CHAPTER 47

"BEN, COSA STIAMO CERCANDO?". Chiese Julie. Erano ormai sul camion da quasi due ore, prima diretti verso l'enorme lago che costituiva l'area centrale del Parco Nazionale di Yellowstone, poi di nuovo verso il confine del parco, dove si trovava una serie di campeggi.

A Julie faceva male la schiena. Si spostò sul sedile e cercò, invano, di mettersi comoda. Le sembrava di non aver mai trascorso tante ore in un posto, tanto meno in un veicolo. Ogni minuto che passava era straziante.

Voleva quasi che la bomba esplodesse, solo per sollevarsi...

No, non era vero. Un piccolo disagio in cambio della riparazione di questo terribile massacro.

Decise che era uno scambio equo.

Guardò Ben alla guida. Quello sguardo severo sul suo volto. Cosa gli era preso?

"Ben", disse di nuovo. "Cosa c'è?"

Finalmente si voltò a guardare, ma solo per un breve istante prima che il terreno accidentato lo costringesse a concentrarsi sulla strada.

"Mi dispiace", disse. "È solo che...". Il suo umore sembrò oscurarsi.

"Cosa?"

"Niente... cioè, non lo so ancora. Ho una teoria, ma prima devo controllare alcuni di questi campeggi".

"Credevo che aveste escluso i campeggi".

"Lo so".

Pronunciò le parole in modo piatto, quasi comandando, come se sentisse che la conversazione era finita.

Julie pensava il contrario. Perché dovevano trovare un campeggio? Qual era la teoria? E perché era così importante da abbandonare il loro piano per trovare la bomba?

Non fece altre domande. Non aveva mai visto Ben concentrarsi così intensamente sul suo obiettivo e non voleva distrarlo. Esaminò l'uomo seduto accanto a lei. La fronte luccicava di sudore, le nocche insanguinate sul volante. Mentre guidavano, Ben tirò fuori un elenco interno di campeggiatori registrati che avevano prenotato un campeggio per quella settimana, usando il suo telefono. Scorse alcune pagine e, una volta soddisfatto, fece clic sullo schermo.

Raggiunsero il primo della fila di campeggi sparsi su entrambi i lati della strada, ciascuno contrassegnato da un breve vialetto e da un cartello di legno con un numero dipinto sopra. Julie si rese conto che questi siti erano destinati al glamping. Gente che pensava che vivere in modo rude significasse dormire in una roulotte o in un camper, passare le serate accanto a un fuoco controllato all'interno di un anello di rocce, con l'acqua corrente che arrivava dalla piccola ma affidabile rete idrica del parco. Molti di questi siti avevano anche l'elettricità, per collegare i camper a una fonte di energia che non doveva funzionare a batterie.

Julie non era una gran campeggiatrice e sembrava che sarebbe stato abbastanza duro per lei, anche con i camper e le roulotte. Ben non era come la maggior parte delle persone. Sarebbe stato felice di dormire su un letto di aghi di pino.

Ben frenò di fronte al primo campeggio e scese dal camion. La copertura di alberi gettava ombre sulla strada e sui campeggi, rendendo quasi impossibile vedere in profondità. Corse verso il focolare, girando in cerchio mentre cercava quello che stava cercando.

Julie aprì la porta per aiutare, ma Ben stava già correndo dall'altra parte della strada per controllare il secondo sito.

"Ben, cosa stai cercando?", chiese. Sapeva bene di non aspettarsi una risposta, ma fu sorpresa quando lui le urlò di rimando.

"Qualsiasi cosa. Sto cercando tutto ciò che non appartiene. In questi primi tre siti".

Fece spallucce e corse al terzo sito. *Posso trovarlo.*

Il terzo sito era diverso dai primi due e lei lo notò subito. Qui il vialetto presentava tracce di pneumatici di un grosso veicolo. Non era abbastanza brava da capire che tipo di veicolo fosse, ma poteva facilmente vedere che l'auto o il camion era uscito dal vialetto velocemente. Le tracce si allargavano quando raggiungevano la strada, segno che il veicolo era scivolato sulla ghiaia smossa mentre accelerava e girava. Si voltò verso il resto del sito.

L'anello di rocce al centro era di un nero intenso, come se il fumo le avesse annerite quando il fuoco all'interno si era spento. Non c'erano carboni o pezzi di legno, ma le sembrò di sentire il lieve odore di cenere carbonizzata di un incendio recente. Si avvicinò, esaminando tutto ciò che vedeva.

Lì.

"Ben", chiamò. Girò intorno all'anello e si diresse verso un tavolo da picnic che si trovava all'estremità del campeggio, proprio dove il sito terminava e ricominciava la linea di fitti pini.

Sentì dei passi dietro di lei e si voltò per vedere Ben che correva verso di lei. Indicò il tavolo da picnic.

Lui annuì, proseguendo oltre lei, e si fermò davanti alla panca del tavolo. In cima alle due assi di legno c'era una piccola borsa termica da picnic.

"Sei riuscito a parlare con Randy?", chiese.

Fu sorpresa dalla domanda: stavano cercando qualcosa nei campeggi e lui voleva sapere di Randall Brown? Aveva chiamato subito dopo che avevano lasciato il lago e aveva lasciato un messaggio.

"Sì, mi ha mandato un messaggio qualche minuto fa. Ha detto che è a quindici minuti da qui e ha le mappe".

Ben si girò di scatto per guardarla. "Cosa? È qui?"

Annuì. "Immagino che volesse aiutare...".

Lui si irrigidì un po', ma non disse nulla. Julie intuì i pensieri che gli passavano per la testa: erano gli stessi che aveva avuto lei quando aveva ricevuto il messaggio. *Perché sei venuto in una zona ad alta contagiosità, rischiando la vita per trovare qualcosa che non capiamo nemmeno? Per non parlare della bomba...*

Ma lei conosceva Randy abbastanza bene da sapere che non poteva starsene seduto a guardare mentre il mondo gli crollava intorno. Era già intervenuto in passato per casi molto meno importanti. Julie sapeva che sua moglie si sarebbe arrabbiata moltissimo per le sue azioni avventate, ma sapeva anche che Randy non avrebbe accettato un no come risposta.

Se ha detto che sarebbe venuto ad aiutare, è meglio che siano pronti ad aiutarlo.

"Avevi detto che la gente avrebbe notato se qualcuno avesse lasciato qualcosa dietro di sé, come una borsa termica", osservò Julie. "Beh, io l'ho notato".

Concentrato sul refrigeratore, Ben non rispose. Avvicinandosi lentamente, il suo petto si alzava e si abbassava. Il suo respiro sembrava affannoso. Julie si chiese se tutta l'azione lo avesse finalmente stancato.

"Ben", disse, poi si fermò. Cosa stava per dire? "Fai attenzione?" Cosa si aspettava di trovare nella borsa frigo? Una bomba?

Lui la ignorò. La borsa frigo era come una delle piccole borse frigo da sei che Julie possedeva, con un coperchio con cerniera e alcune tasche ai lati.

Lentamente, aprì la cerniera del coperchio.

"È posizionato proprio dove deve essere", sussurrò Ben.

Julie lo fissò.

"Abbastanza lontano dall'esplosione, ma comunque abbastanza vicino da essere colpito dall'eruzione".

Julie guardò la parte superiore della borsa frigo mentre Ben la apriva.

Fece un passo indietro mentre una nuvola di polvere bianca usciva dal vascello, riempiendo lo spazio aereo davanti alle loro teste.

"Merda", disse. La polvere - senza dubbio il meccanismo di contagio stesso - si accumulò all'interno della borsa termica, riempiendola fino a metà. La sostanza polverosa si sollevava dal contenitore, come il fumo dell'incendio di ieri.

"Sì", disse Ben, chiudendo di nuovo il coperchio. Indietreggiò di un altro passo e si rivolse a Julie. "È quello che pensavo. Scommetto che ce ne sono altri, *molti* altri".

"Sparsi per gli altri campeggi...", si rese conto.

Annuì. "Tutto intorno al lago, per non parlare dei chilometri di terreno aperto per gli escursionisti e i survivalisti che possono accamparsi. Non so quanta di questa roba abbiano pianificato di rilasciare nell'aria, ma immagino che ci voglia più di mezzo refrigeratore pieno per fare bene il lavoro".

"Ed è abbastanza lontano dall'esplosione della bomba qui fuori?".

"È la mia ipotesi: lasciate qui la borsa frigo quando lasciate il campeggio per l'evacuazione e...". Si fermò per guardare indietro verso la strada. "Non si vede dalla strada, il che significa che la mia squadra sarebbe passata oltre, senza cercare altro che persone e veicoli rimasti indietro. L'avete trovato solo perché lo stavamo cercando".

Il tavolo da picnic sarebbe praticamente invisibile dalla strada del campo e, anche se si cercassero oggetti artificiali come la borsa termica, sarebbe una pura fortuna vederla appollaiata sulla panchina dall'interno di un veicolo in movimento.

"Immagino che quando la bomba farà esplodere il fondo del lago e la cima della caldera, l'eruzione raccoglierà i refrigeratori e diffonderà il virus in questo modo", ha detto Ben.

"Forse", rispose Julie. "Ma un'eruzione abbastanza grande incenerirà qualsiasi cosa nel raggio di chilometri".

"Sono d'accordo. È per questo che l'hanno imballato in una borsa termica isolante, sufficiente a mantenere il carico utile al sicuro durante l'esplosione". Prese la borsa termica e chiuse il coperchio.

Ben tornò verso il furgone e Julie lo seguì. "E adesso?"

"Dite ai poliziotti cosa cercare e assicuratevi che non aprano i contenitori quando arrivano".

Julie pensò alla loro situazione. Il virus aveva fatto completamente il suo corso nei loro corpi, rendendoli entrambi immuni ai suoi effetti. Ma gli agenti di polizia non erano così fortunati. Sapevano a cosa andavano incontro e che probabilmente per loro sarebbe stato un viaggio di sola andata.

CHAPTER 48

SI INCONTRARONO tutti sulla strada che si estendeva tra il lago e i campeggi dove Ben e Julie avevano trovato il primo refrigeratore. Cinque agenti, Ben, Julie e Randy. Quando si riunirono, Ben si presentò.

"Grazie a tutti voi per essere qui. Non mi dilungherò a spiegare la situazione disastrosa, perché so che ne siete tutti pienamente consapevoli". Tutti annuiscono. "In secondo luogo, questa è probabilmente la fine della strada per noi. Non sono un tipo da discorsi, quindi lascerò le cose come stanno. Sentitevi liberi di voltarvi e di tornare indietro da dove siete venuti".

Nessuno si è mosso.

"Ok, allora, ecco come stanno le cose", ha continuato Ben. "Abbiamo trovato una borsa termica contenente circa due chili di agente virale in polvere sotto un tavolo da picnic al campeggio 17. Non lontano da qui". Non lontano da qui".

Ben ha poi spiegato perché credevano che fosse stata collocata in quel punto e perché pensava che ce ne sarebbero state altre intorno al parco. "Abbiamo a che fare con una bomba a orologeria, letteralmente, e con la più grande epidemia di una malattia mortale dai tempi dell'influenza spagnola. Se avete qualcuno che potete chiamare per avere supporto, *portatelo qui.* Abbiamo bisogno di corpi, e ne abbiamo bisogno in fretta".

Alcuni agenti annuivano in segno di approvazione, mentre altri stavano già tirando fuori i telefoni dalle tasche e preparando una serie di messaggi di testo per i loro gruppi.

"Iniziate con l'elenco che ho inviato via e-mail all'agente Wardley. È un elenco dei campeggiatori singoli registrati e dei loro siti designati. Julie e Randy si divideranno con due di voi", disse Ben, ignorando l'espressione sorpresa e sconvolta di Julie. "Vado a cercare quella bomba".

Due agenti parlarono contemporaneamente, sospettosi. "Sapete dov'è?"

"No. Ma ho un'idea", rispose Ben. "Randy mi ha portato alcune mappe, prese dal nostro punto di accesso web del personale, dei sistemi di grotte sotterranee sotto il lago di Yellowstone e nell'area circostante. La maggior parte non è molto grande, se ricordo bene, ma alcune potrebbero essere abbastanza profonde e lunghe da essere un buon posto per piazzare una bomba".

"Sai qualcosa sul disinnesco delle bombe?" Chiese Wardley.

"No".

"Quindi entrerai lì dentro e lo spegnerai?".

"No".

"Allora penso che dobbiamo andare con lei, non è vero, signore?".

Ben la girò. "*Sai* qualcosa sul disinnesco delle bombe?".

"No", ammise Wardley. "Ma siamo addestrati per questo genere di cose".

"Ma non gli artificieri".

"No".

"Senti", disse Ben. "Non sono qui per disarmarlo. Non la toccherò nemmeno. Lo troverò. Troverete qualcuno che sappia come occuparsene. E nel frattempo abbiamo bisogno di tutto l'aiuto possibile per identificare questi nascondigli in giro per il parco. C'è un sacco di terra da coprire, più di cento siti individuali, e non ho idea di quanto tempo ci rimanga. Se non riesco ad arrivare in tempo alla bomba, questo posto si trasformerà in un campo di lava in pochi secondi. Dobbiamo assicurarci che sia solo questo, e che non sia anche un punto di nascita contagioso per un'enorme malattia".

Anche in questo caso, alcuni ufficiali annuirono. "Cosa ne facciamo delle cache?".

Julie intervenne. "Non toccateli. Mantenete le distanze. Chiamateli e segnateli sul GPS...".

Ben non era d'accordo. "No".

Cosa, lavori per il CDC adesso?".

"Buttateli nel lago", insistette Ben.

"Ma quello è il ground zero".

"Esattamente", disse Ben. "Se non riusciamo a diffondere questa cosa, il minimo che posso fare è portarla in superficie e spingerla nel lago. Solo questo ridurrà l'impatto e vaporizzerà l'agente virale".

Julie fece un passo indietro, rendendosi improvvisamente conto della portata del piano di Ben. "È un suicidio".

"Ok, è tutto. Tenete le radio accese e fatevi sentire quando potete", disse Wardley. Qualcuno lanciò a Ben un walkie-talkie e lui lo impostò sul canale designato. "Andiamo!"

Immediatamente la piccola folla si disperse, tornando ognuno al proprio veicolo. Randy si accodò a un agente basso e corpulento e si mise al posto del passeggero.

"Ben, vengo con te", disse Julie.

Ben stava già camminando nella direzione opposta, cercando di ignorarla. La sua natura testarda prese immediatamente vita.

"Ben! Vengo con te", disse ancora.

"Non lo sei".

"*Lo sto facendo*. E se provi a fermarmi, io...".

"Cosa?" Ben urlò, girandosi di scatto per affrontarla. Il suo viso era rosso, gli occhi iniettati di sangue. Sembrava in disordine, e questo fermò Julie sulle sue tracce.

"Io..." ricominciò.

Le narici di Ben si dilatarono mentre cercava di controllare le proprie emozioni. Guardò Julie, più bassa di qualche centimetro, in piedi di fronte a lui. "Cosa?", disse. La sua voce vacillò leggermente.

Non ha parlato.

Ben la prese per le braccia e la tirò verso di sé. Si chinò e la baciò, senza lasciarla andare. Lei rimase immobile per qualche secondo, colta di sorpresa, poi si abbandonò dolcemente a lui.

Lei cercò di dire qualcosa, ma lui premette più forte le labbra sulle sue. Sentì un calore che le saliva lungo la schiena, prendendo il sopravvento sulla fermezza d'acciaio che aveva provato qualche istante prima. Lui le liberò le braccia e lei gliele intrecciò rapidamente intorno alla vita, abbracciandolo forte.

Infine, lui si tirò indietro e la guardò negli occhi. Lei vide le lacrime che si formavano nei suoi e lui le respinse con le palpebre.

"Tornerai, Ben", disse lei. "Capito? Stai tornando".

Diede un'ultima occhiata a Julie, poi saltò sul camion. Accese il motore e partì, lasciando Julie in piedi sulla strada.

Nello specchietto retrovisore vide una volante della polizia accostarsi a lei e attendere che aprisse la portiera del passeggero. Mentre saliva sul veicolo, guardò ancora una volta la scia di polvere dietro il suo camion che scompariva oltre l'altura.

CHAPTER 49

BEN RAGGIUNSE la prima grotta della sua lista a tempo di record. Non era sicuro che qualcuno avesse mai guidato così velocemente sulle strade malandate che attraversavano il parco. Lui di sicuro non l'aveva fatto. Non riusciva a fare altro che tenere il camion al centro della strada, sperando che nessun animale selvatico saltasse davanti all'ariete in movimento.

La grotta si trovava alla sua sinistra e dalla strada poteva vedere facilmente i cartelli. Alcuni paletti nel terreno con fili di plastica dai colori vivaci indicavano il luogo come una delle future attrazioni turistiche del parco. Non era ancora stata scavata completamente, né era stata valutata dalle squadre di rilevamento del parco.

A Ben non importava nulla di tutto ciò. Doveva trovare la grotta vera e propria, entrare e trovare quella bomba.

Che aspetto avrebbe avuto? Non era sicuro di aver mai visto una bomba nella vita reale. E di certo non sarebbe stata come quelle dei film. Non è così? Uscito dal veicolo, prese una torcia pesante che aveva preso in prestito da uno dei poliziotti e la mise alla prova.

Trovò l'ingresso dietro un grosso cespuglio e si scostò i gambi spinosi dal viso mentre si accovacciava e si calava in un buco sotto le rocce. Era un buco stretto. La sua grossa struttura avrebbe avuto difficoltà a destreggiarsi nello spazio angusto, per non parlare delle sporgenze di roccia che sentiva spuntare dalle pareti.

Sospirò. *Julie ci starebbe bene.*

Si è tolto quel pensiero dalla mente e ha attraversato l'ingresso.

Era molto più stretto di quanto avesse pensato all'inizio. Le sue spalle raschiarono contro le rocce mentre aspirava l'intestino e scivolava più in là. Inspirò lentamente, sentendo lo spazio restringersi. Quando espirò, scivolò ancora una volta, guadagnando altri quindici centimetri.

Potrebbe volerci un po' di tempo.

Ripeté il processo di inspirazione-espirazione-scivolamento per un'altra ventina di volte e improvvisamente si trovò in un buco più grande. Era ancora piccolo, ma ora aveva spazio per muoversi nella caverna. Gli risultava comunque difficile credere che qualcuno potesse infilare un corpo *e* una bomba in questo tunnel, ma non importava. Doveva trovarla. Se fosse stato possibile che si trovasse in questa caverna, l'avrebbe setacciata tutta.

Ancora qualche metro e lo spazio si aprì di nuovo, questa volta abbastanza grande da permettergli di accovacciarsi. Strisciò in avanti sulle mani e sulle ginocchia, facendo attenzione a schivare le piccole rocce e i bastoni che si erano raccolti sul pavimento della grotta, pronti a trafiggergli le ginocchia mentre scivolava.

Per un'eternità, scivolò, strisciò e si fece strada attraverso il tunnel, sperando che ci fosse più di un'eternità sul suo conto alla rovescia.

"Har- nett". La radio che aveva agganciato alla parte posteriore della cintura crepitò. *"Ennett. Leggi, passo".*

Si fermò, prese la radio e cercò di inviare una risposta. "Qui Bennett. Vi state lasciando, ma vi sento, passo".

Attese una risposta, ma non arrivò. Ben controllò la batteria della radio - ne rimaneva meno di un quarto, ma sufficiente per ricevere e inviare un segnale - e l'antenna. Tutto sembrava funzionare, così la riagganciò alla cintura e continuò a scendere lungo il dolce pendio della grotta.

Se è abbastanza importante, lo sentirò quando tornerò in superficie. Dobbiamo trovare questa bomba.

Ma altri dieci minuti di lento movimento verso il basso si rivelarono inutili. Alla fine, la grotta si restrinse a forma di imbuto e il movimento in avanti divenne sempre più impossibile.

Merda, pensò. *Non può essere questo.*

Aveva sprecato almeno trenta minuti per cercare questa grotta e tuffarsi a capofitto. Davanti a lui non c'era nulla che facesse pensare a un crollo del tetto, né c'era alcun segno di un precedente contatto umano con le rocce e le pareti della caverna. Per quanto ne sapeva, era la prima persona ad aver messo piede in quel luogo.

Si spostò all'indietro, risalendo faticosamente con i piedi, aspettando che la grotta si allargasse abbastanza da permettergli di girarsi e uscire.

Era stata un'enorme perdita di tempo. Ma peggio ancora, non ci sarebbe mai stato abbastanza tempo per trascorrere trenta minuti in ciascuna delle grotte.

Non poteva nemmeno chiamare il resto della squadra e distogliere gli altri dalla ricerca. Se la bomba esplodeva, doveva sperare che il contagio fosse abbastanza vicino al lago da essere incenerito dall'esplosione.

CHAPTER 50

CI VOLLE più tempo a risalire dal tunnel che a scendere. Ben era esausto, frustrato e, con un nuovo sentimento che cominciava ad assalirlo, aveva paura.

Paura di non arrivare in tempo alla bomba.

Paura per gli agenti e i volontari che corrono in tutto il parco per trovare i nascondigli dei virus.

Paura di perdere Julie.

Era un pensiero che gli frullava nella mente come un treno in corsa.

C'era qualcosa tra loro, ma non sapeva come chiamarlo.

Erano attratti l'uno dall'altra, ovviamente. Ma in qualche modo la sensazione era più profonda. Più importante della lussuria.

Lei provava lo stesso sentimento? Come poteva chiederglielo, se mai ne avesse avuto l'occasione?

Aveva avuto qualche avventura qua e là, per lo più con altri dipendenti del parco, molti dei quali erano stagionali e cambiavano ogni estate. Nessuna era seria e nessuna lo faceva sentire come Julie.

E quale sarebbe la strada? si chiese.

Il pozzo di luce solare che conduceva alla superficie faceva cenno di avvicinarsi. Si sollevò dal pavimento roccioso e si agitò, cercando di muoversi più velocemente. La radio interruppe la sua concentrazione.

"Bennett, rapporto... Mi senti?".

Ben estrasse la radio dal suo caricatore e rispose. "Ehi, sono qui... ho appena finito di esplorare la prima grotta, ma niente". Prese un respiro. "Passo".

"Sei tagliato fuori..." e poi: *"Abbiamo tre cache in circa siti".* Ben ricorse all'interpretazione. *Avevano trovato tre cache di virus?* Era un inizio. Ma soprattutto, aveva ragione sul fatto che ce ne fossero di più nei siti di un solo ospite. Non si trattava di una caccia all'oca selvatica: erano sulla buona strada.

Ora dobbiamo trovare quella bomba e ripulire questo casino.

Scrutò il bordo del buco e la superficie al di là. Ancora pochi metri.

"Ben, mi ricevi?" Era Julie.

Riportò immediatamente il walkie-talkie alla bocca. "Ti ricevo".

"Ehi, ho un'idea".

"Sono tutto orecchi", rispose. Avevano rapidamente abbandonato il protocollo radiofonico di dire "passo" ogni volta, e Ben non ne sentiva la mancanza.

"Ascolta, devo parlare con Randy per capire come funziona. Randy, se sei su questa frequenza, fammi sapere...".

"Sono qui, Julie. Che succede?" La voce di Randy suonava vuota nella radio della polizia e Ben non era sicuro se fosse più lontano da loro o se l'agente di polizia gliela stesse porgendo in macchina.

"Ragazzi, devo uscire da questo buco. Anche la batteria di questa radio si sta scaricando". Per essere sicuro, la controllò. C'era una luce accanto al simbolo di carica della batteria e ora lampeggiava. *Non può essere una buona cosa,* pensò. "Vado fuori linea per un po', ma mi riaccendo quando sono fuori. Prova a chiamarmi sul cellulare se non riesci a raggiungermi".

"Ricevuto, Ben. Rimaniamo in attesa".

Ben trascorse gli ultimi metri raschiando la testa e la schiena contro le rocce sporgenti, finché non riuscì a tirarsi fuori dal buco. Si rotolò sulla schiena, aspirando una boccata d'aria fresca.

Controllò la radio. La spia della batteria scarica continuava a lampeggiare. Non si sapeva quanto tempo gli rimanesse. Avrebbe dovuto controllarla prima di partire. La accese, giusto in tempo per ascoltare una trasmissione di Julie.

"Riacceso? Ben, mi senti?".

"Sono qui", disse, stanco. Si alzò in piedi, stiracchiandosi per la prima volta dopo più di un'ora. Sentiva il profondo dolore muscolare nella parte bassa della schiena che già cominciava a insinuarsi nella zona, e si fece un appunto mentale di allenarsi più spesso.

"Ok, perfetto. Ho qualcosa per te. Controlla la grotta sul lato nord-est del lago. Ce ne sono alcune, ma quella più a nord dovrebbe essere quella giusta".

Ben raggiunse il furgone, armeggiando contemporaneamente con l'accensione e sfogliando le mappe sparse sul sedile del passeggero. Il lato occidentale del lago, con alcune grotte, tra cui quella da cui era appena uscito... No, non quella. La gettò indietro e prese la seconda mappa.

Lì. La vista ingrandita dei lati settentrionale e nordorientale del lago, su cui erano tracciate una dozzina di grotte tortuose. Linee più grandi si estendevano nello specchio d'acqua stesso, a significare che almeno una parte della grotta viaggiava sotto il lago.

"Capito", disse mentre metteva la marcia e accelerava sulla strada. Poteva già vedere il lago scintillare verso di lui, catturando la luce e facendola rimbalzare negli occhi. Diede una rapida occhiata alla mappa per avere conferma. "Lo sto guardando. Sembra essere uno dei pochi che passa sotto il lago vero e proprio, e non si ferma solo prima di arrivarci". Attese una risposta, ma non arrivò. "Come hai fatto a trovare questo?", chiese.

Ancora niente.

Sollevò la radio per esaminarla. Nessuna luce lampeggiante. Era completamente morta.

Merda.

Sperava che Julie avesse ragione.

CHAPTER 51

QUESTA GROTTA ERA MOLTO PIÙ grande della precedente. Grazie a Dio. Speriamo che questa volta non debba strisciare sulle mani e sulle ginocchia.

Parcheggiò il camion, lasciò le chiavi sul sedile e scese. Staccò la radio e la lasciò sulla pila di mappe sul sedile del passeggero. Ormai era un peso morto.

Il soffitto della caverna era abbastanza alto da permettergli di seguire le sue curve tortuose. La discesa era molto più lenta della prima, ma lui riuscì quasi a correre, recuperando il tempo perduto.

Teneva il fascio di luce della torcia davanti a sé, evitando man mano le insidie, le rocce e i rami. Tuttavia, gli sfuggì completamente il passo improvviso che per poco non gli fece perdere il piede da sotto i piedi. Il piede colpì duramente il terreno e quasi si morse la lingua.

"Maledizione".

Passò la torcia su di essa. Come aveva fatto a non accorgersene? Si spostò rapidamente.

Man mano che il tunnel si allargava, si trasformava in un'arteria principale abbastanza grande da permettere a due o tre persone di camminare fianco a fianco, fino a quando il tunnel non si è abbassato bruscamente ed è iniziata la discesa *vera e propria*, costringendo Ben a rallentare fino a camminare.

Calcolò che questo ripiano doveva essere il punto in cui la grotta si attorcigliava sotto il fondo del lago, una cavità scavata da milioni di anni di acqua che gocciolava attraverso crepe e fessure del terreno.

Il dislivello precario si riduceva un po' durante la discesa ed egli poté riprendere il ritmo. Dopo un po' giunse a un bivio, ma rallentò appena scegliendo il passaggio a sinistra. Era arbitrario, ma non c'era tempo per tergiversare.

Il lato destro era più grande e sembrava continuare sotto la superficie del lago, mentre quello sinistro era un po' più piccolo e aveva una discesa meno profonda. Ma era il modo in cui il tunnel era stato *tagliato* che lo rendeva la scelta più ovvia.

Invece di essere liscio a causa di anni di acqua e agenti atmosferici, il tunnel sinistro presentava una lucentezza innaturale e un aspetto ruvido e graffiante.

Come se fosse stato scavato con la dinamite come un vecchio tunnel ferroviario.

Lungo il sentiero, poteva vedere il lieve accenno di depressioni nella roccia, piccoli sentieri orizzontali a forma di mezzo cilindro, dritti e distanziati di circa un metro e mezzo l'uno dall'altro, su per la parete e sopra la sua testa. I punti in cui avevano posizionato i bastoni della fortuna di Nobel.

Si sarebbe trattato di un esplosivo di bassa qualità, con una quantità di esplosivo in ogni canale sufficiente a far saltare in aria la roccia e a permetterne lo sgombero, ma abbastanza debole da non farla crollare su se stessa.

Tuttavia, si trattava di una mole di lavoro enorme, e Ben diventava furioso mentre camminava. *L'hanno fatto proprio sotto il nostro naso.*

Chiunque fossero, avevano fatto un lavoro fantastico. Le linee erano dritte; il tunnel era ben definito e sembrava stabile. Non c'erano travi di sostegno.

Avevano portato i loro attrezzi, scavato in questo posto, fatto piazza pulita, e nessuno lo sapeva.

Ben non riusciva a ricordare i dettagli dei numerosi contratti di restauro e costruzione del parco di cui aveva sentito parlare nel corso degli anni, ma questo doveva essere uno di quelli. Molto probabilmente faceva parte di un'operazione più ampia, mascherata come un normale scavo di sicurezza e poi riempita di scartoffie per perdersi in un pasticcio burocratico.

Tuttavia, era stato fatto e ci era voluto molto tempo, forse prima che Ben fosse assunto.

Soffocò la rabbia, concentrandosi invece sul raggiungimento della fine di questo incubo creato dall'uomo.

Il tunnel piegò a destra e in basso e improvvisamente si fermò. Lì, nella luce fioca del bagliore della torcia, Ben lo vide.

La bomba.

Non era... quello che si aspettava. D'altra parte, non aveva idea di cosa aspettarsi. Non proprio. Ricordava che i giornalisti avevano spiegato che la prima bomba era stata una... bomba iperbarica? *Qualcosa del genere. Questa è dello stesso tipo?*

L'apparecchio assomigliava stranamente a un fusto di birra, di quelli che aveva visto a qualche festa del personale del parco alla fine della stagione estiva. Era d'argento e si trovava al centro della stanza. I lati erano sporgenti, arrotondati, ma la parte superiore e inferiore erano piatti, cerchi perfetti. Non era enorme, forse gli arrivava alla vita.

Sopra di esso si trovava un computer tablet collegato alla parte superiore del barile, un groviglio di cavi che Ben non aveva intenzione di provare a smanettare.

Fissò l'oggetto di metallo freddo, chiedendosi cosa fare dopo.

Non ho un vero e proprio piano per questa parte, si rese conto.

Aveva solo pensato di trovare la bomba, portarla con sé e gettarla nel lago.

Oppure, aveva segretamente sperato che fosse come in un vecchio western: un'unica miccia, accesa e che bruciava lungo il cavo fino a raggiungere il carico utile. Una semplice *sforbiciata* con un coltello o un colpo secco con una sei colpi se ne sarebbero occupati.

Ma questo non era il selvaggio West e Ben rimase immobile per qualche istante. *E adesso, genio?*

Si avvicinò per esaminare i cavi. Erano tutti neri: non era il caso di indovinare "blu" o "rosso" e di tirarne fuori uno. Erano avvolti in uno spesso fascio di nastro isolante, dopo essere spuntati da due lati della tavoletta e sparsi nuovamente all'altra estremità, prima di entrare nel grande contenitore metallico.

Mentre esaminava il dispositivo, cominciò a formarsi un piano. Era primitivo, ma era qualcosa.

La bomba è cilindrica. Il che significa che può essere fatta rotolare.

Non aveva idea di quanto fosse pesante o delicata. Ma non era più in grado di aspettare che accadesse qualcos'altro: c'erano solo lui, una bomba e poco tempo a disposizione.

Aveva un sensore di movimento? Si spegnerebbe se lui la spostasse?

C'è solo un modo per scoprirlo.

Afferrò delicatamente il labbro superiore del contenitore a forma di botte e lo fece oscillare avanti e indietro. Sembrava pesante, il che aveva senso, ma non completamente fermo.

Non è esploso. Era ancora qui.

Potrebbe funzionare.

Dondolò un po' più forte, per testare il peso e, come si rese conto all'improvviso, per vedere se riusciva a farlo esplodere.

Se ne esco, è impossibile che qualcuno mi assuma come membro di una squadra di artificieri.

La prova e l'errore non sembravano essere un fattore determinante nell'esame di un ordigno esplosivo, ma d'altra parte non c'era nient'altro che potesse fare.

Fortunatamente, nessuna onda d'urto infuocata lo ha fatto a pezzi mentre giocava con la bomba-keg, così ha continuato con il piano.

Dondola dolcemente. Dondola un po' più forte. Un po' più forte... più forte -.

Perse la presa sul barile e l'intero pacchetto si schiantò sul pavimento. Il proiettile, che sbatteva sulla roccia dura, cominciò a rotolare giù per la caverna in leggera pendenza, fino a schiantarsi contro la parete in fondo alla camera.

Istintivamente, Ben si rannicchiò quando cadde, come se tenersi la testa tra le mani lo avrebbe salvato.

Eppure non era ancora esploso e, anche se non avrebbe ripetuto di proposito l'esperimento, ora sapeva che non sarebbe bastato un po' di rotolamento per farlo esplodere.

Ben si tranquillizzò, inspirando ed espirando alcune volte prima di avvicinarsi alla bomba e notare una fioca luce bluastra che proveniva dalla sommità del barile. Puntò la torcia lontano e vide che la luce fioca rimaneva.

Che cosa...

La parte superiore del barile, ora su un fianco, era rivolta verso di lui. La luce proiettava ombre nella stanza, contrastando con il fascio della sua torcia. Girò intorno al dispositivo e vide la causa del bagliore blu.

Lo schermo.

Il tablet computer era acceso, con solo uno schermo blu e un testo bianco che scorreva. Si trattava di un codice, senza dubbio una sorta di programma informatico che i creatori di questo dispositivo vi avevano installato.

Ma in alto a destra del piccolo schermo apparvero anche alcune stringhe di numeri, e non ci voleva un genio per capire cosa rappresentassero.

Un conto alla rovescia.

Ben lesse i numeri, temendo di scoprire finalmente la verità. C'erano quattro spazi a due cifre, ed egli suppose il significato di ciascuno di essi. Giorni, ore, minuti, secondi.

Sentì un brivido lungo la schiena quando vide che i primi due posti contenevano solo zeri.

00:00:52:37.

52 minuti e 37 secondi.

52 MINUTI E 36 SECONDI.

Se strisciare fuori dalla prima grotta era stato faticoso, in confronto a questa era un gioco da ragazzi.

Come Sisifo che spinge il suo masso su per la montagna, Ben fece rotolare il pesante dispositivo con tutto se stesso. Le parti più basse del pavimento della grotta erano già abbastanza difficili, ma le sezioni ripide erano quasi impossibili. Il sudore colava da ogni poro, rendendo le mani scivolose e aumentando la sfida.

Questa cosa pesava un centinaio di chili, facilmente. Forse di più.

Ogni curva e ogni cambiamento di pendenza non facevano che acuire l'agonia. Ben non poté fare a meno di desiderare di aver portato qualcuno, chiunque, con sé.

Perché stavo cercando di essere un eroe?

Sapeva che era stata la cosa più intelligente da fare in quel momento. Ridurre il rischio, distribuire le risorse al massimo delle loro possibilità e allontanare il maggior numero possibile di persone dal punto di partenza.

Ma ora, mentre lottava per far rotolare un barattolo di latta sul pavimento di una grotta con le mani bagnate, a corto di energia e di tempo, stava avendo dei ripensamenti.

Forse posso lasciarlo qui, chiamare i soccorsi e aspettare che qualcuno passi.

Scosse la testa, ricordandosi della sua radio morta. Anche il suo cellulare era inutile quaggiù. Non aveva mai avuto un buon servizio nel parco, e certamente non in questa zona. La torre più vicina era vicino alla stazione dei ranger e alle aree di base, una piccola sacca di civiltà in una natura altrimenti vasta e remota.

Aveva trovato quella maledetta cosa e non poteva dirlo a nessuno!

Così continuò a spingere, facendo rotolare il dispositivo su e sopra bastoni e rocce. Molti di essi erano abbastanza piccoli da permettergli di spingere l'oggetto sopra di essi senza esitare. Le rocce più grandi lo costrinsero a tenere ferma la bomba con un ginocchio mentre afferrava l'ostacolo e lo lanciava di lato.

In questo modo, aveva percorso la maggior parte della salita. La marcia era lenta, ma il tempo era discreto.

Finché non raggiunse il gradino.

Aveva dimenticato il gradino, il labbro di roccia nel pavimento della grotta che lo aveva quasi spazzato via quando era entrato per la prima volta nella grotta.

Il primo pensiero fu che era vicino all'uscita. Ma non era quello che gli importava in questo momento.

Il cilindro urtò contro la roccia e Ben si accovacciò dietro di esso, incastrato, sostenendosi e cercando di trattenere il peso dell'ordigno esplosivo che rotolava per non precipitare di nuovo nella caverna.

Finora era riuscito a lavorare al buio, tenendo la torcia nella tasca posteriore. Ma ora aveva bisogno di un piano migliore. Si avvicinò e afferrò la luce, la accese ed esaminò la sua situazione.

La sporgenza non era grande, proprio come la ricordava, ma presentava un problema estremamente frustrante: la bomba doveva essere sollevata completamente e superare il bordo, per poi essere rimessa a terra sul pavimento della grotta, senza perdere il controllo.

Non c'era modo di evitarlo, né in senso letterale né in senso figurato.

Ben infilò il ginocchio dietro la bomba e fece lampeggiare la luce in un cerchio completo intorno a lui, nel caso gli fosse sfuggito qualcosa; il suo respiro pesante si calmò leggermente mentre il suo corpo approfittava della breve pausa.

Mentre riportava la torcia alla mano destra e si preparava a riporla, sentì il ginocchio scivolare di lato.

"Nononono-"

Gridò contro il cilindro metallico, ma questo rotolò ancora all'indietro. Ben cadde sulla schiena e poi su un fianco, con il panico che si scatenava all'improvviso. Le sue mani erano inutili, coperte di sudore e scivolavano con la stessa facilità sul pavimento liscio della caverna e sulla superficie metallica dell'involucro della bomba.

Questo non va bene.

La bomba rotolava più velocemente e Ben sapeva che sarebbe passata davanti a lui.

La velocità è aumentata e lui ha fatto l'unica cosa che gli è venuta in mente.

Tirò fuori la gamba e la spinse davanti al cilindro in fuga, pregando che non rimbalzasse e non continuasse ad andare avanti. Mentre si avvicinava, Ben fece scivolare rapidamente la parte superiore del corpo in modo da trovarsi in discesa, proprio sulla traiettoria di fuga della bomba.

L'oggetto pesante gli rotolò sul piede e sentì il suo peso sbattergli sullo stinco. Emise un ruggito di dolore e cercò istintivamente di tirare indietro il piede, ma la bomba era già arrivata al ginocchio. Sentiva la pressione esercitata dal peso, che lo schiacciava mentre lo travolgeva.

Rallentò, poiché l'angolo della gamba di Ben lo bloccava, e rotolò all'indietro. Rimbalzò un po' e poi si posò sul piede sinistro, con uno scricchiolio alla caviglia che fece sussultare Ben e quasi svenire.

L'impatto iniziale del dispositivo e il colpo finale di schiacciamento, quando rimbalzò e si fermò sul suo piede, resero Ben completamente immobile. Giaceva a testa in giù, con la testa più in basso rispetto ai piedi, uno dei quali era bloccato sotto il cilindro metallico.

Gemeva, il dolore gli saliva lungo la gamba, mentre cercava di liberare il piede. Si sedette in avanti, appoggiandosi sui gomiti, per poter esaminare la situazione. Ogni volta che pensava di muovere il piede, il suo cervello sembrava deciso a disobbedire all'ordine. Tuttavia, lottò contro di esso e cercò di liberare il piede.

Non è servito a nulla. Il dolore era troppo forte e il dispositivo non si muoveva.

È caduto all'indietro.

CHAPTER 53

37 MINUTI E 13 SECONDI.

È finita. È finita. Morirò in un buco nel terreno, aspettando di esplodere.

Il piede di Ben era in fiamme. Il dolore era peggiorato, sorprendentemente, e ora stava quasi iperventilando mentre cercava di inspirare ed espirare, concentrando la mente su altri pensieri.

Ma i pensieri che si presentavano non erano utili.

Ho fallito. Ho deluso tutti e ho deluso Julie.

L'ho persa.

Provò ancora una volta a forzare la mente verso altri pensieri, ma l'unica cosa che gli venne in mente fu di controllare l'ora della bomba. Lo schermo non si era spento e, scivolando un po' di lato, intravide l'orologio del conto alla rovescia.

36 minuti...

Guardò ogni secondo scorrere, il display lo ipnotizzava e lo tranquillizzava.

35 minuti...

Ci siamo davvero, pensò. I secondi passavano e lui riusciva a pensare solo alla bomba, al timer del conto alla rovescia e a Julie.

Julie, mi dispiace.

Avrebbe voluto avere la radio e che gli fosse rimasta un po' di batteria. Non per chiedere aiuto, ma per sentire di nuovo la sua voce.

Ancora una volta.

"Ben!"

Scosse la testa. Ottimo momento per iniziare ad avere allucinazioni.

"Ben?!"

No, quello era reale. Reale come il dolore urlato alla gamba. Cadde a terra, ma riuscì a reagire debolmente. "Sono qui!?", gridò.

"Oh mio Dio, Ben! Siamo quasi arrivati! Non andare da nessuna parte!", chiamò ancora.

Era davvero lei. Era lontana, probabilmente all'imboccatura della grotta, ma era qui.

"Non ne avevo intenzione", disse, cercando di non scoppiare a piangere. Cristo, fa male.

Poteva vedere una luce tremolante che ora danzava sopra di lui, proiettando ombre sulle pareti intorno a lui.

"Sto scendendo... sei ferito?".

Non rispose, aspettando invece che apparisse il volto di lei. *Come si spiega una mossa idiota come questa?*

"Ben! Che cosa è successo?"

Voleva gridare: *"Cosa pensi che sia successo?".* Ma era solo grato di essere stato trovato. "Sono stato attaccato da un barile. È spuntato dal nulla. Come un'imboscata".

Julie non sembrava divertita. "Pensi di essere divertente?"

"Più divertente di te", rispose, con una punta di sarcasmo attenuata dall'evidente dolore che provava.

"Togliamoci di dosso questa cosa". Esaminò la bomba, notando il timer del conto alla rovescia, ma senza dire nulla al riguardo. "Aspetta un attimo".

Gli occhi di Ben si spalancarono quando Julie si voltò e corse indietro nella grotta, lasciando lui e la bomba nel buio più completo. "Ehi!"

Nessuna risposta. Ben aspettò con impazienza. Passò un minuto, poi un altro. Avrebbe voluto non avere un modo per capire esattamente quanto tempo fosse passato, ma lo aveva.

Tre minuti, in punto.

"Sono qui", la sentì dire. Vide di nuovo la luce e lei si precipitò dietro l'angolo e oltre il gradino, questa volta con in mano un grosso bastone.

"Non sarà abbastanza forte per sollevarlo fino in fondo...".

"Non è necessario", rispose lei, interrompendolo. "Stai zitto e tieni fermo quell'affare".

Lui fece come gli era stato detto e Julie appoggiò l'estremità del bastone sotto la sua massa, facendo attenzione a tenerlo lontano dal piede di Ben. Lo mosse più a fondo, spingendolo finché non si ruppe un po'. Incontrò lo sguardo di Ben. "Speriamo che sia solo la fine", disse. "Pronti?" Si allungò dietro di lei e afferrò una grossa pietra che giaceva accanto alla parete della grotta. La incastrò sotto il bastone, proprio davanti alla bomba, formando una leva.

Ben annuì, e Julie si sollevò verso il basso con tutto il suo peso corporeo. Un suono sforzato le sfuggì dalla bocca e Ben non poté fare a meno di notare quanto fosse *carino*. Tra tutte le cose che gli passavano per la testa in un momento come questo...

Riportò l'attenzione sulla situazione e mise le mani sull'involucro della bomba. Lo tenne fermo mentre Julie spingeva di nuovo. Il contenitore metallico si spostò leggermente e Ben provò l'immediata sensazione di libertà. Strappò la gamba all'indietro, il terrore di avere il piede schiacciato era più grande del dolore di muoverlo così velocemente.

Lui appoggiò il peso sulla bomba e annuì. Julie prese un meritato respiro e rilasciò la leva. La bomba scivolò un po' indietro, ma si fermò all'impatto con la roccia e con la forza delle mani di Ben.

"Ok, e adesso?", chiese.

Ben alzò lo sguardo su di lei. "Non hai pensato di portare con te nessuno di quei poliziotti?".

Lei scosse la testa senza vergognarsi. "Non ho detto loro che me ne stavo andando. Ci siamo incontrati in pochi e ho preso in prestito una delle macchine".

"Hai rubato un'auto della polizia?" Ben chiese incredulo.

"Hai rubato il mio", rispose lei.

Quasi sorrise. "Come vuoi. Immagino che dovrai aiutarmi con questo. Ecco..." Lui spostò le mani sul lato dell'apparecchio e lei si accovacciò per aiutarlo, mettendo le mani sul lato destro. "La mia gamba di legno mi rallenterà", lo avvertì.

"Possiamo farcela", disse, e iniziò a sollevarsi.

Ben sentì che la bomba si muoveva di qualche centimetro verso il ripiano e si sforzò di tenere il passo. Aggiunse la sua forza e insieme sollevarono il tubo metallico sul lato del breve gradino di roccia, usando la sezione verticale della roccia come supporto.

Con un'ultima spinta, sollevarono il barile oltre il bordo e sul tratto di grotta più pianeggiante.

"Come diavolo hai fatto ad arrivare fin qui?", disse Julie.

"Ho pensato di mettermi in gioco", ha detto Ben.

Insieme, lo spostarono, mano dopo mano, centimetro dopo centimetro.

"È stato divertente", disse lei, senza fiato. "Una vera battuta da papà".

"Il mio lavoro migliore lo faccio nelle grotte", ribatté Ben.

"Ora so perché non parli molto", disse, con un sorrisetto che le si formò ai lati della bocca.

"Sai, non so cosa mi faccia più male, il dolore al piede o il dolore all'a...".

"Uh-Uh. Non andare lì. Posso lasciarti indietro".

Ben rise, dimenticando momentaneamente di non appoggiare tutto il peso sul piede malandato. "Gesù Cristo!", gridò.

"Probabilmente è una frattura sottile", ipotizzò Julie. "Secondo il mio parere di medico esperto".

Raggiunsero la fine della grotta e fecero rotolare l'ordigno sul terreno erboso tra la grotta e il camion. Si fermarono quando raggiunsero la strada, lasciando che la bomba si fermasse davanti all'alto portellone del camion. Ben si sedette sull'erba, lasciando che la gamba si rilassasse.

"Ehi", disse. Non stava guardando Julie, ma il cielo, che si stava oscurando mentre il sole si preparava a tramontare.

"Cosa c'è?"

"Grazie per essere tornato a prendermi". Finalmente tornò a guardare in basso, girando la testa per incrociare lo sguardo di Julie.

"Sapevi che l'avrei fatto", disse sorridendo, mentre si alzava. "Ora portiamo questa cosa al lago".

CHAPTER 54

18 MINUTI E 28 SECONDI.

Ben disse a Julie che era scioccato che lei sapesse guidare, visto che lo aveva fatto così poco. Julie gli disse di stare zitto e di tirare fuori le chiavi. Guidò la Dodge Charger della polizia che aveva "preso in prestito" dall'agente prima, lasciando a Ben la guida del suo F450. Ben si controllò la gamba, trovandola dolorante ma non rotta, e fece qualche giro fuori dalla grotta prima di proseguire.

Insieme, avevano sollevato la bomba sopra il portellone posteriore del camion e l'avevano fatta scivolare contro la cabina, scegliendo di farla poggiare sulla sua base piuttosto che lasciarla rotolare. Julie non aveva legacci o corde nel furgone, così Ben le chiese di seguirla e di assicurarsi che la bomba non cadesse. Se lo avesse fatto, e Ben non fosse riuscito a sentirlo o a percepirlo, lei aveva accettato di far lampeggiare i fari un paio di volte per farglielo sapere.

Alla fine, non aveva molta importanza. La strada intorno al lago era asfaltata e quasi del tutto priva di buche.

Il piano era di trovare un punto in cui gettare la bomba nel lago, cercando di farla arrivare il più lontano possibile sull'acqua, il che significava raggiungere un terreno più alto e trovare una collina o una posizione rialzata da cui far rotolare la bomba giù e sopra il lago.

Per quanto riguarda i piani, era scarso, ma era pur sempre un piano. Ben non sapeva cosa fare dopo aver trovato l'ordigno esplosivo e solo dopo aver messo la bomba al sicuro nel retro del camion aveva capito perché.

In realtà non si aspettava di trovarlo.

Era un miracolo che si fossero imbattuti nel luogo in cui riposava la bomba, e ancora più un miracolo che non fosse ancora esplosa. Tuttavia, non nutriva la speranza che la fase successiva del loro piano improvvisato avrebbe funzionato.

Tuttavia, continuò ad andare avanti. *A cosa serve un piano se non viene provato?* pensò tra sé e sé. Non era sicuro che si trattasse di una citazione vera e propria o solo di qualcosa che sembrava avere senso, ma si aggrappò ad essa.

Ora sapeva cosa si provava a sperare veramente. Desiderare troppo che qualcosa accada; desiderare con tutto se stesso di realizzare qualcosa.

Ne aveva sentito i brividi quando suo padre era stato ricoverato al pronto soccorso, e poi più tardi mentre lo stabilizzavano, ma aveva dimenticato i sentimenti di speranza, di nostalgia e persino di vera disperazione.

Sapeva che era una situazione disperata.

Stavano correndo a rotta di collo, trasportando un ordigno esplosivo *di* chissà quale portata che sarebbe esploso in pochi minuti, cercando di trovare un posto dove scaricarlo in un lago.

In un lago.

Per qualche motivo il pensiero gli sembrò buffo e non poté fare a meno di ridere ad alta voce.

Stiamo gettando una testata nucleare in un lago.

Non sapeva se la bomba fosse *effettivamente* nucleare o se fosse qualcosa di completamente diverso, ma la semantica non gli importava a questo punto.

Ho perso la testa e ho portato Julie con me.

Ma non appena pensava a Julie, la sua mente sembrava rilassarsi un po'. Erano ancora in una missione che avrebbe cambiato il corso della storia della loro nazione, ma sapere che lei era con lui, anche se in un'auto separata, lo faceva sentire meglio per qualche motivo.

Sperava che l'avrebbero superata.

Le luci lampeggianti nello specchietto retrovisore riportarono Ben al mondo reale.

Merda.

Lei accese di nuovo i fari e Ben si allungò un po' per cercare di scrutare dallo specchietto e dal finestrino il pianale del camion.

Rallentò il camion, cercando di far rotolare la bomba caduta. Non vedeva nulla di strano e non sentiva nulla urtare contro i lati del pianale.

Cosa sta succedendo?

Rallentò ulteriormente e si fermò. Julie accostò l'auto della polizia e lui premette il pulsante per abbassare il finestrino del lato passeggero.

"Cosa c'è che non va? Stai bene?"

"Vedo una barca laggiù".

Ben non aveva prestato attenzione all'acqua. "Dove?"

"Sulla costa", ha detto. "Invece di farli arrivare da una zona più alta, perché non li buttiamo in mare?".

"Mi piace il tuo modo di pensare", disse, rimproverandosi di aver sempre cercato di liberarsi di lei. "Ma questo funziona solo se riusciamo a farlo funzionare. Non abbiamo tempo per iniziare a remare".

Lei annuì, cercando già di trovare una strada che portasse al lago. "Scommetto che c'è una deviazione più avanti. Tieni gli occhi aperti".

Ben annuì e cominciò ad alzare il finestrino.

"Ehi", disse lei.

Si fermò e la guardò.

"Che ora è?"

Si era quasi dimenticato di aver seguito il conto alla rovescia della bomba con il timer incorporato nell'orologio e all'improvviso sentì un'ondata di ansia.

15 minuti e 14 secondi.

"15 minuti", chiamò all'altro veicolo. Dirlo ad alta voce lo rese ancora più nervoso.

Avevano deciso che avrebbero cercato di lasciare una finestra di cinque minuti prima che il timer del conto alla rovescia raggiungesse lo zero, come "zona di sicurezza". Era un numero arbitrario, ma Ben non voleva correre il rischio che Stephens - o chiunque altro ci fosse dietro - non avesse programmato il timer per far esplodere la bomba prima che raggiungesse lo zero.

Ciò significa che avevano circa dieci minuti per portare la bomba in acqua.

Si allontanò dall'auto della polizia, improvvisamente consapevole del viaggio di sola andata che stavano facendo entrambi.

Non hanno avuto il tempo di prendere la barca e raggiungere una collina o una zona rialzata sul lago.

Se sceglievano l'opzione della barca, era la loro unica opzione. O la barca aveva il carburante o non ce l'aveva, e se non ce l'aveva...

Non sprecò energie per calcolare gli esiti di quello scenario. Ben si concentrò sulla strada davanti a sé, cercando una svolta a sinistra che li avrebbe condotti al lago.

Un'altra variabile che devo capire bene.

Non avevano il tempo di cercare su più strade.

Per fortuna, la strada che volevano era la prima che si presentava davanti a loro. Ben non perse tempo a girare il camion e a rimbalzare sui solchi di terra, accelerando nel frattempo mentre il camion sfrecciava in discesa. Controllò a malapena che dietro di lui non ci fosse l'auto di Julie: non avrebbe avuto molta importanza se lei fosse lì o meno.

La strada terminava in riva al mare, presso l'ingresso.

Fango e rocce costituivano la metà inferiore della rampa, mentre la strada scompariva tra le dolci onde del lago, e Ben si assicurò di fermare il camion abbastanza davanti alla rampa per non avere problemi a lasciare il luogo quando avessero finito. Il tempo stava lavorando contro di loro, più di quanto avesse mai immaginato.

Si avvicina zoppicando al piccolo peschereccio verde ormeggiato sulla riva. Ha un motore a due tempi ancora più piccolo e un timone a bastone fissato nella parte posteriore.

Almeno questa è una buona notizia. *Speriamo che ci sia del gas.*

Slegò la barca e cominciò subito a tirare la corda per avviare il motore. Julie aveva parcheggiato in modo disordinato la sua volante della polizia in una chiazza di fango su una ripida pendenza laterale, e corse accanto a lui.

"Hai bisogno di aiuto?"

"Le chiavi sono ancora nel camion!". Ben urlò sopra il rumore del motore strombazzante. "Fai retromarcia qui il più vicino possibile".

Corse verso il furgone, e quando lo mise in retromarcia sollevò subito ghiaia e fango. Ben strattonò ancora una volta il cavo, sentendo il motore che riprendeva vita. Stava per avere un infarto quando alzò di nuovo lo sguardo. Il camion era a pochi metri di distanza e si muoveva ancora rapidamente.

Saltò, pronto a schivare il veicolo in movimento, quando questo si fermò di botto.

Julie uscì e corse da lui.

"Wow, *sai* guidare quell'affare", disse Ben.

"Chi ha detto che non posso?"

"Ecco, aiutami a toglierlo dal camion". Rilasciò il chiavistello del portellone posteriore e lo lasciò cadere, saltando su di esso non appena si abbassò completamente. Fece scivolare il pesante cilindro verso il cancello e tornò giù, facendo attenzione a non sbattere il piede ferito contro qualcosa.

Insieme, lui e Julie sollevarono il barile di metallo, tenendo il fondo con una mano e appoggiando l'altra lungo il fianco, e lo posarono sul pavimento della barca.

"Non mi ero accorto che quella barca fosse così fragile. Spero che non cada sul fondo".

"Troppo tardi per preoccuparsene ora".

"Quanto tempo abbiamo?"

Ben guardò l'orologio e poi lo schermo della bomba. "Ho otto minuti e quella cosa dice tredici".

Lei non rispose. Ben capì cosa stava pensando. Si sentiva allo stesso modo.

Non mi sembra un tempo sufficiente.

"Ben! Guarda!"

Ben vide Julie che indicava una serie di luci lampeggianti della polizia in lontananza. L'agente doveva aver acceso le luci per assicurarsi che chiunque nei dintorni li vedesse arrivare.

"Torna nel furgone. Sarò lì tra un secondo", disse.

Lei sembrò perplessa per un momento, ma fece come lui le aveva detto. Ben, nel frattempo, puntò la barca verso il centro del lago. Fece scivolare la bomba sul retro della piccola imbarcazione. Avrebbe aiutato la barca a mettersi in piano quando avesse raggiunto la velocità giusta, ma lui era più interessato a stabilizzare il timone.

Prese una decisione immediata e posizionò il contenitore cilindrico sul lato sinistro della barra del timone, evitando che la barca virasse troppo a destra. La forma del lago, se ricordava bene, era tale che a sinistra c'era più acqua aperta, mentre a destra non c'era altro che la costa.

Soddisfatto del suo lavoro, diede un'ultima occhiata al timer del conto alla rovescia.

11 minuti e 4 secondi.

Sperava davvero che Stephens non li stesse prendendo in giro per l'ultima volta.

Aveva dimenticato qualcosa.

La barca era letteralmente morta in acqua. Aveva bisogno di un modo per tenere premuto l'acceleratore per far sì che il motore si innestasse e spingesse il peschereccio fuori dal lago.

Forza, Ben. Pensa!

Si tolse la camicia e cominciò a farla girare in una lunga corda a spirale. Quando ebbe finito, avvolse la camicia intorno alla sezione dell'acceleratore del bastone, facendo attenzione a non stringerla ancora.

10 minuti e 31 secondi.

Eseguì un ultimo controllo sulla loro opera. La bomba era situata nella parte posteriore sinistra della barca, in posizione verticale e silenziosa in attesa dell'ordine di detonazione, e il motore rombava, pronto a innescarsi. Con la camicia aveva formato un nodo di nonnina allentato, ora avvolto sul bastone, e lo strinse bruscamente. La stretta azionò l'acceleratore e Ben saltò all'indietro sulla banchina mentre la barca si allontanava dalla sua postazione. Accelerò, il piccolo ma potente motore faceva quello per cui era stato creato.

Ben osservò la barca solo per un attimo prima di tornare al furgone e al caricatore della polizia. Julie era già all'incrociatore e lui le gridò.

"Salite sul camion!"

Tornò rapidamente al posto di guida del furgone e sbatté la portiera dopo essere salito. Julie lo raggiunse sul lato del passeggero e lui schiacciò l'acceleratore al massimo, raggiungendo la cima del piccolo crinale della strada adiacente e svoltando senza rallentare.

Le luci della volante della polizia si allontanarono in lontananza, ma Julie non le stava più guardando. Stava invece fissando direttamente Ben.

"Volevo assicurarmi che entrambi fossimo in grado di uscire da qui", disse Ben.

Julie lo guardò in modo strano.

"Sai... quell'auto della polizia... il modo in cui era parcheggiata nel fango, e... io non... c'è molto fango, e cose del genere..." la sua voce si interruppe mentre si rendeva conto di quanto debole dovesse sembrare la scusa.

Volevo stare con te.

"Come vuoi, Casanova", disse Julie, con un accenno di sorriso sulle labbra.

CHAPTER 55

9 MINUTI E 11 SECONDI.

Ben non riusciva a prendere il segnale. Anche il telefono di Julie era inutile, ma aveva una radio che funzionava.

"Sono Julie Richardson. Qualcuno mi riceve?".

Lo chiese di nuovo.

"Agente Wardley. Vi ricevo. Abbiamo ancora un bel po' di persone in giro a cercare queste cache, ma ce ne sono già almeno dieci che abbiamo gettato nel lago. Dove siete?"

Ben prese la radio di Julie e gli diede l'aggiornamento. "Wardley, siamo intorno al Butte Overlook, in direzione nord-est. Dobbiamo far uscire tutti dal parco".

"Ricevuto, Ben. E la bomba?"

"Ci dirigiamo verso il centro del lago. Si spegne tra nove minuti".

"Nove minuti? Sei sicuro?"

Ben non rispose, ma passò la radio a un altro canale a frequenza aperta su cui sapeva che si trovavano alcuni ufficiali. Ripeté il messaggio, con la stessa reazione. Ripassò la radio a Julie, che chiamò immediatamente Randy.

"Randy. Randall Brown, sei lì fuori?" Chiese Julie.

"Ricevuto, Julie, sono qui. Ci stiamo dirigendo verso un'area di sosta a pochi chilometri dal lago. C'è un bel rifugio in mattoni e tutto il resto, per quel che vale".

Guardò Ben. Lui si limitò a darle un rapido aggiornamento. "So dov'è. Probabilmente ci arriveremo in sei o sette minuti".

"Saremo lì tra poco", disse attraverso il walkie-talkie. Randy confermò e le disse che avrebbe continuato a rintracciare gli altri e li avrebbe radunati all'area di sosta. Julie pensò a quello che aveva detto. *Quella struttura di mattoni sarà inutile contro un'eruzione vulcanica.* Tuttavia, apprezzò l'ottimismo dell'uomo.

"Se la bomba raggiunge il centro del lago, dovremmo essere a posto", disse Ben, leggendo in qualche modo i suoi pensieri. "Esploderà in superficie, cancellando la costa, ma per il resto dovrebbe andare dritta verso l'alto". Si fermò un attimo prima di aggiungere: "Sempre che non si tratti, come dire, di un olocausto nucleare".

Julie vide l'orologio di Ben che mostrava il suo conto alla rovescia alterato a meno di tre minuti, e sperò che fosse una precauzione inutile quella di aver sottratto i cinque minuti da ciò che appariva sul display della bomba.

Sperava anche che si trattasse di un sogno malato; che si sarebbe svegliata a letto con un mal di testa e solo un ricordo sbiadito dell'incubo che si era svolto. Ma sapeva che probabilmente era un'ipotesi ancora più remota di quella di uscirne vivi.

"Ma come fai a saperlo?". Chiese Ben dal posto di guida del camion.

"Sapere cosa?"

"In quale grotta si trovava. Come hai fatto a indovinare quella giusta?".

Julie fece una pausa prima di rispondere. "È quello che ho capito con Randy, subito dopo che avete lasciato la prima grotta. Mi ha fornito una mappa dell'attività sismica sotto il lago e di come il punto caldo si sia spostato ogni anno".

"Trasferito?"

"Beh, meno di un centimetro, ma sì, nel corso di milioni di anni, il punto caldo si è spostato leggermente verso nord-est. O, per essere più precisi, la placca su cui ci troviamo è scivolata verso sud-ovest, mentre il punto caldo è rimasto fermo".

"E questo punto caldo", ha esordito Ben, "è quello che ha causato tutte le eruzioni del passato, giusto?".

"Giusto. Ma è anche il motivo per cui esiste un parco di Yellowstone. È la fonte, in generale, di tutta l'attività geologica del parco. La crosta terrestre è molto bassa direttamente sopra di esso, e il lago si trova sopra una parte di quella sezione. Tutto quello che ho fatto è stato trovare il punto in cui la crosta era più sottile, dove c'era una grotta conosciuta che attraversava quell'area, e poi ho mappato queste variabili in cima al punto caldo".

Ben annuì, cercando di seguire la sua logica.

"Ho pensato che Stephens, o chi per lui, volesse correre il minor rischio possibile di fallimento e che volesse che la posizione della bomba fosse direttamente sopra la sezione più vulnerabile della crosta".

"Preferibilmente sottoterra, in modo che nessuno lo veda", aggiunse Ben.

"Beh, questo, ma anche perché più è profondo, più è probabile che provochi un terremoto di fratturazione che squarcia la crosta e provoca il vulcano. È risultata essere l'unica opzione ragionevole quando ho esaminato tutti i dati, quindi vi ho mandato laggiù".

"Sembra una cosa da nerd", disse Ben. Le rivolse un rapido sorriso.

"Sì, beh, ti ha salvato il culo".

Ben girò il camion su una strada più grande del campo, probabil-

mente una strada principale verso il cancello, e Julie lo vide controllare l'orologio.

1:30.

6:30, se il timer del conto alla rovescia della bomba è preciso.

Notò la velocità del camion, quanto dovevano essere ancora
vicini al lago, e si chiese esattamente quanto sarebbe stata grande
l'esplosione della bomba.

CHAPTER 56

2 MINUTI E 0 SECONDI.

"Tutti dietro il muro!" Julie sentì l'agente Wardley gridare.

Quando si fermarono c'erano altre sette persone all'area di sosta, tra cui Wardley, Randy e l'agente con cui aveva viaggiato.

Alcuni ritardatari si affrettarono a raggiungere l'edificio dell'area di sosta, una semplice toilette per uomini e donne con una fontana d'acqua all'aperto, coperta da un tetto inclinato. Un muro di mattoni si trovava all'altra estremità, formando un breve corridoio dietro il quale Wardley e alcuni altri uomini e donne si stavano accalcando.

Ben seguì Julie mentre saliva sul pavimento di cemento del padiglione e della toilette.

"Sono contento che ce l'abbiate fatta, voi due", disse Wardley mentre si avvicinavano.

Mancano due minuti, pensò Julie. *Forse meno.* Si chiese se non sarebbe stato più saggio continuare a guidare, per vedere quanto lontano potevano arrivare. Ma sapeva che era irrazionale. Nulla di ciò che facevano a questo punto avrebbe cambiato l'esito: o la bomba esplodeva con o senza provocare un'eruzione cataclismatica.

Alcuni altri ufficiali avevano gli occhi spalancati, come se stessero fissando un'apparizione, e Julie sapeva che avevano delle domande: domande sulla bomba, su dove fosse nascosta, su come Ben sapesse che sarebbe esplosa in sicurezza sull'acqua e altro ancora. Ma Ben non sembrava interessato a intrattenere le domande. Aspettò che Julie si avvicinasse al gruppo e rimase in piedi, stoicamente, sul bordo del padiglione.

Lei indietreggiò di qualche passo per raggiungerlo e la sua mano trovò quella di lui. Lui si voltò per incontrare il suo sguardo.

"Pensi che funzionerà?", chiese.

"Stephens sembra aver capito tutto", ha detto Julie. "Ma non riesco a immaginare che l'esplosione della bomba sia sufficiente ad aprire una fessura importante nella crosta terrestre. L'acqua assorbirà gran parte dell'esplosione verso il basso. Questo posto è stato qui per 600.000 anni senza una grande catastrofe come quella, quindi devo credere che sia più forte di così".

"Giusto", si limitò a dire Ben.

"Ho una domanda da farvi", disse Julie. Notò che alcuni agenti, oltre a Randy, si stavano lentamente avvicinando alla coppia sul bordo del gradino di cemento.

"Che cos'è?", chiese.

"Come facevi a sapere dei campeggi per un solo occupante? Perché ti è venuto in mente che Stephens o i suoi compari avrebbero nascosto i carichi utili in quei siti?".

Prima che Ben potesse rispondere, Wardley intervenne. "Già, e perché non gettare la polvere nel bosco, dove nessuno la troverebbe mai?".

Ben guardò gli altri a turno prima di rispondere. "Ho tirato a indovinare".

Le reazioni sono state di incredulità. "Tutto qui?"

"Volevi di più?"

Wardley alzò le spalle. "Non sarebbe male".

"Stephens era un solitario. Livingston era un solitario. Furmann era un solitario. Mia madre, Diana Torres, preferiva stare da sola da quando mio padre... se n'era andato", disse Ben, con la voce strozzata in gola. "Stephens ha usato questo fatto per ucciderla".

Uno degli agenti si fece avanti, con aria confusa. "È un'ipotesi piuttosto azzardata, Bennett. Non voglio sembrare accusatorio, ma non sarei in grado di sostenere un processo con prove del genere".

Sembrava che stesse aspettando una risposta, come tutti gli altri, e Julie sembrò sorpresa quando gliene diede una. "Ci ho pensato a lungo e a lungo, e il motivo per cui era così convincente per me è che si allinea perfettamente con la mia teoria su questo virus. Su come sconfiggerlo".

Gli occhi di tutti, se non lo erano già, erano ora puntati su Ben. Anche Julie lo fissava. Tutti aspettavano che rivelasse la sua teoria, ma non gliene fu data l'opportunità.

Un lampo di luce attraversò gli occhi di Julie, che fece un passo indietro incespicando. Attraverso la foschia bianca, vide le cime degli alberi della foresta piegarsi e scricchiolare sotto l'azione di una forza invisibile, seguite da un'enorme onda d'urto di polvere e detriti.

Cercò di allontanare la luce, ma fu quasi subito sostituita dal rumore più forte che avesse mai sentito. Il suono del crepitio fu come quello di un fulmine che squarcia la terra, ma durò più a lungo.

Gli occhi sanguinavano. I timpani suonavano.

Sballottata dai piedi, si ritrovò a sbandare all'indietro e a sbattere contro il muro di mattoni. Il tetto sopra di lei sparì in un istante e lei vide il cielo blu sopra la sua testa. La polvere riempiva l'aria vuota davanti al suo viso e sentiva che si mescolava alla saliva in fondo alla gola, facendola tossire.

Tuttavia, la forza si abbatteva su di loro. I mattoni in cima al muro furono i primi a cedere, poi osservò con orrore che una sezione più grande volava via del tutto, come uccelli in fuga da un predatore.

E con la stessa rapidità con cui era iniziato, era finito. Sentì un braccio pesante che la copriva e che si rilassò un po' quando anche il proprietario si rese conto che l'esplosione era finita.

"Stai bene?", sentì la voce soffocata di Ben sussurrarle - o forse stava urlando - nell'orecchio. Lei annuì e si alzò in piedi.

Gli altri si ripresero rapidamente dallo shock e presto ognuno di loro esaminò i rottami e la distruzione. Julie si alzò in piedi a fatica, guardando nella direzione da cui era arrivata l'esplosione.

Si era formata una grande nuvola a forma di fungo in fiore, probabilmente dieci volte più grande di quella che aveva visto solo pochi giorni prima, e si stava protendendo verso il cielo. Era di colore grigio-biancastro e poteva vedere che verso la parte inferiore sembrava che uno strato si stesse staccando.

"È l'acqua", disse Ben. Aveva ancora il braccio intorno a lei e ora la teneva stretta. "Probabilmente ha compensato un milione di litri d'acqua, ma non sembra...".

Un forte tremore proprio sotto i loro piedi fece sì che le parole di Ben venissero interrotte.

Julie fu presa dal panico e tornò a correre sulla lastra di cemento, incerta sul da farsi.

"Julie, allontanati dall'edificio!", sentì Ben urlare. Per qualche motivo, obbedì, anche se la sua mente si sentiva come una poltiglia. Corse via dal gradino proprio mentre il muro di mattoni sotto cui si trovavano crollava.

E ancora la terra tremava. Vide le immagini nervose di un agente di polizia che urlava mentre il muro gli crollava addosso e un'altra immagine di un gruppo di alberi a non più di 30 metri da loro che scomparivano nella terra.

Il terremoto continuava, sempre più violento, ma non c'era nessun posto dove andare.

Ben la strinse a sé e insieme attesero.

Pensò che ogni osso del suo corpo si sarebbe staccato, e solo allora si ricordò della ferita alla gamba di Ben. Alzò lo sguardo verso di lui e vide che stringeva la mascella, cercando di stabilizzarsi. Si appoggiava quasi completamente sul piede buono, facendo del suo meglio per ignorare il dolore.

E poi si è fermato.

Proprio come l'esplosione iniziale della bomba, il terremoto si è *fermato*. Era come se la Terra si stesse resettando, scuotendosi da un combattimento.

L'intera struttura in mattoni era in macerie, ridotta a pezzi di mattoni e armature metalliche. Gli alberi erano caduti; altri abbattuti erano ancora in piedi. Un grande cratere si era formato proprio sul lato opposto della strada.

"È finita?", sentì chiedere da qualcuno.

"Non ne ho idea. Credo che se stesse per esplodere, l'avrebbe già fatto!", urlò un'altra voce in risposta.

Hanno aspettato per quasi un'ora, sopportando le scosse di assestamento.

Eppure Yellowstone ha retto.

Qualunque cosa stesse fermentando sotto la sua superficie aveva scelto di non incenerire la vita oggi.

Mentre Julie e Ben si dirigevano verso il furgone, pronti a tornare alla civiltà, arrivò un gruppo di agenti.

"Bennett", disse Wardley. "Prima ha accennato alla possibilità di scoprire il virus. Di che cosa si trattava? L'hai capito?".

"Quando Julie avrà notizie dai suoi collaboratori del CDC, vi farò sapere".

L'espressione di Wardley si addolcì. "Ben, ci hai fatto arrivare fin qui. Avevi ragione sui nascondigli e avevi ragione sulla bomba".

Un altro agente che si trovava lì vicino sorrise. "Già. Sai, o lavori per i cattivi o sei più intelligente di quanto sembri. Dicci cosa stai pensando, amico".

Julie vide Ben sospirare. "Ok, forse puoi aiutarmi a mettere insieme i pezzi. In pratica, Stephens - quel tizio che pensavamo fosse dalla nostra parte - ci ha ingannato per tutto questo tempo. Ma non stava solo facendo il suo lavoro. Era una cosa personale per lui, per qualche motivo. Aveva investito in questa faccenda più di quanto pensassimo. Credo che stesse cercando di fare un punto della situazione".

"Che tipo di punto? Che odia gli Stati Uniti? Punto, amico mio".

"Appunto, in laboratorio l'ho sentito dire qualcosa come 'l'America non è *abbastanza* unita...'".

"... Per salvarsi", concluse Julie. "L'ho sentito dire anche io".

"Ho pensato al *significato* di tutto questo", ha continuato Ben. "Sappiamo già che voleva che lo scoprissimo - lo ha ammesso lui stesso. Quindi mi sono chiesto perché l'abbia fatto in quel modo, quando sarebbe stato molto più semplice far esplodere il parco e la caldera in silenzio, senza portarci con sé per il viaggio.

"E questo mi ha portato a pensare al virus. Sia io che Julie l'abbiamo avuto, eravamo ricoperte di eruzioni cutanee; l'hanno anche messa in quarantena".

"Ma è uscito dal tuo sistema, giusto? Dopo essersi ucciso?". Chiese l'agente Wardley.

"È vero, ma quando io e Julie eravamo *insieme*, cioè fisicamente vicini, non peggiorava. Solo quando eravamo separati è cresciuto in ognuno di noi".

Anche Julie ora era confusa. "Stai dicendo che questa cosa può essere sconfitta solo facendo in modo che le persone stiano più vicine?".

Ben alzò le spalle. "Vale la pena di indagare".

Per Julie la risposta era troppo semplicistica per essere possibile. Guardò gli altri e molti annuirono. Ma la scienza...

"Allora cosa facciamo?" chiese. "Ci riuniamo tutti in una stanza e speriamo che si diffonda, come la varicella?".

"Forse. Lo lascio decidere ai tuoi uomini", disse Ben. "Ma scommetto che è un inizio".

CHAPTER 57

BEN E JULIE trascorsero il resto della giornata in quarantena all'interno di un'enorme tenda bianca del CDC allestita appena fuori dal Parco Nazionale di Yellowstone. La sua e-mail aveva raggiunto i più alti livelli del governo e tutti i dipartimenti coinvolti nelle indagini sul *virus di Yellowstone* si erano attivati, compreso il CDC.

Alla fine, le idee di Ben furono ritenute sufficientemente valide per essere testate e studiate a fondo, e vennero lanciati nuovi luoghi di quarantena e raccolti dati. In tutti gli Stati Uniti, ogni zona ricevette un protocollo aggiornato che includeva istruzioni basate sulle scoperte di Julie e Ben, con l'aspettativa che ogni area inviasse le proprie ricerche alla sede centrale di Atlanta.

La tenda fuori Yellowstone non era diversa, e Ben e Julie si erano trovati ad aiutare in tutto e per tutto per allestire e preparare la stazione, per poi diventare le prime cavie. Avevano spiegato tutto quello che era successo fino a quel momento, compreso il coinvolgimento di Stephens, il modo in cui Ben e Julie avevano scoperto dove erano nascosti i nascondigli e la bomba e quello che pensavano potesse essere il modo per sconfiggere il virus.

A ciascuno di loro era stato assegnato un letto separato, ma grazie alla scoperta della regola della "vicinanza", ogni letto era stato sistemato vicino a un altro letto e tutti i pazienti infetti erano stati collocati nella stessa grande stanza, permettendo alla malattia di proliferare e diffondersi tra loro. Nel giro di poche ore, il CDC confermò la previsione di Ben, secondo cui l'effetto di prossimità aveva un impatto massiccio sul rallentamento della diffusione del virus, e nel giro di altre ore confermò il sospetto che l'esposizione prolungata al virus portasse alla guarigione e alla vaccinazione.

Sono stati rilasciati poco dopo aver verificato che erano liberi dal virus e la ricerca è continuata, utilizzando pazienti raccolti da città e paesi nel raggio di duecento miglia intorno al campo.

Nel giro di pochi giorni, la notizia della debolezza del virus si è diffusa ai principali media attraverso la televisione, la radio e le fonti Internet. La chiave era la prossimità e le "stazioni di recupero" sono state allestite all'interno o in prossimità di ogni grande area metropolitana, compresi parchi, arene, stadi ed edifici governativi più grandi. Le aree più piccole e rurali avevano stazioni simili, utilizzando le postazioni VFW, le case di riunione pubbliche e i centri giudiziari.

Grande o piccolo che fosse, l'obiettivo era lo stesso: portare sotto lo stesso tetto il maggior numero possibile di persone, ognuna con scorte sufficienti per una settimana. La FEMA, la Croce Rossa e una dozzina di altre agenzie e organizzazioni sono state contemporaneamente incaricate di fornire supporto infrastrutturale e formazione per l'imponente sforzo di soccorso. E grazie all'impegno di grandi aziende di telecomunicazioni, molti dei luoghi di soccorso sono stati dotati di accesso Wi-Fi e di punti dati sicuri, consentendo di continuare a lavorare senza grandi conflitti.

Wall Street ha trovato poche interruzioni nelle sue operazioni, utilizzando punti di accesso mobili e wireless per continuare a fare trading e prevenire qualsiasi rallentamento dell'economia statunitense, ed è stata in grado di garantire che le perdite nei principali indici fossero ridotte al minimo. Lo stesso governo, che ha operato a lungo con la tecnologia pre-internet, sembrava essere completamente in grado di mantenersi a galla senza aiuti esterni.

Nel complesso, gli sforzi di soccorso per il disastro, pur essendo lunghi e di vasta portata, hanno avuto successo. La nazione ha assistito, giorno dopo giorno, alla ripresa dei servizi pubblici, alla riapertura delle attività commerciali e alla ripresa delle amministrazioni comunali. A causa dell'effetto sconcertante della guarigione graduale del virus su tutta la popolazione, e dell'accresciuto desiderio di vedere l'America di nuovo unita, molte persone si trovarono a dover fare a meno di una o due settimane di vacanza mentre si immunizzavano contro la malattia.

Nel giro di un mese, il *virus di Yellowstone* è stato considerato "una minaccia minore" dai Centri per il controllo delle malattie, citando il lavoro svolto da Ben e Julie e i dati raccolti da ciascuna stazione di quarantena. Si prevedeva che il virus/batterio si sarebbe manifestato in meno del cinque per cento della popolazione nel corso dell'anno successivo e, sebbene una cura vera e propria fosse ancora irraggiungibile, erano stati fatti dei piani per controllare l'infezione attraverso l'esposizione forzata e la vicinanza, per poi arrivare alla completa immunizzazione contro la malattia.

CHAPTER 58

"VALÈRE, COS'È SUCCESSO?" Emilio chiese attraverso lo schermo.

Valère si aggirava per l'ufficio, con gli altoparlanti che trasmettevano la voce dell'altro direttamente alle sue orecchie, come se Emilio non fosse dietro il monitor di un computer, ma proprio lì nella stanza con lui.

"Ho inviato un'analisi dettagliata degli eventi che si sono verificati...".

"Non ora, SARA", urlò Emilio. "So che hai 'mandato' la tua piccola intelligenza artificiale a capire 'questi eventi', ma non te lo sto chiedendo. Diavolo, è su tutti i telegiornali! So *esattamente* cosa è successo. Lo sto chiedendo al signor Valère".

Valère alzò lo sguardo, con gli occhi stretti e concentrati sul monitor. "Signor Vasquez, mi scuso per averle causato uno stress eccessivo. Le assicuro che i nostri investimenti rimangono solidi, così come il nostro piano".

"Il nostro *piano?*", gridò Emilio. SARA ridusse automaticamente il livello del suono prima di inviarlo alle orecchie di Valère, in modo da non causare un eccessivo disagio uditivo. "Il nostro piano è fallito *miseramente*. Doveva servire a *paralizzare* la nazione, non a crearne una più patriottica e unita!".

Valère lasciò che l'uomo continuasse, ininterrottamente.

"Stephens ha fallito, grazie a quell'*esemplare* fuggito, Fischer, e quei due del CDC...".

"Un agente del CDC, il signor Vasquez. L'altro era solo un ranger del parco...".

"SARA, basta!" Emilio urlò.

Valère si voltò verso lo schermo, notando la rabbia che si stava sviluppando sul volto del suo compagno. Alzò una mano proprio quando Emilio stava per ricominciare. "Ti prego, amico mio, datti spazio per capire la vera profondità di ciò che abbiamo realizzato qui".

Emilio sogghignò, ma rimase in silenzio.

"I nostri piani sono falliti, forse, se visti attraverso la lente ristretta dei parametri del progetto. Ma la Compagnia rimane forte, forse più forte che mai, e questo è dovuto in gran parte agli eventi che si sono verificati in America".

Emilio annuì.

"Inoltre, la Società ha confermato che la ricerca continua in Brasile e che sono in corso i preparativi in Antartide. Rimaniamo al di sotto dei radar e continueremo a operare mentre i governi coinvolti fanno piazza pulita".

"Ma a quale costo, Valère? Abbiamo fallito. *Non* abbiamo ottenuto *nulla...*".

"Da cosa?" Chiese Valère. Si irrigidì, respingendo l'ansia strisciante che gli serpeggiava nel corpo. "Non abbiamo ottenuto nulla fallendo? Questo è vero. Ma cosa pensi che avremmo *dovuto* ottenere esattamente?".

Emilio si accigliò.

"I vostri parametri e obiettivi erano gli stessi che ho io, e secondo loro abbiamo fallito. Stephens era una mina vagante e abbiamo dimostrato una mancanza di controllo su molte delle nostre contingenze. Ma secondo lei qual era lo scopo?".

"Del fallimento?"

"Anche il *successo*, se lo raggiungessimo?".

"Non capisco dove vuoi arrivare, Francis".

Valère fece una pausa. "Certo che no, Emilio. Sei stato scelto per questo progetto, e solo per questo. Ma la Compagnia ha altri interessi, come sicuramente saprai. Quindi cosa *potrebbero* aspettarsi di guadagnare da un progetto come questo?".

Anche in questo caso, Emilio aggrottò le sopracciglia.

"Niente, amico mio. Niente di diretto. Questo progetto è un *lavoro impegnativo*. Era qualcosa che sembrava abbastanza grande da avere importanza, anche se non abbastanza cruciale da metterci dietro l'intero peso e l'infrastruttura della Compagnia".

"Vuoi dire..."

"Sì, Emilio. La Compagnia aveva bisogno di noi per creare un diversivo. Un'operazione che avrebbe sollevato poche sopracciglia, indipendentemente dal successo o dal fallimento. Che richiedesse poche risorse e poca gestione, ma che facesse concentrare gli occhi su di sé".

"Quindi il progetto..."

"Il progetto era solo questo, Emilio. Un *progetto*. Un test, in realtà. E abbiamo fallito, ma solo nel senso della missione diretta. In questo gioco complessivo, credo che abbiamo ottenuto un successo. *Un* successo *enorme*.

"Tutti gli occhi del mondo sviluppato hanno osservato l'America, per vedere come reagisce. L'America è in crisi, si sta riprendendo, sta cercando di stabilizzarsi. Se ci riuscirà sarà un dramma interessante da osservare. In ogni caso, la Compagnia stava lavorando a un progetto molto più ampio quando abbiamo scoperto il ceppo enigmatico. Il virus di Yellowstone è un effetto collaterale, una meravigliosa appendice della nostra ricerca. Ho scritto la panoramica del progetto e l'ho fatta approvare come un modo per distogliere l'attenzione dal loro obiettivo più grande".

"E posso chiedere qual è questo obiettivo, signor Valère?". Chiese Emilio.

Valère sorrise, con gli occhi pesanti, mentre prendeva il comando per spegnere il monitor.

"No, Emilio. Non è possibile".

CHAPTER 59

IL FREDDO si era insinuato nelle ultime ore e la giacca di Ben sembrava non servire più a nulla. Sospirò, osservando il suo respiro sospeso nell'aria e cristallizzato, con i piccoli granelli che scintillavano mentre si raccoglievano e cadevano sul terreno innevato.

Sollevò l'ascia dal lungo manico e la fece roteare ancora una volta. Un crack soddisfacente risuonò tra gli alti pini, perdendosi poi nel paesaggio bianco. Il blocco di legno si spaccò al centro, mandando le due metà in direzioni opposte, dove già giacevano due cataste. Ben esaminò il suo lavoro, prima di sollevare l'ascia sulla spalla e camminare lentamente verso una delle cataste. Riempì una carriola e fece rotolare il pesante carico su uno stretto sentiero sterrato.

Quando uscì dal folto gruppo di alberi, la vista che gli si parò davanti quasi lo bloccò. Il legno color moka intenso dell'esterno della capanna spiccava in netto contrasto con la foresta circostante. Un sottile camino emetteva qualche ciuffo di fumo da un fuoco che aveva lasciato incustodito ore prima, ma poteva ancora sentire il leggero odore dei tronchi bruciati.

Riprese il cammino, fermandosi solo quando raggiunse la porta d'ingresso. Posò la carriola sui suoi supporti e accatastò la legna in file attente su entrambi i lati della porta. Mentre lavorava, cercò di calcolare i frutti della giornata di lavoro. *Mezza corda, forse di più.*

Non abbastanza, ma nemmeno male, considerando quanto era stato lento ultimamente grazie al piede in via di guarigione.

Finita la carriola, l'appoggiò alla parete della cabina e cercò la maniglia della porta.

Si aprì prima che riuscisse ad afferrarla.

"Ci hai messo un bel po', sta facendo un po' freddo qui dentro".

Sorrise mentre cercava di pensare a una risposta spiritosa.

"Sai cosa? Pensaci durante la cena. Ti congelerai se stai lì a cercare di far funzionare di nuovo il tuo cervello".

Entrò, subito avvolto dal calore dell'aria secca, e si chiuse la porta alle spalle.

Julie si limitò a guardare. "Rallenta un po' con la vecchiaia? Ieri ne hai fatte di più, e hai finito alle quattro".

Questa volta non fu colto di sorpresa. "Almeno sto facendo qualcosa di utile. Cos'è che hai cercato di darmi da mangiare ieri sera?".

Julie rimase a bocca aperta. "Oh, davvero? Meno male che stasera cucini tu, allora. Vedremo come *te* la cavi".

Si tolse i guanti e la sciarpa e stava lavorando agli stivali quando Julie si avvicinò e si sedette sulla panchina accanto a lui. Si tolse una scarpa. Sentì il braccio di lei scivolare sotto il suo quando andò a togliere l'altra.

Lei appoggiò la testa sulla sua spalla e lui si sedette di nuovo contro il muro. Ben sentì che lei gli stringeva la mano, facendo in qualche modo diventare la stanza ancora più calda.

Sorrise e chiuse gli occhi.

Purtroppo, dietro le sue palpebre chiuse vedeva solo il terrore: il ricordo di ciò che era accaduto negli Stati Uniti e dell'uomo che vi era dietro.

No, si è detto. L'azienda *che c'è dietro.*
Drache Global.

Qualunque cosa fosse, qualunque cosa stessero facendo, erano loro la *vera* causa della bomba e del virus che aveva ucciso così tante persone. Erano il motivo per cui la vita di Ben era ora *molto* diversa.

Ed erano ancora là fuori, da qualche parte.

"Stai bene?" Chiese Julie.

Abbassò lo sguardo su di lei, esaminando per un attimo i suoi occhi.

Annuì, lentamente. "Sto bene", mentì.

Ma non lo era. Neanche per sogno.

In quel momento fece una promessa a se stesso. Una promessa di trovarli, di trovare la *Drache Global* e le persone che ci sono dietro.

Li avrebbe trovati e consegnati alla giustizia.

O sarebbe morto nel tentativo.

AFTERWORD

Grazie per aver letto! Spero che questo thriller vi sia piaciuto e che lasciate una recensione onesta.

Per ringraziarvi, visitate nickthacker.com/italiano per scaricare gratuitamente un romanzo thriller!

www.ingramcontent.com/pod-product-compliance
Lightning Source LLC
Chambersburg PA
CBHW060514220726
48290CB00015B/1548